LE RENDEZ-VOUS DES ANGES

Myriam et Joseph Gemayel

LE RENDEZ-VOUS DES ANGES

POLAR
Michel LAFON

118, avenue Achille-Peretti – CS 70024
92521 Neuilly-sur-Seine Cedex

www.michel-lafon.com

Aux nôtres

– 1 –
Gavrilo

Gavrilo essayait de courir, il le voulait de toutes ses forces, mais son corps ne répondait pas aux ordres que son cerveau embrumé essayait d'envoyer. Il se sentait faible, et se maudissait de sa lenteur. Il avait réussi à sortir discrètement de la maison et remontait désormais l'impasse où se trouvait le pavillon ; il savait que s'il atteignait la rue, il aurait une chance.

– Mais tu te prends pour qui, petit morveux ? cria Didier, hors d'haleine, en abattant sa grosse main sur l'épaule de l'enfant pour le forcer à se retourner.

Il le frappa violemment dans les côtes, et Gavrilo tomba au sol, le souffle coupé. Didier n'avait même pas l'air fâché, mais le garçon avait appris à ses dépens qu'il pouvait cogner en gardant cette mine blasée dont il ne se départait jamais.

– T'as de la chance, t'es très demandé, je peux pas te tirer dessus, j'ai eu assez d'emmerdes la dernière fois. Mais tu l'as bien cherché, t'es puni jusqu'à nouvel ordre, ça t'apprendra à jouer au con.

Gavrilo savait ce qui l'attendait. Contrairement à ses copains brisés, il n'était pas abattu, au contraire, il brûlait de colère et de rage, et passait tous ses moments de lucidité à concevoir une évasion. Celle de ce matin avait échoué, mais c'était son premier essai après tout. Il comptait bien recommencer dès que Didier et Nadine auraient tourné le dos.

– Allez, avance, et dépêche-toi, j'ai un café qui refroidit à cause de toi ! lui ordonna Didier en le relevant d'un coup de pied.

– 2 –
Mardi

Olivier Morvan se cala dans sa chaise avec un soupir de soulagement. Les deux étages qu'il devait monter pour se rendre à son bureau, au commissariat de La Grande-Roque, lui donnaient l'impression qu'il y avait chaque jour une ou deux marches en plus. Il était le seul du service à avoir arrêté le sport à la fin de l'école de police, et sa forme s'en ressentait. Les autres le chambraient parfois gentiment à ce sujet, mais il était tellement sympa et jovial que ça restait toujours bon enfant.

Myriam Gemayel rédigeait un PV sur une affaire de violences conjugales ; malgré sa peur des représailles, une jeune femme avait accepté de porter plainte grâce à ses voisins, un énergique couple de retraités qui l'avaient accompagnée au commissariat. Son équipier, Aziz Samih, s'était chargé de l'interrogatoire du mari placé en garde à vue.

Myriam s'interrompit en apercevant Olivier :

– Salut ! Dis-moi, ta femme a pensé à nous ?

Il la regarda, le visage éclairé par son bon sourire de vrai gentil.

– Oui, j'ai laissé tout ça au vestiaire, mais si quelqu'un en a besoin maintenant…

– Je descends avec toi, lança Myriam en se levant.

Quelques minutes plus tard, et sous l'œil réjoui du reste de l'équipe, ils revenaient avec un carton de ramettes de papier et deux paquets de bâtons de cire à scellés. La femme d'Olivier travaillait à la Sûreté départementale ; et chaque fin d'année, quand le budget du commissariat se retrouvait à zéro et que le service manquait de fournitures, elle prélevait de quoi aider son mari et ses collègues. Elle ne s'en cachait pas, d'ailleurs, et le patron de la Sûreté n'y trouvait rien à redire. C'était pour aider son mari et son équipe après tout…

– C'est de pire en pire, les gars, soupira Olivier. L'année dernière, Stéphanie nous a dépannés début décembre. Mais là, on n'est même pas le 15 novembre…

Personne ne répondit. Myriam taisait sa colère. Tous savaient que leurs moyens diminuaient d'année en année. En théorie, ça avait l'air d'aller dans le sens du contribuable, dans les faits, sur le terrain, ça se traduisait simplement par moins d'agents, moins d'officiers, et moins de matériel pour assurer la sécurité du même contribuable. À force d'acheter des tee-shirts à cinq euros, la plupart des gens étaient convaincus que tout pouvait et devait coûter moins cher : l'enseignement, la médecine, le maintien de l'ordre… Pour l'instant, il n'y avait pas encore eu de ministre suffisamment fou pour imaginer qu'une enseignante puisse faire la classe à soixante enfants au lieu de vingt-huit. Mais de plus en plus d'urgentistes, totalement seuls dans des services désertés, devaient se justifier d'avoir laissé mourir un patient pendant qu'ils en sauvaient soixante autres. Et le commissariat de La Grande-Roque, qui avait perdu quatre postes de brigadier en quatre ans, devait assurer la sécurité de toujours plus d'habitants…

Pendant ce temps, les politiques martelaient le discours de la réduction des coûts, et les Français y croyaient. Jusqu'au jour où ils retrouvaient Mamie sale et visiblement affamée dans son lit d'EHPAD, parce qu'aucun soignant n'était disponible pour s'occuper d'elle dignement.

Au commissariat de La Grande-Roque, on utilisait la débrouille et on misait sur la solidarité. Dans le service, on se cotisait pour les paquets de café et les filtres, et c'était le capitaine Thierry Merle qui gérait la cagnotte et faisait les courses. La fontaine à eau de l'accueil étant vide onze mois sur douze, chacun apportait, à tour de rôle, des packs de Cristaline, pour les collègues mais aussi, en cas de besoin, pour les victimes. Et si on voulait pouvoir prendre des notes sur une scène de crime, le mieux était encore d'avoir pensé à s'acheter un carnet et un stylo.

Tout ça rendait Myriam dingue, ce qui avait fini par déclencher des problèmes relationnels avec le commissaire, Paul Christiani. Au bout de quelques semaines au commissariat, elle était allée voir l'adjoint du commissaire, Mehmet Ulusoy, pour lui parler de tout ce qui manquait pour travailler, non pas confortablement, mais au moins correctement. Il l'avait écoutée avec ce qui lui avait semblé une grande attention, puis lui avait répondu, en la regardant droit dans les yeux : « Tu sais quoi, Myriam, c'est très intéressant tout ça, mais le mieux, c'est que t'en parles au patron. » Naïvement, elle était allée tenir le même discours à Christiani… « Écoutez Myriam, vous êtes bien gentille avec vos petites revendications… Pour le ministère, les consignes sont simples : vous devez "faire preuve d'efficience" et "utiliser au mieux les moyens mis à votre disposition". Comme vous venez d'arriver, je vais vous faire la traduction : je ne vais pas aller quémander du PQ et un bloc-notes pour vous. Primo parce que j'ai pas envie qu'on passe pour les pleureuses du département, deuxio parce que je me fous de vos petits problèmes existentiels ! Moi, je veux de l'élucidation, des résultats. Est-ce que c'est bien clair ? »

Très clair en effet. Tout en se maudissant de sa naïveté, Myriam avait compris que l'objectif de Christiani était de ne surtout pas faire de vagues, pour montrer qu'il « tenait » son commissariat, et ainsi marquer des points pour la suite de sa carrière. Il laissait Ulusoy gérer le quotidien, les plannings, la supervision de la paperasse, et lui se consacrait aux relations avec la presse, les supérieurs hiérarchiques et le parquet. Il vivait dans la terreur du scandale et adorait se montrer sur les scènes de crime où des journalistes avaient accouru. Pour Myriam, il était donc pire qu'inutile : il était lâche et nuisible. Et elle n'arrivait pas à cacher son mépris quand elle était obligée de lui parler, ce qui leur avait valu pas mal d'accrochages plus ou moins violents, malgré les efforts d'Aziz pour arrondir les angles. Christiani avait fini par la saquer : il avait noté dans son dossier « Fonctionnaire à fort caractère », ce qui, en langage administratif, avait de graves conséquences. Elle ne pouvait plus demander de mutation – aucun service ne voudrait d'elle en voyant son dossier –, ni passer au grade supérieur de capitaine. Heureusement, il y avait une bonne entente dans l'équipe, et Myriam avait la chance de travailler régulièrement avec son mari, Joseph, médecin légiste au CHU de Bondy.

*

*   *

Joseph et Myriam étaient mariés depuis un peu plus d'un an, et vivaient à La Grande-Roque, où ils avaient acheté un appartement quelques mois avant de se marier. Joseph tenait à ce que sa femme puisse rentrer rapidement se reposer après ses nuits de permanence, et c'est lui qui avait insisté pour qu'ils s'installent dans le quartier le plus agréable de la ville ; leur immeuble donnait sur l'entrée d'un parc où ils aimaient courir ensemble dès que l'occasion se présentait.

Pourtant, le jour d'avril où Myriam et lui s'étaient rencontrés, personne – et surtout pas eux-mêmes – n'aurait imaginé qu'ils puissent tomber amoureux. La journée de Myriam avait commencé comme beaucoup d'autres – autrement dit, chez elle avec une tasse de café. Plongée dans ses pensées, elle aurait pu ruminer ainsi pendant longtemps sans l'intervention pertinente – comme toujours – de Zig, qui, en sautant sur ses genoux avec un miaulement bref, lui signala que le monde des vivants l'attendait. Elle sourit au chat, lui caressa la tête avant de le poser au sol, puis fila dans la salle de bains prendre une douche. Ses réflexions reprirent sous l'eau chaude, où elle passait toujours plus de temps qu'elle ne l'avait prévu, revenant sur les événements de la veille, examinant les détails que sur le moment elle n'avait pas forcément analysés. Cette habitude, acquise de longue date, lui permettait souvent d'avancer sur les affaires en cours.

Myriam n'avait que quelques minutes de route pour se rendre au commissariat. Elle aimait ce trajet qui lui faisait parcourir les rues de la circonscription où elle travaillait depuis un an. Métier oblige, elle repérait chaque jour d'infimes détails sans conséquence, avec lesquels elle jouait mentalement tout en conduisant. Arrêtée à un feu rouge, elle regarda traverser un couple qui faisait rouler une poussette double où gigotaient gaiement des jumeaux de moins d'un an. La femme, l'air très jeune, riait aux éclats – les copines de Myriam qui avaient des petits en bas âge ne paraissaient pas toujours si joyeuses, avec leurs cernes et cette inquiétude aimante qui semblait ne plus jamais devoir les quitter. L'homme devait avoir au moins trente ans de plus qu'elle. Le papa ? Oui, mais de qui ? Des bébés ou de la jeune femme ? Il riait lui aussi. Cette vision à la fois étrange et gaie l'occupa jusqu'à son arrivée place Quétigny. Elle gara sa Clio sur un des emplacements réservés aux OPJ[1]. 7 h 51, elle était

1. Officiers de police judiciaire.

parfaitement ponctuelle, comme toujours. Son portable sonna au moment où elle verrouillait la voiture.

– Hello, Myriam !

– Salut, Delphine, ça va ?

– Super, merci. Écoute, ce n'est pas vraiment une surprise, mais je tenais à te l'annoncer moi-même : tu vas recevoir ce matin ton habilitation. Ça y est ! C'est pour de bon.

– C'est sympa de m'appeler pour ça en tout cas. Plus sympa que le fax que l'autre gros abruti va venir jeter sur mon bureau sans un mot. On parie ?

Delphine éclata de rire.

– OK, OK, on va dire que j'ai rien entendu…

Elle connaissait parfaitement les relations houleuses de Myriam avec le commissaire.

– Allez, sans parler de Christiani, heureuse d'être habilitée ? Tu te sens différente ?

– Bof, j'étais flic hier, et c'est pareil aujourd'hui ! Mais j'avoue que je ne vais pas me plaindre de pouvoir mener mes propres enquêtes à partir de maintenant, c'est sûr.

– Alors je suis contente pour toi. Je dois te laisser, et puis je te connais, si je te mets en retard, tu vas m'en vouloir.

Au tour de Myriam d'éclater de rire.

– Tu me connais bien en effet ! On se voit vite pour fêter ça, d'accord ?

– Avec plaisir.

Comme tous les flics après l'école de police, Myriam était restée simple agent pendant un an. Elle avait besoin, pour devenir OPJ, d'une formalité supplémentaire, cette habilitation que Delphine Ackerman, sa copine procureure de la République, venait de lui annoncer. Delphine et Myriam s'étaient rencontrées en fac de droit, à Nanterre. Myriam arrivait en première année et Delphine finissait son Master 2. Elles ne pouvaient donc pas se croiser en amphi, mais, toutes les deux membres de la même association étudiante, le Juris Club, elles étaient devenues très proches, même si le départ de Delphine pour l'École nationale de la magistrature (l'ENM) de Bordeaux les avait séparées quelque temps : la future magistrate n'était quasiment pas revenue en région parisienne pendant ses deux ans et demi de formation, et Myriam n'avait pu lui rendre visite que deux fois. Le hasard – ainsi que leurs racines dans le département – les avait ensuite fait arriver quasiment en même temps, l'une au commissariat de La Grande-Roque, l'autre au parquet dont dépendait ce commissariat. Elles n'avaient évidemment pas vraiment eu l'occasion de travailler ensemble tant que Myriam attendait son habilitation, et toutes les deux se réjouissaient de cette nouvelle perspective.

C'est donc le sourire aux lèvres que Myriam entra dans le commissariat. Elle salua Bruno Cochet, le gardien de la paix qui faisait l'accueil ce matin-là, et monta quatre à quatre les deux étages qui la séparaient de son bureau mansardé.

Le commissariat de La Grande-Roque avait été aménagé, tant bien que mal, dans une vieille bâtisse bourgeoise du XIXe siècle, dont il conservait un certain cachet – cachet dont les flics qui y travaillaient se foutaient comme de l'an quarante. Une partie du rez-de-chaussée était consacrée à l'accueil du public, avec une salle d'attente qui faisait face à la permanence du standard ; à l'abri des regards, le reste de ce niveau était réservé aux fonctionnaires, et comportait les cellules – petites et biscornues – et le bureau des flics en uniforme. Ce dernier jouxtait une petite pièce qui avait dû autrefois être un cellier, et qui servait désormais de bureau pour les avocats ou le médecin. Faute de place, les vestiaires avaient donc dû être installés au premier. Les officiers, sous les toits, gelaient l'hiver et étouffaient l'été dans des bureaux qui – telles des cellules de prison – accueillaient six policiers dans un espace prévu pour quatre. Une dernière pièce, mansardée et poussiéreuse, servait de salle des archives. Entre ces deux niveaux, le premier étage abritait, outre les vestiaires, le bureau du commissaire et de son adjoint, la salle des scellés, et une salle de réunion minuscule.

De nombreux commissariats de la petite couronne ressemblaient au leur, et les policiers de La Grande-Roque s'estimaient heureux de disposer d'une seconde entrée, interdite au public, et d'un escalier de service qui leur permettaient de faire circuler discrètement les gardés à vue entre l'extérieur, les cages et les bureaux où ils étaient interrogés. Offrir de la discrétion ne relevait pas d'un souci de la dignité humaine, mais bien d'un pragmatisme qui considérait qu'un suspect « exposé » aurait des réactions d'indignation dont on pouvait se passer, et serait soupçonné d'être une balance par tous les civils qui le verraient.

– Salut tout le monde !

Pendant que ses collègues lui répondaient, Myriam déposa son blouson sur le dossier fatigué de sa chaise à roulettes. Elle ne prenait jamais de sac à main les jours où elle travaillait. Elle alluma son PC car elle avait un PV à rédiger.

Il y avait trois autres personnes dans le bureau ce matin-là : Aziz Samih, le lieutenant avec qui elle travaillait depuis son arrivée, et le duo Kimia Siaré et Thierry Merle. Kimia et Thierry faisaient équipe depuis trois ans, presque un record dans un commissariat de banlieue où le turnover était une constante. Ils n'avaient rien en commun mais s'entendaient pourtant parfaitement, ce qui expliquait peut-être pourquoi aucun des deux n'avait encore demandé une autre affectation. Myriam se concentra sur son PV. La veille, Aziz et elle s'étaient rendus chez Geneviève Mercier, une Grand-Laroquoise de quatre-vingt-un ans qui avait été victime de la classique arnaque au contrôle d'eau. Un type en uniforme Veolia, avec une sacoche à outils très convaincante, avait sonné chez elle en expliquant qu'il devait vérifier l'état des canalisations à cause d'une consommation anormale. Geneviève était restée avec lui un moment pendant qu'il faisait semblant de taper ici et de regarder là, puis il lui avait demandé un café. Honteuse de ne pas le lui avoir proposé elle-même, elle était allée dans sa cuisine préparer une cafetière-filtre. Après avoir bu son café, le plombier avait dit : « Pas de problème, tout va bien, mais il valait mieux vérifier », et il était parti. Quelques minutes après, deux complices, équipés de brassards de la police, avaient sonné à leur tour. Les deux faux flics avaient expliqué que le plombier était un escroc qui avait dévalisé plusieurs voisins. « L'avez-vous laissé seul un moment, madame ? Si oui, il vous a sûrement volé quelque chose. Avez-vous vérifié que rien ne manquait ? » La vieille dame s'était précipitée à petits pas vers la boîte à musique ancienne où elle gardait ses économies en liquide : trois mille euros. Un des faux policiers l'avait suivie, poussée d'un mouvement d'épaule, puis s'était emparé de la boîte avant de filer avec son complice. Le souffle coupé, Geneviève Mercier n'avait pas crié. Elle n'était pas blessée, mais très choquée. Aziz avait chargé Myriam de dresser le procès-verbal, et avait prévu ce matin-là d'appeler les collègues des commissariats voisins pour savoir s'ils avaient eu le même type d'affaire, et la mairie de La Grande-Roque pour faire passer un message d'alerte aux seniors isolés répertoriés pendant la « campagne canicule ».

Le commissaire entra dans le bureau alors que Myriam finissait son PV. Aziz était toujours au téléphone. Myriam ignora ostensiblement Christiani, et garda les yeux rivés sur son écran.

– Vous avez du courrier, Myriam, le parquet m'a faxé votre habilitation.

Christiani balança le fax sur le clavier de Myriam, qui fut bien obligée de tourner la tête.

– Parfait, merci, monsieur.

– Ça pourrait au moins vous donner le sourire, non ?

Elle le fixa un moment sans répondre, et retourna à son ordinateur d'un air absorbé. Aziz raccrocha à ce moment-là et, conscient de la tournure que prenait l'échange, interpella le commissaire pour lui raconter sa conversation avec les services municipaux. Quand Christiani fut sorti, il sourit, moqueur.

– Félicitations, Myriam, j'ai entendu ce que le patron t'a dit… Mais dis-moi, maintenant que t'es habilitée, tu vas faire un effort avec lui ou pas ?

– *Ou pas*, pas plus qu'avant en tout cas.

– J'en étais sûr, heureusement que je suis royal et que je vous empêche de vous engueuler trois fois sur quatre !

– Merci, mon prince !

Myriam souriait elle aussi. Leur tandem fonctionnait vraiment bien. Le téléphone d'Aziz sonna, c'était le standard. Quand il raccrocha, il se tourna vers Myriam :

– Mets ton blouson, collègue, on part en enquête décès. Et je viens de décider que c'est toi qui vas en être responsable, maintenant que tu peux officiellement l'être.

– Super ! C'est quoi ?

– A priori un suicide, une femme, moins de trente ans.

– OK, donne-moi une minute, il faut que je récupère mon arme.

– J'ai pas la mienne non plus, je viens avec toi.

Après avoir mis leur brassard, Myriam et Aziz descendirent à l'armoire-forte, puis à l'accueil. Myriam demanda à Bruno de prévenir le légiste de garde pour qu'il les rejoigne à l'adresse de la morte.

– Je veux bien vous l'appeler, lieutenant, mais ça sert à rien : il est juste derrière en train de s'occuper d'un gardé à vue, un tox qui commençait à faiblir.

Aziz demanda à Myriam :

– Qu'est-ce qu'on fait, chef, on attend le toubib ?

– Oui, on ira en convoi, ce sera aussi simple.

Joseph Gemayel finissait l'examen pour lequel on l'avait fait venir. Le type était répugnant, mais ce n'était pas un simulateur. Sa température corporelle avait fortement chuté, sa tension artérielle aussi, il était en train de sombrer. Le médecin appela un flic en tenue, lui dit que le jeune homme devait être hospitalisé immédiatement et qu'il souhaitait voir le capitaine Siaré tout de suite pour tout lui expliquer. Un autre uniforme vint le prévenir qu'il était attendu à l'accueil.

Joseph n'était pas sorti médecin légiste mais chirurgien orthopédiste de la faculté de médecine de Marseille. Il n'avait rejoint les rangs de la médecine légale que depuis quatre ans et travaillait au CHU de Bondy depuis quelques semaines. À cette époque, Myriam n'avait pas encore eu de contact direct avec lui ; ses collègues parlaient de lui comme d'un médecin brillant et précis, mais qui pouvait parfois se montrer totalement antipathique. Aziz avait un jour dit à Myriam : « Olivier l'a eu il y a deux semaines de ça à propos d'un piéton renversé, il dit que c'est un sacré casse-couilles. Apparemment, le toubib a passé toute la levée de corps à gueuler sur le collègue. »

Il en fallait plus pour impressionner Myriam. Son propre père était médecin, et durant toute sa jeunesse elle avait côtoyé des généralistes, des chirurgiens ou des cardiologues, amis de ses parents – dans des dîners pour la plupart, et même pendant ses vacances pour certains. Sa conviction était qu'il n'y avait statistiquement pas plus de cons dans ce corps de métier qu'ailleurs, pas plus que chez les flics par exemple. Elle jugeait davantage les gens sur l'usage qu'ils faisaient de leur pouvoir, quel qu'il soit, que sur leur capacité à se montrer « sympas », effort qu'elle-même ne faisait que lorsque la personne en face en valait la peine. Elle connaissait par ailleurs Olivier Morvan : très sympa… et très tire-au-flanc. Elle avait comme une petite idée de ce qui avait pu coincer entre les deux hommes.

Joseph arriva à ce moment-là pour remettre à Kimia, qui était descendue, les documents concernant le gardé à vue. Myriam l'observa rapidement en s'avançant vers lui. Les épaules carrées, le regard vif, le buste très droit, et seulement un millimètre de cheveux sur la tête. Elle le salua d'une poignée de main ferme.

– Docteur Gemayel, je suis le lieutenant Daguerre, et voici le lieutenant Samih. On vient de nous appeler pour un suicide, j'ai pensé qu'on pourrait y aller ensemble.

– Deux officiers pour un suicidé ? C'est un ministre, votre cadavre ?

– Non, juste une femme, rue Jules-Vallès. On y va ?

– Ai-je le choix ? J'ai un rendez-vous après, donc je prends ma voiture et je vous suis.

Myriam s'installa au volant de la Renault banalisée qui leur avait été attribuée.

Elle sortit de la place Quétigny, vérifiant du coin de l'œil que la Peugeot impeccable du légiste les suivait bien. « Aziz, surveille-le, tu me préviens s'il nous perd. »

La rue Jules-Vallès n'était qu'à une dizaine de minutes du commissariat, mais une importante zone de travaux perturbait toute la circulation du quartier Barbusse. Pensant contourner le chantier, Myriam tourna dans une rue qui se révéla barrée, en plein milieu, d'un énorme panneau triangulaire orange « danger » et d'une tranchée sur toute sa largeur. Elle s'arrêta net, et, derrière elle, la Peugeot dut piler. Mais au lieu de reculer pour lui permettre de faire demi-tour, Joseph descendit de son véhicule et s'approcha de sa portière à grands pas. Elle descendit elle aussi et se planta devant lui. Il ne criait pas encore tout à fait, mais sa voix portait loin.

– Mais qu'est-ce que vous foutez ? Vous ne connaissez même pas votre circonscription ? Il faut que je vous achète un plan ou quoi ?

– Je ne vois pas comment un plan nous aurait montré une tranchée qui n'était pas là hier, donc au lieu de faire des remarques sans intérêt, remontez dans votre véhicule pour qu'on puisse repartir !

– Ouais, ben essayez de nous amener au bon endroit cette fois.

Avant de regagner sa voiture, Joseph se pencha vers la porte passager de la Renault :

– Voilà ce que ça donne quand la police ou l'armée prennent des femmes à n'importe quel poste !

– Ah, ça commence bien vous deux ! lança Aziz en se tournant vers Myriam, qui, exaspérée, se réinstallait derrière le volant.

Elle dut prendre plusieurs profondes inspirations pour retrouver son calme avant d'arriver rue Jules-Vallès. C'est la copine de la victime qui les avait prévenus. Elles ne vivaient pas ensemble mais étaient en couple depuis bientôt trois ans, et chacune avait la clé de l'appartement de l'autre. À l'arrivée des flics et du médecin, elle se trouvait devant l'immeuble, les yeux rougis, fumant nerveusement une cigarette.

– Elle s'appelle Emma, Emma Torres. J'avais pas de nouvelles depuis deux jours, je suis passée à tout hasard…

Ils la suivirent tous les trois au deuxième étage et entrèrent dans l'appartement à droite sur le palier. Le corps, grand et massif pour une femme, était assis dans la pièce principale, sur un canapé deux places, la tête enfermée dans un sac Auchan qu'une sangle maintenait très serré autour de son cou.

– Je ne veux pas voir son visage, si je ne suis pas obligée, précisa la femme qui les avait accompagnés.

– Aucun problème, ce ne sera pas nécessaire, répondit Joseph. Vous avez touché à quelque chose avant notre arrivée ?

– Non, à rien, surtout pas à elle… répondit-elle en éclatant en sanglots avant de quitter la pièce.

– Va la voir, Aziz, lui enjoignit Myriam. On va la garder le moins possible, mais il faut qu'elle nous dise ce qu'elle sait. Et préviens les pompes funèbres pour qu'ils puissent venir chercher le cadavre.

Restée seule avec Joseph, Myriam l'observa pendant qu'il procédait, dans un silence total, aux observations et aux examens qui constituent la levée de corps. Elle le vit sortir un bloc-notes pour dessiner un plan rapide de l'appartement et y situer le canapé. Puis il s'approcha de la morte, toujours sans la toucher, pour prendre quelques notes sur sa position et décrire ses vêtements ainsi que le sac plastique. Après avoir pris dans sa sacoche des gants et une paire de ciseaux, il entreprit de déshabiller la jeune femme. Ses gestes étaient précis, tout en maîtrise.

– Lieutenant, trouvez un sac s'il vous plaît, je vais vous passer les vêtements au fur et à mesure, dit-il à Myriam.

Elle ouvrit les placards du meuble de cuisine et dénicha, sous l'évier, un rouleau de sacs-poubelle qui feraient bien l'affaire. Elle y plaça avec soin les vêtements que le légiste lui tendait. Joseph examina le corps à la recherche d'éventuelles lésions, et nota les différentes lividités qu'il observait. La jeune femme présentait une pilosité tout à fait atypique, y compris sur le torse. Myriam le nota également dans son carnet. Joseph découpa enfin le sac plastique afin de dégager la tête de la morte. Elle avait les yeux fermés ; un duvet sombre couvrait ses joues et le dessus de sa lèvre supérieure. Joseph releva les signes de cyanose, puis s'adressa à Myriam :

– Venez m'aider, on la retourne.

De nombreux flics détestaient cette incontournable étape de la levée de corps. Pour Myriam, cela faisait juste partie du boulot. À eux deux, ils basculèrent doucement le cadavre sur le ventre et l'étendirent de leur mieux sur le canapé. Joseph nota à nouveau ce qu'il observait sur son bloc.

Il sortit de sa sacoche l'imprimé Cerfa bleu qui décidait de la destination du cadavre : funérarium lorsque la mort naturelle était établie, ou institut médico-légal, l'IML, au moindre doute.

– Venez, lieutenant, on peut s'asseoir deux minutes pour discuter pendant que je remplis les papiers.

Myriam prit place à la table du coin cuisine de mauvaise grâce ; elle avait toujours l'incident de la rue barrée en travers de la gorge.

– Compte tenu de mon examen, il semblerait qu'elle se soit suicidée, vraisemblablement en se chargeant en anxiolytiques pour dormir et ne pas changer d'idée au moment où elle manquerait d'oxygène sous son sac. Mais comme le nœud du sac plastique est un peu bizarre, je préfère l'envoyer à l'IML.

– Ça ne devait pas être facile de vivre avec une telle hyperandrogénie.

– Vous m'épatez, lieutenant, c'est bien vu et je ne m'y attendais pas, étant donné votre sens de l'orientation…

– Arrêtez ça, docteur. Il se trouve en effet que j'ai quelques connaissances en anatomie, en physio et en patho. Je me disais d'ailleurs que j'allais fouiller la chambre et la salle de bains pour trouver les médicaments, il y aura sûrement de l'Androcur ou une Diane 35…

Curieuse de nature, Myriam s'était très tôt passionnée pour le corps humain, son fonctionnement, ses pathologies. Et son père, espérant secrètement qu'elle deviendrait médecin à son tour, avait été ravi de lui transmettre des connaissances qui la rendaient plutôt atypique dans son entourage de flics.

– Vous avez parfaitement raison. Et pour l'anxiolytique…

Il se leva et ouvrit la poubelle près de l'évier.

– Voilà, quatre boîtes vides – anxiolytiques et somnifères, de quoi partir calmement, et pour de bon. Je ne sais pas combien elle en avait pris, l'autopsie le dira.

Joseph reprit la rédaction de son document alors que Myriam partait dans la salle de bains. Il avait été impressionné par le calme et le silence de la jeune femme pendant la levée de corps. Les autres flics, surtout les hommes, ne pouvaient pas s'empêcher de jacasser, de faire les malins, et finalement se défilaient au moment de retourner le cadavre. Sans parler de son agréable surprise quand elle avait identifié la pathologie de la jeune morte. Or Joseph Gemayel était rarement étonné, et encore plus rarement *agréablement* étonné. Un sourire se dessina sur ses lèvres, comme malgré lui.

Myriam revint de la salle de bains avec une ordonnance, deux boîtes d'Androcur et une enveloppe marquée « Stacy ».

Comme Aziz entrait dans la pièce, elle lui demanda :

– Elle s'appelle Stacy, la copine ?

– Oui, pourquoi ?

– Emma Torres lui a laissé un mot dans la salle de bains.

Myriam ouvrit l'enveloppe et lut à haute voix. Le texte était bref et d'autant plus émouvant. Emma Torres y disait son horreur d'elle-même, son amour pour son amie, mais son incapacité à croire à leur avenir, et la souffrance d'avoir été, pour son apparence et son orientation sexuelle, totalement rejetée par sa famille. Elle avait 28 ans et avait choisi d'en finir.

Joseph rassembla ses affaires.

– Bien, j'ai terminé. Vous serez présente à l'autopsie, lieutenant Daguerre ?

– Évidemment. Je suis responsable de cette enquête.

– Parfait, vous y verrez un de mes confrères puisque je finis ma garde dans quelques heures. Bonne journée.

Joseph descendit lentement les deux étages, en pleine réflexion. Un lieutenant de police qui assiste aux autopsies ! Tant de flics se défilaient pour ça aussi… Il se demanda quel âge elle pouvait avoir. Moins de trente ans vraisemblablement. Athlétique, élancée, les cheveux aux épaules, elle était plutôt grande et d'autant plus séduisante qu'elle ne faisait rien pour l'être. Son regard fier et intelligent l'avait hypnotisé, même s'il n'en avait rien laissé paraître. Il sourit à nouveau en se disant qu'il avait hâte de retravailler avec elle.

D'autres affaires les avaient réunis, plus ou moins longuement, dans les semaines qui avaient suivi. Myriam avait dû finir par s'avouer que Joseph, qui lui montrait désormais un respect marqué, lui plaisait énormément. Pour le voir le plus souvent possible, elle avait mis au point un petit stratagème. Lorsqu'elle le faisait venir au commissariat pour examiner un gardé à vue, elle « oubliait » systématiquement de remettre la réquisition à la brigade en charge des gardés à vue. Il fallait donc l'appeler, et elle descendait remettre le document directement au médecin. Ils échangeaient quelques mots, puis prirent l'habitude de boire un café avant que Joseph examine le « client »… Pourtant Myriam n'arrivait pas à savoir ce qu'il pensait d'elle, et encore moins si elle lui plaisait. Alors elle restait sur ses gardes et ne montrait aucun signe d'intérêt particulier. Ils continuaient à se vouvoyer très sérieusement mais avaient quand même réussi à s'appeler par leurs prénoms.

Après avoir pesé le pour et le contre pendant une semaine, Joseph finit un jour par l'appeler pour l'inviter à dîner le vendredi suivant.

– Vous aimez la cuisine italienne, Myriam ?

– Oui, ça va.

– Parfait, j'ai réservé au *Carmine* à 20 heures. Je passe vous chercher avant, ça vous va ?

– Oui pourquoi pas… Enfin… non, je sais où c'est, on pourra se retrouver là-bas. À vendredi !

Joseph n'en revenait pas : elle n'avait pas vraiment l'air emballée ! Il faillit la rappeler pour lui dire qu'il s'était trompé dans son planning de garde et qu'il devait annuler, et puis se souvint que s'il avait appris une chose dans la vie, c'est qu'on n'abandonne pas sans avoir tout tenté.

Le lieutenant Myriam Daguerre et le docteur Joseph Gemayel se retrouvèrent donc, méfiants mais secrètement ravis, autour d'une assiette d'*antipasti* quelques jours plus tard. Myriam commanda un verre de chianti et fut surprise de voir que Joseph se contentait de San Pellegrino. Face à son regard interrogateur, il lui expliqua :

– J'ai horreur de l'effet que l'alcool produit sur l'esprit. Je veux constamment rester lucide, en pleine possession de mes moyens.

Myriam sourit.

– Voici ce que je propose, dit-elle : je respecte votre sobriété, et je m'autorise la joie de ce vin qui est absolument délicieux ! Ça vous va comme ça ?

Joseph sourit à son tour, les yeux brillants.

– Ça me va très bien. Je suis heureux que tu sois là ce soir.

– Et moi contente que tu m'aies invitée !

Se tutoyer était sans doute le défi le plus immense qu'ils aient eu à relever tous les deux. Ensuite, tout se déroula comme une évidence. Six mois après ce dîner, ils épluchaient les annonces immobilières pour trouver un appartement. Un an après, ils étaient mariés, et avides de chaque instant passé ensemble – leurs plannings leur en laissaient si peu ! Ils savaient que la seule profession qui divorce plus que les flics, ce sont les médecins… mais ce qui les unissait allait bien au-delà des liens sacrés du mariage. Fusionnels, comme des âmes sœurs, ils se rendaient plus forts mutuellement, malgré la misère et les horreurs auxquelles leurs métiers les confrontaient si souvent. C'était une chance extraordinaire et ils feraient tout pour la préserver, ils se l'étaient promis.

*

* *

Ce matin de novembre, Myriam était heureuse à l'idée qu'elle allait passer tout l'après-midi avec son mari. Elle finissait son service à 13 heures et ne reprendrait pas avant le lendemain 20 heures. Joseph avait réussi à aménager son planning de permanences pour qu'ils puissent être ensemble jusqu'à ce qu'il attaque sa garde, le soir-même. Ce bonheur-là permettrait à Myriam d'oublier, pour quelques heures, les histoires de femmes battues et de ramettes de papier.

– 3 –
Mercredi

La pluie n'avait cessé que quelques minutes avant que Myriam ne parte pour le commissariat. La veille, c'était déjà sous le crachin qu'elle et Joseph étaient allés courir au parc Maurice-Thorez. Ils n'avaient guère croisé que quelques oiseaux et un groupe de trois autres joggeurs, dont un les avait salués d'un geste de la main. Puis Joseph avait rejoint le CHU pour sa garde, et Myriam s'était retrouvée seule. Elle n'avait aucun problème à rester vingt-quatre heures sans parler à qui que ce soit – ce qui lui arrivait rarement depuis qu'elle avait rencontré Joseph, évidemment. Elle n'avait donc rien prévu de particulier avant sa permanence avec Aziz le mercredi soir. Entre un vieux Patricia Cornwell emprunté à Joseph, un coup de fil à une amie et le tri de quelques papiers, elle ne vit pas la journée passer. À 17 h 15, elle se mit en route pour le commissariat : la relève était prévue à 18 heures et Myriam aimait arriver assez tôt pour faire un point sur les dossiers en cours.

Juste après 22 heures, le téléphone d'Aziz sonna. Dans le petit centre commercial du nord de La Grande-Roque, le magasin Optic Plus venait de subir une tentative de cambriolage à la voiture bélier. C'est le patron du magasin qui avait appelé le 17 après avoir été alerté par son système de télésurveillance.

– Tu prends ou je prends, Aziz ? demanda Myriam.

Pour chaque affaire, on devait désigner un OPJ responsable. Cela se faisait à tour de rôle dans leur binôme de grade égal.

– Je prends, répondit Aziz. À toi la suivante, OK ?

Arrivés sur place, les deux flics commençaient les premières constatations quand un homme élégant et tout en longueur leur fonça dessus.

– Enfin la police ! Regardez, vous avez vu ce qu'ils ont fait à ma boutique ?

À vrai dire, les dégâts étaient bien moins importants que ce que les deux OPJ avaient imaginé en route. Les cambrioleurs avaient tenté de passer par l'arrière du bâtiment, pensant sans doute qu'il serait moins protégé que la vitrine. Mais il y avait là aussi un rideau de fer, qui avait tant bien que mal tenu bon sous les coups de boutoir.

– En tout cas, je suis content d'avoir investi dans un super système d'alarme, poursuivit l'opticien. Ça les a fait fuir, vous voyez ?

Comme à son habitude, le duo se répartit le boulot. Aziz resta avec le propriétaire pour faire le tour de la boutique, à l'intérieur et à l'extérieur. Ils passèrent par-devant ; les voleurs avaient fui dès le déclenchement de l'alarme et n'avaient pas pu entrer dans le magasin pour voler les montures, une marchandise qui se revendait très facilement, sans parler des solaires de marque qui faisaient toujours un carton sur Le Bon Coin. De son côté, Myriam commença l'enquête de voisinage. Quelques personnes étaient attroupées sur le parking du centre commercial. Myriam prit quelques notes et les identités des témoins. Elle allait poursuivre l'enquête de voisinage, même si elle savait déjà qu'elle ne mènerait à rien. Il fallait pourtant le faire, car le lendemain, dans les discussions entre voisins, on se dirait : « Tu as vu, les flics sont venus tout de suite, et puis heureusement, on lui a rien volé à monsieur Balla. » Malgré la méfiance ambiante à l'égard de la police en particulier et des figures de la République en général, les Grand-Laroquois appréciaient comme tout le monde de voir les policiers présents sur les lieux des incivilités et les scènes de crime.

Aziz était ressorti de la boutique et parlait avec l'opticien. Alors que Myriam se dirigeait vers eux, son portable sonna.

– Lieutenant, c'est le standard. On a un très gros incendie à la Roseraie, les pompiers ont appelé les collègues pour sécuriser la zone, il y a des victimes, au moins un mort.

– Merde ! Envoyez-moi l'adresse par texto, on y va tout de suite.

La jeune femme rejoignit son collègue.

– Aziz, on doit y aller. Maintenant.

Samih travaillait avec elle depuis assez longtemps pour ne pas avoir à poser de questions.

– Monsieur Balla, dit-il aussitôt, passez demain déposer plainte, nos collègues vous recevront.

Myriam s'installa au volant de leur Mégane.

– Mets le bleu Aziz, on va à la Roseraie, mais on sera pas tout seuls.

Aziz mit en place le gyrophare et la Renault s'élança en direction du nord. La Roseraie était la seule cité vraiment sensible de La Grande-Roque. Une douzaine de constructions de hauteur variable, disséminées autour de dalles de béton qui n'avaient été des espaces arborés que sur les croquis initiaux de l'architecte, à la fin des années soixante. À l'époque, les terrains maraîchers avaient fait place à un ensemble hétéroclite : trois tours de quatorze étages, six barres de huit étages, et, ce qui passait pour le summum de l'innovation à l'époque, deux immeubles aux courbes sinueuses qui leur donnaient l'allure, vus du ciel, d'étranges lombrics immobiles. Comme dans le reste du département, le commissariat de La Grande-Roque n'avait plus, depuis plusieurs années, les moyens d'y faire patrouiller des équipes au quotidien ; des chefs de bande avaient pris le contrôle des différents immeubles et offraient des perspectives d'« emploi » très compétitives aux jeunes du quartier. De temps en temps, l'un d'eux faisait un séjour à l'ombre, puis revenait auréolé d'une gloire supplémentaire. Il restait de moins en moins d'habitants à l'écart des trafics, car ceux qui travaillaient légalement faisaient tout pour quitter la cité dès qu'ils le pouvaient. Les pionniers du quartier, ceux qui avaient emménagé au début des années soixante-dix, étaient morts, ou sur le point de l'être, et avaient donc déménagé, direction le cimetière ou l'EHPAD Claude-Debussy. Il restait quand même quelques couples de retraités que les gamins laissaient relativement tranquilles. Pas forcément par respect dû aux aînés : un indic d'Aziz lui avait dit que plusieurs seniors travaillaient désormais comme nourrices[1] pour les différents trafics de drogue, principalement cannabis, héroïne et cocaïne.

Le quartier fonctionnait en autarcie, et les policiers n'y étaient évidemment jamais appelés. Les affaires se réglaient entre autochtones. Mais, en cas d'incendie, on n'avait pas encore trouvé comment remplacer les pompiers. Et ces derniers, fatigués de se faire caillasser pendant leurs opérations, avaient pris l'habitude de prévenir le commissariat dès qu'ils étaient appelés à la Roseraie. Ulusoy avait passé la consigne d'envoyer systématiquement une ou deux voitures de flics en uniforme dans ces cas-là.

Myriam se disait qu'elle n'avait même pas besoin de l'adresse que son collègue lui avait transmise pour s'orienter : un violent incendie, la nuit, dans une cité, ça se voit de loin. Arrivés à quelques centaines de mètres de la Roseraie, Aziz aperçut le premier un énorme panache de fumée noire qui se détachait sur

1. Les nourrices sont des personnes au-dessus de tout soupçon (mères de famille, retraités, couples sans histoire, etc.) chargées de planquer de la drogue chez elles moyennant rémunération.

les lumières de la ville ; une odeur âcre envahit rapidement l'habitacle. Lorsque Myriam se gara devant la tour Matisse où les pompiers finissaient d'éteindre le brasier, ça clignotait comme à Noël : les gyrophares des pompiers, le leur, ceux des collègues, les flammes, « manque plus que Jean-Michel Jarre et ce sera complet pour la pyrotechnie », songea Myriam.

Un collègue en uniforme accourut vers eux lorsqu'ils sortirent de leur véhicule.

– Les pompiers nous ont appelés dès qu'ils ont été prévenus, il y a dix minutes. On a sécurisé le périmètre comme d'habitude, mais pour le moment aucun incident à signaler. D'ailleurs, regardez, il n'y a personne dehors, et très peu de gens qui regardent par la fenêtre.

– Je les comprends, ça arrache ! répondit Aziz en toussant, la gorge déjà en feu. Mais vous avez raison, brigadier, il y a toujours un comité d'accueil quand on vient ici, et là, personne ? Rien que ça, c'est bizarre.

– Vous avez prévenu le légiste ? demanda Myriam.

– Non, les pompiers nous ont dit qu'il y avait un corps, mais on n'a pas pu entrer pour s'en assurer. On s'est dit qu'il valait mieux que vous puissiez vérifier d'abord.

Myriam sourit intérieurement. La procédure voulait effectivement qu'un policier constate par lui-même la présence d'au moins un cadavre avant d'appeler le légiste. Le collègue aurait fait confiance aux pompiers en temps normal, seulement là, il savait que le docteur Gemayel était de garde et, compte tenu de sa réputation, il avait eu trop peur de le faire venir pour rien…

Un pompier s'avança vers les trois policiers en ôtant son casque. Il avait l'air très jeune, vingt ans à peine, et surtout très fatigué.

– C'est bon, on a fini, j'étais le dernier à l'intérieur, précisa-t-il d'une voix éraillée, les cordes vocales irritées par les fumées. Le feu a pris dans le local poubelles, à gauche en entrant. Donc ça pourrait être un accident de clope, en théorie. Mais bon, il y a trois corps et ils ne sont pas tous brûlés de la même manière… Enfin ça, c'est votre taf, je vous laisse voir.

Myriam se tourna vers le brigadier.

– Je pense qu'on en a pour un moment ici. Appelez le légiste, l'expert incendie, les pompes funèbres, et faites remplacer vos hommes arrivés les premiers, ils ont besoin de se reposer.

– Bien, lieutenant.

La porte d'entrée de la tour était béante. Myriam et Aziz pénétrèrent dans un hall d'entrée évidemment dans le noir – l'électricité avait-elle disjoncté pendant l'incendie ? Était-elle coupée depuis plusieurs semaines ? Ici, tout était possible. Les deux policiers balayaient sol, murs et plafond du faisceau de leurs Maglite. Au bout de quelques mètres, ils dépassèrent les vestiges des boîtes aux lettres des résidents, puis une porte se découpa dans le mur de gauche alors que, droit devant, l'escalier principal était en vue. Myriam se plaça à gauche de la porte, Aziz l'ouvrit brusquement et se plaqua contre le mur. Silence total. Avant d'entrer dans le couloir, les deux policiers l'éclairèrent sur toute sa longueur. Il faisait moins de dix mètres et, en plein milieu, une jeune femme gisait sur le béton, le visage tourné vers le ciel, ses yeux grands ouverts dans une expression de surprise désormais éternelle. Ses cheveux blonds s'échappaient d'une capuche noire. Myriam et Aziz l'enjambèrent avec précaution pour continuer à progresser en silence. L'air était irrespirable et Myriam commençait à larmoyer. Aziz, lui, toussait de plus en plus. En avançant, un fumet de chair grillée, de plus en plus insistant, venait se mêler à l'odeur âcre de la fumée. Au bout du couloir, pour intervenir plus rapidement, les pompiers avaient arraché et jeté à terre la porte qui menait au local poubelles. Les deux flics la piétinèrent pour entrer. La pièce était vaste : elle avait été conçue pour recevoir les déchets de cent soixante-seize logements. Mais elle ne contenait ni poubelles ni bacs collecteurs. On distinguait çà et là plusieurs meubles plus ou moins calcinés, dont une table et quatre chaises. Un corps sévèrement brûlé tenait encore assis sur l'une des chaises, un autre, encore plus abîmé, était allongé au sol, les bras en croix. L'odeur de chair brûlée était maintenant omniprésente. La première confrontation avec ce phénomène était toujours une expérience terrifiante pour le cerveau. Celui-ci avait l'habitude d'associer cette odeur de grillé à un plat appétissant, un jardin ensoleillé, des souvenirs joyeux… aussi, retrouver ce fumet autour d'un cadavre était hautement perturbant : il donnait à la fois faim et la nausée – surtout la nausée…

– Aziz, on va prendre l'air et se répartir les tâches.

La fraîcheur et l'humidité de la nuit étaient une bénédiction.

– OK Myriam, je t'écoute.

– Interroge les collègues qui sont là depuis le début, note tous les détails, l'expert incendie en aura besoin. Moi, j'appelle le proc. Ensuite on se rejoint à l'intérieur pour commencer les constatations en attendant que Joseph arrive, c'est lui qui est de garde.

– Ça marche. Est-ce qu'on réveille Christiani ?

– Hors de question.

Delphine Ackerman était la procureure de permanence cette nuit-là. Myriam lui fit un bref topo.

– Trois morts ! résuma Delphine. Même pour la Roseraie, ça fait beaucoup. Écoute, je ne te dessaisis pas tout de suite, je préfère que tu fasses les trois levées de corps avec Joseph, vous serez les meilleurs pour ça. Mais donne-moi une heure et j'arrive, on refait le point quand je suis sur place.

Myriam se tourna vers Aziz, toujours en discussion avec le brigadier qui les avait accueillis :

– J'y retourne, Aziz, OK ? Tu me rejoins à l'intérieur ?

– Non, pour l'instant on va travailler ensemble, lieutenant Gemayel.

La voix puissante de Joseph s'était élevée dans son dos. Elle se retourna avec un large sourire. Travailler avec son mari était l'une des joies de son métier.

– Je récupère des sacs dans la voiture et on y va.

Joseph et Myriam entrèrent d'un même pas dans l'immeuble.

– Je t'en dis un minimum : on a trois cadavres plus ou moins cramés. On commence par lequel ?

– Le moins abîmé, il y a sûrement plus de matériel exploitable, et il faut faire vite parce qu'il se dégrade de plus en plus à chaque seconde.

Quelques instants après, Joseph se penchait sans un mot sur le cadavre de la jeune femme. Myriam se tenait à quelques pas, entre l'entrée du couloir et le corps, afin d'empêcher un éventuel intrus de venir polluer la scène de crime de Joseph : elle redoutait ses réactions parfois un peu... disproportionnées. Elle prenait des notes pendant que Joseph travaillait avec sa minutie habituelle. Myriam décrivait la jeune femme dans son carnet. Blonde, la vingtaine, cheveux sous les épaules, elle avait une silhouette magnifique mise en valeur par un jean skinny noir et des bottes cavalières noires à talons plats. Seul un sweat à capuche, noir lui aussi, détonnait sous son imper élégant. On ne croisait pas souvent de femmes de son genre dans le quartier – d'ailleurs, on ne croisait plus aucune femme dans le quartier. Elle avait dû mettre la capuche du sweat sur sa tête de la station de RER jusqu'à ce qu'elle soit entrée dans l'immeuble, pour ne pas trop attirer l'attention. Lorsque Joseph dégagea la capuche puis les cheveux, il marqua une pause pour prendre en photo le dernier détail notable : le trou béant qu'elle avait dans la gorge. Myriam arpenta alors le couloir dans les deux sens, aucune douille au sol. Mais le légiste était à peu près sûr qu'il s'agissait d'une blessure par balle.

Toujours en silence, Joseph passa, un à un, les vêtements de la morte à Myriam, qui les mit dans les sacs qu'elle avait apportés. En lui retirant son imperméable, Joseph découvrit un petit sac à main, plutôt une pochette, que la morte portait en bandoulière. Il découpa la sangle pour la donner à Myriam, qui en explora le contenu dès que le corps fut retourné. Il y avait un iPhone éteint, sans doute pour éviter « d'accrocher », deux mille euros en billets de cent, serrés dans un simple élastique, une clé de consigne de la gare du Nord, et une boîte d'Aspégic 1000. À l'intérieur, Myriam découvrit trois sachets de poudre rose pâle, chacun fermé d'un autocollant rose également et marqué d'un logo : une étoile avec des yeux et un sourire d'émoji.

Myriam sentit son ventre se contracter, comme sous l'effet d'un coup de poing. Elle avait déjà vu ce logo, trois semaines auparavant.

*

* *

Le souvenir de cette journée du 27 octobre était gravé en elle. Le PC sécurité du Leclerc de La Grande-Roque avait téléphoné au commissariat, c'était Thierry et Kimia qui s'étaient déplacés. Ils étaient arrivés en même temps que le légiste de permanence, le docteur Bauliez, qu'ils avaient fait prévenir avant de quitter le commissariat.

Un des employés du supermarché avait trouvé un corps dans une des grandes bennes à ordures à l'arrière du centre commercial. Il avait d'abord cru à une blague, en cette période d'Halloween, avant de comprendre qu'il s'agissait vraiment d'un cadavre. Le petit cadavre d'un jeune adolescent, qui avait l'air d'avoir moins de treize ans.

Thierry, Kimia et le docteur Bauliez s'étaient retrouvés autour de la benne. Le médecin avait pris quelques notes puis, avec l'aide des deux flics, il avait sorti le corps de la benne et l'avait posé au sol, sur une bâche. Thierry était parti avec le chef de la sécu pour récupérer les images des caméras de surveillance pendant que Kimia et Bauliez se chargeaient de la levée de corps. La policière avait fouillé les poches du jean que portait le gosse, avant de le ranger dans le sac. Elle y avait trouvé un mouchoir taché de sang, l'emballage d'un biscuit, et un comprimé rose pâle marqué d'une étoile souriante.

Pendant ce temps-là, Thierry et le chef de la sécu visionnaient toutes les images depuis la veille au soir. C'était un exercice fastidieux et surtout frustrant : les caméras étaient régulièrement vandalisées, et ne fonctionnaient jamais toutes en même temps. Sur l'une des bandes, on distinguait en effet deux silhouettes, vêtues de sombre, portant un grand paquet qui pouvait être le corps du petit. Mais personne n'était identifiable et on n'avait pas non plus d'image d'un véhicule arrivant aux alentours du supermarché. Bref, rien à en tirer.

De son côté, Myriam avait entendu pourquoi ses collègues avaient été appelés et, lorsque Kimia et

Thierry revinrent au commissariat, elle demanda à sa collègue de jeter un œil sur ses notes et ses scellés. Le comprimé rose se grava instantanément dans sa rétine. Nul n'était indifférent à la mort d'un enfant, mais pour Myriam, cela avait toujours une résonance particulière…

Elle proposa donc à Kimia de la remplacer pour assister à l'autopsie, ce que sa collègue accepta immédiatement et avec soulagement. Elle préférait se consacrer à appeler tous les commissariats des environs pour savoir si un enfant disparu avait été signalé. Mais personne, nulle part, ne recherchait le gamin.

Deux jours plus tard, Joseph était donc aux côtés de Myriam pour procéder à l'autopsie de la victime, dont ils n'avaient toujours pas découvert l'identité. Le légiste admirait le courage et le sang-froid de sa femme que rien, dans sa formation, n'avait réellement préparée à l'horreur que représente la mise en pièces d'un corps d'enfant sur une table en acier inoxydable. Contrairement à la levée de corps où elle devait assister le légiste, Myriam n'était ici qu'en spectatrice. Joseph était assisté, pour les différentes opérations à effectuer, d'un appariteur, un colosse aux cheveux très courts et grisonnants dont le regard n'exprimait rien. Joseph l'avait secrètement surnommé le Morse. Myriam ne bougeait pas, ne cillait pas. Mais ses yeux étincelaient de rage à chaque fois que Joseph formulait une constatation à voix haute à la fois pour elle et pour son Dictaphone.

« Enfant de sexe masculin, brun, de type européen, identité inconnue. Âge estimé : douze ans, à un an près, sur la base de l'atlas de Greulich et Pyle. »

« Signes multiples de sévices sexuels de topographie anale. »

« Traces récentes de piqûres entre les orteils du pied gauche. »

« Marques de contention aux poignets et aux chevilles. »

« Cause probable de la mort : arrêt cardio-respiratoire d'origine probablement toxique, en l'absence d'autre lésion identifiée. »

Les analyses des prélèvements effectués lors de l'autopsie corroborèrent cette hypothèse, une dose massive d'héroïne ayant été retrouvée dans les différents organes. Et le comprimé rose, après analyse, se révéla être une forme d'héroïne compactée de très haute qualité.

Le soir même, pendant qu'ils dînaient tous les deux, Myriam ne put s'empêcher de reparler de l'autopsie. Elle ne décolérait pas.

– Un accident de voiture, un gamin tué, c'est moche, mais je peux comprendre et accepter. Là, je ne comprends pas. Je n'accepte pas. C'est quoi cette came ? Qui l'a violé ? Qui l'a drogué ? Pourquoi personne ne le cherche ?

– Ce pauvre gosse… J'y ai pensé toute la journée, moi aussi. Son autopsie m'a retourné le bide. Et cette drogue qu'on n'a jamais vue dans le coin… Merde, ça ne me plaît pas. Je vais me renseigner sur le produit, si tu es d'accord bien sûr.

– Fais-le, répondit Myriam, qui savait ce que cela signifiait.

Trois jours plus tard, Joseph reçut un appel alors qu'ils finissaient leur café matinal. Il sortit sur le balcon pour parler. Lorsqu'il revint, il avait l'air sombre.

– C'était Renzini. Il s'est renseigné sur la drogue que ta collègue a trouvée dans les poches du petit. C'est les Haïtiens qui la distribuent. Elle vient du Brésil. Elle est compactée et d'une densité vraiment inédite, ce qui leur permet d'en faire passer plus par chaque mule qui arrive de Guyane à Orly. Les Napolitains sont furieux, cette came est très bonne, et ils ont déjà quelques clients qui ont diminué leurs commandes chez eux pour en acheter plus aux Brésiliens qui font les grossistes pour les Haïtiens. Ça commence à leur faire du tort aux Italiens. Je l'ai remercié pour les infos… et je lui ai rappelé qu'on est de l'autre côté de la loi, nous, et qu'on va pas se charger des problèmes commerciaux de ses cousins.

– C'est clair. Alors, les Haïtiens… On a souvent affaire à eux, du moins ils reviennent souvent dans des affaires de grand banditisme au commissariat, mais pour l'instant je n'avais pas été confrontée directement au problème.

Après cette conversation, le temps avait passé et Myriam avait renoncé à espérer que quelqu'un se présente pour réclamer l'enfant. Mais elle n'avait oublié ni son visage ni le comprimé. En revoyant le logo ce soir-là, elle sentit qu'elle devait absolument suivre cette piste. Le monde entier avait abandonné ce gamin, il était hors de question qu'elle fasse de même.

*

* *

Le sachet de poudre l'avait projetée dans le temps et elle dut s'arracher à ses souvenirs pour aider Joseph : il avait besoin d'elle pour se rendre dans le local poubelles et examiner les deux autres corps. Après avoir pris des notes et une trentaine de photos, il annonça à Myriam :

– Les corps sont trop abîmés pour que je les manipule correctement sur place. Je vais briefer les pompes funèbres pour le transport, et je vais les autopsier dès demain, tant que je suis encore de garde, en espérant qu'il n'y ait pas d'autre viande froide pour ce soir. En revanche, la femme devra attendre après-demain, et ce ne sera pas moi.

– De toute façon, et même si je sais que tu n'aimes pas que je tire mes propres conclusions, on est d'accord : le trou dans sa gorge explique largement son décès.

– Je ne discute même plus ! s'exclama Joseph en souriant.

Le couple ressortit de l'immeuble. Du coin de l'œil, Myriam vit que Christiani était là. Un des bleus avait dû le prévenir. Le commissaire parlait avec une jeune femme que la policière reconnut, une journaliste du *Parisien.* L'air satisfait de Christiani écœura Myriam. Deux techniciens de l'identité judiciaire préparaient leur matériel, parés pour intervenir. Aziz, de son côté, discutait avec un homme qui devait être l'expert incendie. Les employés des pompes funèbres étaient arrivés eux aussi ; Joseph se dirigea vers eux afin de leur donner ses instructions pour le transport des trois corps. Prenant soin d'éviter le commissaire, Myriam alla ouvrir le coffre de la Mégane et y plaça les différents sacs contenant les vêtements et les bottes de la victime, ainsi que ce qui l'intéressait naturellement le plus, la pochette à bandoulière. Elle entendit alors une voix féminine la héler, et se retourna pour découvrir que la procureure Delphine Ackerman était arrivée.

– Salut, Myriam. Tu me racontes ?

– On vient de terminer la levée des trois corps avec Joseph. Deux, a priori masculins, sont salement brûlés et on n'a pas pu faire grand-chose sur place. Joseph les autopsiera demain. Le troisième est un corps de femme, blessure vraisemblablement mortelle à la gorge, sans doute par balle, à voir à l'autopsie.

– C'est clair. Je te dessaisis donc officiellement de cette affaire pour la confier à la PJ.

L'organisation des forces de l'ordre en France était ainsi faite. Les officiers affectés à un commissariat n'avaient ni le temps ni les moyens d'enquêter sur des crimes, et les enquêtes de ce type étaient par principe confiées à la police judiciaire par le parquet.

– Attends, Delphine, il y a autre chose. La femme avait un peu de drogue dans son sac à main.

– Quoi comme drogue ?

– Je ne sais pas pour l'instant, je dirais de la coke, avec une marque. J'en n'avais jamais vu jusque-là dans le coin.

– Et alors ?

– Alors je veux que tu me saisisses sur ça. Que tu donnes l'enquête décès et les trois cadavres à la PJ, c'est normal. Mais laisse-moi mener l'enquête stup. Aziz et moi, on connaît les dealers de la circo, on pourra bosser vite, c'est hors de question qu'on ait une nouvelle drogue qui débarque ici.

Delphine étudia un moment le visage de son amie. Elle y lisait cette détermination farouche qui la caractérisait, quoi qu'il lui en coutât. Elle finit par abdiquer : par amitié peut-être, mais surtout tout simplement parce qu'elle savait qu'il n'y aurait pas plus compétent et investi sur le dossier.

– C'est bien parce que c'est toi. Je vais demander à Christiani de vous détacher, le lieutenant Samih et toi, sur l'enquête stup pendant cinq jours. Cinq jours, pas un de plus. Vous devrez être efficaces tous les deux… Mais je te fais confiance pour ça !

– Merci, Delphine. Je préviens Aziz, je te laisse le soin d'informer mon chef. Regarde, il est là-bas, en train de… rien faire, un peu comme d'habitude. Il sait que Joseph est de permanence, alors ça a dû le stimuler pour se lever. Il adore lui cirer les pompes.

– Et je te parie qu'il sera ravi que je vous détache. Il pourra continuer à dire à qui veut l'entendre qu'il est sur l'affaire des trois morts de la Roseraie, et ce ne sera qu'un demi-mensonge.

– 4 –
Aya

Aya regardait ses frères partir à l'école. Elle avait adoré les quelques années où elle avait pu étudier, mais, comme toutes les filles de son village, elle n'y était plus retournée après ses dix ans. Sa mère lui avait dit qu'elle avait besoin d'elle à ses côtés dans les champs familiaux. Son père travaillait la terre lui aussi, mais il avait attribué certaines parcelles à sa mère, des lopins qu'il jugeait peu rentables et sur lesquels sa femme faisait, de son mieux, pousser du riz et du fonio. Aya avait tenté de protester quand sa mère lui avait annoncé qu'elle n'irait plus en classe.

– Aya, c'est comme ça, tu le sais bien. Tu dois travailler avec moi.

– Et Ibrahim et Djibril, ils sont plus grands que moi, alors pourquoi ils vont toujours à l'école, eux ? Je veux y aller ! J'adore Mlle Hamsetou, elle dit que je lis très bien !

– Arrête de discuter, Aya.

Pourtant, le soir même, alors qu'Aya s'endormait, elle entendit ses parents se disputer.

– Moussa, ce n'est pas juste pour Aya. Elle ne veut pas travailler la terre, elle veut étudier.

– Il y a trop de bouches à nourrir ici. Si Aya ne t'aide pas, comment ferons-nous ?

– Djibril est plus grand, et moins doué qu'elle pour les études. Il pourrait très bien rester avec moi.

– Mais tout le village rira de nous si mon fils fait un travail de femme pendant que sa sœur se pavane à l'école ! Je ne veux plus entendre parler de cela, Bintou, tu m'as entendu ?

Moussa avait montré un air décidé, mais la tristesse de sa fille le peinait lui aussi. Il l'aimait profondément et avait bien remarqué ses facilités scolaires. Il y avait simplement trop d'obstacles entre l'école et elle : la peur de la faim, les traditions…

Aya se rendait ainsi depuis presque deux ans dans les champs, aux côtés de sa maman. Sous le soleil de Kéniéba, elles chantaient en travaillant. Le sourire et la force de sa mère aidaient Aya à accepter son sort.

Mais un soir, avant que les garçons ne reviennent de la ville, une femme s'était présentée à la porte de leur maison. Sa mère l'avait appelée « cousine Tenin » et l'avait accueillie chaleureusement. Aya les avait laissées seules un moment pour préparer un pichet de lait caillé et une assiette de mangues coupées en gros morceaux, pendant que les deux femmes discutaient. Quand elle revint avec son plateau, la conversation était très animée.

– Paris ? J'ai toujours rêvé d'aller à Paris…

– Tout le monde rêve de Paris, Bintou ! Et les écoles là-bas sont magnifiques.

– Je ne sais pas, cousine. C'est ma seule fille. Mes fils partiront, qui restera auprès de moi ?

– Mais tu ne dois pas penser qu'à toi ! Me voici devant toi avec un présent, une chance extraordinaire pour ta fille, tu ne vas pas la laisser échapper ! Tu sais, j'ai d'autres cousines, elles ont des filles aussi, je peux emmener ma proposition ailleurs.

– Laisse-moi parler avec Moussa ce soir. Et reviens me voir demain.

Cousine Tenin partie, Aya s'était précipitée vers sa mère pour lui demander ce qui se passait. Mais celle-ci avait refusé de lui dire quoi que ce soit avant de parler à son mari.

Enfin, le soir même, Aya entendit son père l'appeler. Quand elle le rejoignit, il était avec sa mère.

– Aya ma fille, lui dit-il, tu as beaucoup de chance. Moi, ton père, je viens d'accepter que tu partes faire tes études à Paris.

Aya le regarda, médusée. Elle rêvait d'aller à l'école, pas de quitter sa famille !

– Comment ça, papa, qu'est-ce qui se passe ?

– Il se passe que nous avons de la famille prospère et bien établie en France. Cousine Tenin, que tu as vue tout à l'heure, habite à Paris dans une maison luxueuse. Elle propose généreusement de t'accueillir chez elle, dans sa famille, et de te permettre d'étudier à l'école française. En échange, tu devras simplement t'occuper de ses enfants de temps en temps.

– Mais je ne veux pas partir, papa, pas tout de suite ! Quand j'aurai dix-huit ans, d'accord !

– Ne discute pas, Aya, j'ai pris ma décision. C'est une opportunité extraordinaire. Cousine Tenin rentre en France dans un mois, tu partiras avec elle.

– Maman ! Je ne veux pas partir !

– Ma fille, ton père a raison, c'est une grande chance ! Ici, il n'y a rien pour toi, à Paris, tout sera possible !

Quand la cousine revint le lendemain, Aya resta obstinément cachée pendant toute sa visite. Mais elle l'entendit se mettre d'accord sur les différents détails avec sa mère. La cousine avait apparemment des relations pour obtenir rapidement un passeport pour la petite fille.

Le mois qui suivit passa beaucoup trop vite. Aya continuait à travailler aux champs avec sa mère, mais elle ne chantait plus. Le soir, elle ne pouvait s'endormir sans pleurer.

Enfin, le grand jour arriva. Toute la famille se rendit à Bamako pour accompagner Aya à l'aéroport. Juste avant les contrôles de sécurité, Aya se cramponna à sa mère :

– Je t'en supplie, maman, je t'en supplie…

Bintou l'enlaça, puis se détourna, des larmes plein les yeux. Et la cousine l'empoigna sans ménagement. Épuisée par ces émotions, Aya dormit tout le vol et traversa hébétée les contrôles à l'immigration. Devant le tapis à bagages du terminal 2E, la cousine tendit la main à Aya :

– Donne-moi ton passeport, c'est plus sûr, il ne faudrait pas le perdre.

Même si elle n'avait jamais vu la France, Aya n'était pas idiote et elle comprit tout de suite que l'appartement de trois pièces dont la cousine ouvrit la porte, après un long trajet en taxi, n'était pas la « maison luxueuse » qui avait été décrite à ses parents, et n'était d'ailleurs sans doute pas à Paris. Fatiguée par le voyage, la petite fille demanda où était sa chambre pour qu'elle puisse dormir un peu. Sa cousine lui lança sèchement :

– Ici, on ne se repose pas, on travaille.

Et une vie de corvées et de souffrances commença pour Aya. Les journées commençaient à 6 h 30 avec le passage du balai et de la serpillière, le plus silencieusement possible pour ne réveiller ni la cousine, ni le cousin, ni leurs trois enfants âgés de quatre à sept ans. Puis il fallait faire le petit déjeuner pour tout le monde, et préparer les enfants pour les emmener à l'école. Le reste de la journée, Aya nettoyait les chambres, faisait les courses, la lessive, et cuisinait pour le repas du soir selon ce que la cousine lui demandait le matin. En fin de journée, il fallait aller chercher les enfants à l'école. Une fois qu'ils étaient couchés, et après avoir fini de ranger et nettoyer, la jeune fille dormait dans le salon sur un matelas en mousse, sans draps. Et lorsque son travail ne donnait pas satisfaction, elle recevait des coups de canne ou était privée de nourriture. Bien sûr, pas d'école pour elle. Parfois, le matin, dans la maison encore endormie, elle sortait du cartable de l'aînée des enfants ses manuels de CE1 et les feuilletait avec envie. Elle avait tellement rêvé de s'asseoir à nouveau dans une salle de classe ! Elle ne supportait pas d'entendre les enfants dire comme tant d'autres, le matin, qu'ils ne voulaient pas aller à l'école. Seule, dans la journée, elle n'osait guère sortir de l'appartement, la cousine lui avait bien expliqué que les policiers pouvaient la mettre en prison puisqu'elle n'avait pas de papiers. Elle pleurait souvent en pensant à sa maman. Était-elle au courant ? Est-ce qu'elle la croyait morte ? Est-ce qu'elle la cherchait ?

Trois mois passèrent ainsi, lorsqu'un jour, alors qu'elle attendait que les enfants sortent de l'école, une jeune fille à peu près du même âge qu'elle l'aborda avec un large sourire.

– Bonjour ma sœur, je m'appelle Majda, et toi ?

– Moi, c'est Aya.

Les petits arrivaient, les filles n'eurent pas le temps de s'en dire plus.

Au fil des semaines, elles se retrouvèrent de plus en plus tôt pour avoir le temps de parler avant la cloche. Majda avait douze ans, elle allait au collège et avait trois frères à l'école élémentaire. C'était elle qui venait les chercher le soir. Mais elle était très inquiète car elle avait surpris une conversation entre ses parents : ils avaient décidé de la faire rentrer en Algérie pour qu'elle s'y marie.

– Hors de question que je me retrouve mariée à un vieux barbu dégueulasse ! déclara Majda.

Aya éclata de rire ; les grossièretés de Majda, avec son joli visage fin encadré comme un tableau d'un hijab élégant, étaient un ravissement pour elle.

– Aya, il faut qu'on se casse. Ta vie est pourrie et la mienne va bientôt l'être. C'est pas possible !

La détermination de Majda impressionnait Aya. À force de se répéter qu'elles allaient partir, les filles finirent par échafauder un plan. Il fallait rassembler le plus d'argent possible. Majda avait reçu de l'argent lors de ses derniers anniversaires, et n'avait rien pu dépenser – on ne la laissait pas acheter quoi que ce soit pour elle –, et Aya devint experte pour prélever la nuit, dans le porte-monnaie de la cousine, la quantité exacte de pièces dont l'absence passerait inaperçue. Et puis, un jour d'avril, elles se donnèrent rendez-vous juste après la cloche du matin, près de l'école. Chacune avait un sac à dos contenant les quelques affaires qui leur avaient semblé indispensables. Avec leur maigre cagnotte, elles achetèrent deux tickets de RER pour Paris. Dans le train, Majda prit son air sérieux.

– Écoute, ma sœur. Moi, on va me rechercher. Toi, c'est pas sûr, mais il vaut mieux qu'on prenne nos précautions. Alors j'ai pensé à un truc. Mes parents n'ont aucune photo récente de moi sans mon hijab. Et toi tu n'en portes pas depuis que tu es en France. Donc, attention, tour de magie : je l'enlève, je deviens invisible, toi tu le mets, tu deviens invisible aussi !

En riant, Majda retira son foulard et en coiffa son amie avec dextérité. Elles firent le reste du trajet en rêvant à leur vie parisienne.

Arrivées gare du Nord, elles durent se rendre à l'évidence : elles n'avaient nulle part où aller. Elles déambulèrent toute la journée dans le quartier, effrayées à l'idée de trop s'éloigner de leur seul point de repère. Le soir venu, elles revinrent sur le parvis de la gare pour la nuit.

– Qu'est-ce qu'on va faire, Majda ? demanda Aya, qui commençait à avoir peur.

– Ne t'inquiète pas, ma sœur. Pour l'instant, on dort.

Dans la douceur de la nuit de printemps, les deux amies s'endormirent sur un banc, blotties l'une contre l'autre.

Le lendemain matin, elles se réveillèrent pour découvrir qu'un groupe de cinq punks à chiens s'était installé tout près d'elles pour faire la manche. Les deux filles de la bande vinrent bientôt leur tourner autour.

– Vous avez dormi là, les petites ? Vous avez faim ?

Les deux gamines acquiescèrent en silence, très intimidées par l'allure des jeunes femmes, qui leur rapportèrent bientôt de quoi manger.

– On a de la 8°6, mais ça doit pas être votre truc, je me trompe ? Moi, c'est Emma. Je ne sais pas comment vous vous retrouvez là, mais ne restez pas seules, venez avec nous. On a un squat dans un immeuble abandonné vers Marx-Dormoy. Vous serez mieux qu'ici. Franchement, on en est à notre quatrième squat, et c'est clairement le mieux. Pas d'embrouilles, et safe pour les meufs, c'est pas si fréquent. De toute façon, ma copine et moi on veillera sur vous.

C'était inespéré. Les filles se regardèrent, se demandant si elles devaient leur faire confiance. De toute façon, elles n'avaient pas vraiment le choix. Le soir, elles suivirent donc Emma et ses copains en direction du squat. L'immeuble bourgeois de cinq étages avait connu des jours meilleurs, mais la plupart des fenêtres étaient intactes, et les autres étaient occultées par des couvertures militaires. Les cinq punks les guidèrent jusqu'à une grande pièce, au deuxième étage, où du parquet et une cheminée témoignaient d'un passé bourgeois. « Voilà, c'est chez nous ! », annonça un des gars. Quelques matelas au sol, des duvets, deux tables dont l'une servait d'atelier de roulage de clopes, on ne se cognait pas dans les meubles. Le groupe fit de son mieux pour installer le duo confortablement.

– C'est pas mal si on fait pas attention à l'odeur ! rigola Majda.

Un des chiens s'était couché entre elles deux, comme pour les protéger. Elles s'endormirent en quelques secondes.

Leur petite routine s'installa en quelques jours. Le matin, tout le monde mangeait un morceau au squat avant d'aller faire la manche toute la journée. Aya et Majda ne quittaient jamais le groupe, s'installaient au plus loin à quinze mètres et s'amusaient de récupérer bien plus d'argent que les copains. Le soir, c'étaient les gamines qui allaient au Franprix dépenser la recette du jour. Tout le monde était gentil avec elles, et Emma était comme une maman. Elle veillait sur elles avec la vigilance d'une louve, elle savait les dangers de la rue pour les avoir vécus dans sa chair plus d'une fois.

Cinq semaines après leur arrivée au squat, Aya et Majda se réveillèrent en sursaut au milieu de la nuit. C'était le chaos. On entendait crier « Police ! Police !

Personne ne bouge ! » Elles se levèrent d'un bond, dans le noir, et entendirent la voix d'Emma :

– Les autres ont filé, venez, je vous emmène, ne vous inquiétez pas.

La jeune fille les entraîna vers l'escalier de service, qu'elle pensait sûr. Arrivées en bas, elles ouvrirent la porte qui donnait sur la rue et… se retrouvèrent nez à nez avec quatre types armés de matraques et de couteaux. Leurs visages étaient dissimulés par des capuches et des foulards. Les filles comprirent instantanément qu'ils n'étaient pas flics.

– Regardez les gars, c'est notre jour de chance, y en a deux autres !

Un des hommes étendit Emma au sol d'un seul coup de matraque en pleine tête.

– Allez les petites, on va faire un tour ! lança-t-il.

Quelques heures plus tard, Aya, complètement hébétée, était installée dans une chambre, les poignets attachés par des colliers en nylon.

Elle ne revit jamais Majda.

– 5 –
Jeudi

Il était presque 3 heures du matin lorsque Myriam et Aziz arrivèrent au commissariat. Ils déposèrent leurs affaires et les sacs contenant les vêtements de la jeune femme blonde, et se préparèrent un café. Les deux collègues se mirent à discuter du programme. Ils devaient s'organiser.

– Bon, on laisse tomber le cambriolage de l'opticien tant qu'on est détachés sur l'enquête stup. Balla viendra porter plainte demain, je vais confier ça aux collègues du rez-de-chaussée, dit Aziz.

Myriam acquiesça. La procureure lui faisait peut-être confiance mais ne lui laissait pas franchement de temps. Hors de question de le gaspiller !

– Tout à l'heure, la PJ va débarquer en force pour venir récupérer les éléments de l'enquête décès. Faut qu'on soit prêts pour éviter qu'ils ne nous emmerdent. Je fais la mise sous scellés pendant que tu commences le PV. Ensuite, on rentre se reposer, et on se retrouve ici en tout début d'après-midi.

– OK, Myriam. Rendez-vous à 13 heures, le commissaire m'a dit que la PJ arriverait vers 14 heures et qu'il voulait passer en revue les éléments avant.

Le lieutenant Samih alluma son ordinateur en se massant la nuque. De taille moyenne, très athlétique, Aziz pouvait compter sur son endurance pour rester efficace pendant les longues permanences. Comme beaucoup de policiers, il avait signé pour l'action, et la perspective d'un PV d'une affaire aussi complexe ne l'emballait pas. Il acceptait cependant avec un certain fatalisme et humour les côtés moins glorieux de son métier – ce qui expliquait que, contrairement à sa collègue, il ne se soit encore jamais mis à dos Christiani… Il avait une vie très réglée. Marié depuis trois ans, il était papa depuis dix-huit mois d'une petite fille qui était née très prématurément. L'angoisse qui l'avait dévoré de façon ininterrompue pendant les six semaines que sa femme et lui avaient passées à l'hôpital auprès de Nora avait été la pire épreuve de son existence, et il avait été heureux de reprendre le travail lorsque le bébé avait enfin pu rentrer à la maison.

Il se mit à taper les constatations pendant que Myriam répertoriait les différents objets venant de la scène de crime afin de les mettre sous scellés. Elle commença par le petit sac que portait la victime. Comme le voulait l'usage, elle interrompit un instant Aziz dans sa rédaction pour sortir du sac la liasse de billets afin de les compter devant lui. Cette pratique garantissait la tranquillité de tous : les flics qui mettaient les sommes sous scellés ne pouvaient être soupçonnés d'en avoir mis un peu à gauche.

– Je compte vingt billets de cent euros, on est d'accord ?

– Oui.

– Je note donc que nous plaçons sous scellés deux mille euros en billets de cent, usagés, non marqués.

Myriam mit de côté les objets qui allaient être analysés. Le téléphone de la victime tout d'abord : une fois rallumé, il avait évidemment exigé un code PIN et s'était bloqué après les tentatives classiques – et parfois fructueuses ! – de codes bateau du genre 0000, 1234, 4321. Myriam l'emballa soigneusement. Elle emballa également les sachets de drogue dans une enveloppe, après avoir pris leur logo en photo. Les sachets et le téléphone partiraient au labo dès le début de la matinée, elle allait laisser des instructions en ce sens au standard. Les vêtements ne seraient analysés que si nécessaire, en fonction des conclusions de l'autopsie notamment. Mais cela ne la concernait plus : la PJ en déciderait.

Il ne restait plus que la clé de consigne dans la pochette de la victime. Il n'était pas question de la placer sous scellés, ni surtout de la remettre à la PJ, mais bien de suivre la piste qu'elle ouvrait. Myriam la rangea à part, dans ses affaires, et se leva.

– Tu en es où, Aziz ?

– J'ai fini. J'ai imprimé deux exemplaires, tu peux les récupérer à la machine.

Myriam relia les deux copies du PV et en relut une rapidement.

Compte tenu de l'heure, c'était de l'excellent travail.

*

*   *

Myriam arriva chez elle juste après 5 heures. Elle pensait à son mari qui, sur le pont depuis l'avant-veille, avait encore trois heures de garde devant lui, tandis qu'elle profiterait du luxe d'une douche et d'un vrai lit. Elle ne l'appelait jamais pendant ses gardes car elle avait peur d'interrompre une de ses micro-siestes. Elle régla l'horloge de son téléphone sur 11 heures, au volume sonore le plus bas, et s'endormit instantanément.

Elle se réveilla parfaitement reposée. Joseph était couché près d'elle, elle ne l'avait pas entendu rentrer. Il dormait profondément.

Elle resta un moment blottie contre lui, respirant son odeur, écoutant son souffle régulier. Elle était si bien qu'elle eut peur de se rendormir ; elle se leva sans un bruit et referma doucement la porte de la chambre derrière elle.

Tandis qu'elle finissait de s'habiller, Joseph arriva derrière elle et l'embrassa dans la nuque.

– Ça va, mon amour ?

– Très bien. Tu te lèves déjà ? Tu n'as pas beaucoup dormi !

– Ne t'inquiète pas, c'est bien assez. J'ai eu mes quatre heures habituelles, et j'avais envie de te voir un peu… J'ai pu autopsier un des brûlés d'hier soir, je ferai l'autre cet après-midi, et demain je prendrai un jour de congé. Et toi ? Tu passes la balle à la PJ, j'imagine ?

– Presque. Disons que les trois morts, c'est pour eux, bien sûr. Mais j'ai convaincu Delphine de me saisir de l'enquête stup, Aziz et moi sommes détachés du commissariat pendant cinq jours.

– La fille avait de la drogue dans son sac, c'est ça ? Je t'ai vue, du coin de l'œil, avec un sachet de poudre rose…

– Effectivement. Le labo nous dira ce que c'est. Mais c'est le logo qui m'a interpellée. Regarde, ajouta-t-elle en lui montrant les photos qu'elle avait prises avec son portable.

– Tu te souviens de ce que Renzini m'a expliqué ? dit aussitôt Joseph. Tout en haut de ce trafic, il y a les Haïtiens. Ils ont commencé doucement, mais aujourd'hui leurs affaires sont florissantes et ils les gèrent… brutalement. Moi aussi, je veux que justice soit rendue à ce pauvre gamin, mais fais attention. S'il te plaît.

– Promis. J'allais me faire une omelette, tu en veux ?

– Avec plaisir, je m'occupe de la salade.

*

* *

Joseph et Myriam repartirent en même temps, chacun avec sa voiture. En roulant vers le CHU, Joseph se remémora la seule fois où il avait vu sa femme pleurer – et ce n'était pas le jour de leur mariage, non, c'était pour un enfant qui n'était même pas le sien. Quelque temps après le début de leur histoire, ils avaient réussi à prendre quatre merveilleux jours de vacances ensemble et étaient partis en Bretagne. Au cours d'une balade sur une plage de Saint-Lunaire quasi déserte, ils avaient évoqué tous les deux leurs études, les copains, les soirées… et pour Joseph, des choses plus ou moins reluisantes de son passé…

– J'espère que je ne te choque pas…

– Bien sûr que non. Tu me parles de ce que tu as fait autrefois, moi je te vois tel que tu es aujourd'hui. C'est ça qui compte, pour moi.

Myriam se tut quelques instants. Puis elle raconta à Joseph ce qui avait été, jusqu'alors, le pire moment de sa carrière, alors qu'elle était encore à l'école de police.

Devenir flic ne passait pas seulement par les amphis, et chaque étudiant devait effectuer des stages dans différentes unités ; Myriam avait choisi la Brigade des mineurs, à Créteil. Alors qu'elle n'était dans le service que depuis deux jours, une jeune fille timide et extrêmement mince s'était présentée en fin d'après-midi avec une amie qui lui tenait la main ; elle avait dit vouloir porter plainte pour viol. Son tuteur pour ce stage, le capitaine Gaultier, lui avait demandé de l'accompagner pour recevoir la gamine.

La pauvre tremblait comme une feuille et parlait si doucement qu'ils durent la faire répéter à plusieurs reprises. Elle s'appelait Clémence, elle n'avait pas tout à fait treize ans et venait dénoncer son beau-père qui la violait depuis plus d'un an. Les agressions avaient commencé dès qu'il avait emménagé avec elle et sa mère. Il venait presque chaque soir dans sa chambre, plaquant sa grosse main sur sa bouche pour l'empêcher de crier. Après, il prenait tout son temps pour se rhabiller, pendant que la petite, en larmes, le suppliait en chuchotant de ne plus recommencer. Il se moquait d'elle, puis il la menaçait de la tuer si elle disait quoi que ce soit. « Tu es à moi, et je fais ce que je veux », lui répétait-il en partant rejoindre sa femme dans le lit conjugal, après un détour par les toilettes pour faire disparaître le préservatif qu'il prenait la précaution d'utiliser systématiquement.

La copine qui l'accompagnait, Laura, expliqua qu'elle avait vu Clémence devenir bizarre, maigrir, se refermer sur elle-même, et qu'elle l'avait bombardée de questions jusqu'à ce qu'enfin elle se confie.

– C'est bon, vous allez l'arrêter ce connard, maintenant ? demanda Laura.

C'était exactement ce que Myriam se disait depuis que Clémence avait commencé à leur raconter son calvaire. Pendant que le médecin légiste examinait la jeune fille, le capitaine et elle allèrent interpeller le beau-père ; sa femme, présente, demanda à l'accompagner. Ce fut un désastre. Pendant l'interrogatoire, l'homme ne se contenta pas de nier, il traita sa belle-fille de tous les noms, expliquant au capitaine qu'elle se faisait sauter par toute sa classe, et que les blessures qu'on pourrait trouver sur elle venaient sûrement des tournantes auxquelles elle se prêtait bien volontiers. C'est Myriam qui entendait la mère, comme témoin. Celle-ci fit l'étonnée, puis soutint bec et ongles son mari. Mais, à son regard, l'élève officier Myriam Daguerre comprit tout de suite. Cette femme était au courant. Elle savait que son mari violait sa fille, et elle choisissait de ne rien dire, de soutenir son compagnon, de ne pas protéger celle qu'elle avait mise au monde. Myriam se donna tant bien que mal une contenance en dépit de la nausée qui l'envahissait.

Le capitaine Gaultier plaça l'homme en garde à vue, et chargea sa stagiaire de trouver un foyer pour accueillir Clémence, qui ne pouvait évidemment pas rentrer chez elle. La jeune fille éclata en sanglots dans les bras de son amie.

– Je suis virée de chez moi ? Je me fais violer, et je suis virée de chez moi ?

Myriam fit de son mieux pour la rassurer et lui expliquer qu'elle serait en sécurité dans la structure d'accueil, même si elle-même était révoltée par l'injustice de la situation.

Au bout des quarante-huit heures réglementaires, le beau-père n'avait toujours pas craqué. Cela n'empêcha pas le capitaine Gaultier de le déférer au parquet. L'homme passa devant le procureur, puis le juge d'instruction, et fut logiquement mis en examen. Mais, à la surprise générale, le juge des libertés et de la détention décida de le laisser libre, et ce sans aucune justification, comme la loi l'y autorisait – un motif n'étant exigé que pour une mise en détention. Et le type put rentrer chez lui le soir même, au bras de sa femme.

Myriam n'eut pas d'autre choix que d'appeler l'éducateur en charge de Clémence pour lui annoncer que le beau-père avait réintégré le domicile familial, et que la jeune fille devait faire l'objet d'une mesure de placement en attendant le procès. Ce procès, Myriam le savait, n'aurait pas lieu avant plusieurs années.

Le lendemain, c'est Laura qui téléphona. Complètement paniquée, Elle raconta que, la veille au soir, Clémence l'avait appelée en larmes pour lui dire que son beau-père était libre, et qu'elle ne pourrait jamais rentrer chez elle. Laura avait fait de son mieux pour l'apaiser, et la jeune fille avait semblé se calmer. Mais ce matin-là, alors que les deux amies attendaient leur RER pour se rendre au collège, Clémence s'était jetée sous les roues du train qui arrivait sur leur quai, sous les yeux de son amie. Elle avait été tuée sur le coup.

Le choc fut terrible pour Myriam. À la mort de la jeune fille s'ajoutait l'horreur d'avoir dû laisser partir un couple de monstres.

À l'époque, la sidération et la colère l'avaient privée de larmes. Mais à présent, sur cette plage, avec l'homme qu'elle aimait, elle se mit à pleurer. Joseph la prit dans ses bras. Il n'y avait rien à dire, c'était la chose à faire. Il la serra contre lui, longuement, en silence.

*

* *

Joseph se gara devant le petit panneau « Réservé docteur Gemayel » qui marquait sa place devant l'institut médico-légal. Passer de la chirurgie orthopédique à la médecine légale avait été un choix de raison, et non de cœur. Mais c'est étrangement en examinant des victimes, vivantes ou mortes, qu'il avait développé une empathie dont il était totalement dénué quand il opérait des fractures de la colonne ou des polytraumatisés de la route. À l'époque, il ne réparait pas un individu, mais un ensemble complexe de chair et d'os. Aujourd'hui, il prenait en compte l'être humain dans sa totalité, et pas juste les blessures physiques, qu'il n'était d'ailleurs plus chargé de soigner.

Le corps qui attendait en chambre froide qu'il soit prêt à l'autopsier allait pourtant bénéficier du talent de l'ex-chirurgien qu'il était. La minutie et la patience avec lesquelles il était capable de travailler des tissus endommagés, rendus extrêmement fragiles, faisaient partie des qualités qui le rendaient excellent dans son nouveau métier. Il découpait toujours tel qu'il l'avait fait sur les vivants, comme s'il fallait ensuite suturer et réveiller. Le corps brûlé qu'il avait autopsié pendant sa garde était le plus méconnaissable, il avait sans doute dû se trouver à côté du départ du feu. Joseph n'avait même pas pu prendre d'empreintes digitales. Compte tenu de la position du corps – allongé, les bras en croix – quand ils l'avaient trouvé, il savait avant l'autopsie que ce n'était pas les flammes qui avaient tué cet homme. Et il n'avait pas été surpris d'extraire une balle de calibre 45 du cœur de la victime.

Quelque chose sur le deuxième corps trouvé dans le local poubelles l'avait déjà intrigué. Il avait remarqué une trace légèrement fluorescente au niveau de ses deux pieds. Il comptait explorer ce détail en pratiquant son autopsie.

Le capitaine Diallo de la PJ était arrivé pour assister à l'autopsie. Joseph le salua, s'apprêtant à ne plus lui adresser la parole jusqu'à la fin de l'examen. Le Morse et lui posèrent le cadavre sur la table de travail. Ils entreprirent tous les deux, avec la lenteur et la minutie rendues nécessaires par l'état du corps, de découper les vêtements pour, autant que possible, mettre la victime à nu. Arrivé aux chaussures, Joseph écarta son appariteur afin de poursuivre seul. La tige des chaussures se retira facilement. Mais la semelle avait fondu, et ses motifs s'étaient imprimés pour toujours dans la plante des pieds. Joseph avait déjà vu ce phénomène sur des victimes d'incendies. Ce qui l'intéressait ici se voyait clairement sous l'éclairage impitoyable du scialytique de la salle d'autopsie : en fondant, la semelle avait bien laissé un liseré légèrement fluorescent tout autour du pied. Le légiste préleva un échantillon et le plaça sur la paillasse derrière lui. Il tenait à analyser ce produit et était content de ne pas être passé à côté. Avec un corps qui présentait de telles brûlures et, comme il le découvrit juste après, une blessure par balle au cœur, beaucoup se seraient arrêtés à l'évidence et n'auraient pas cherché un détail aussi insignifiant. Son côté obsessionnel pouvait parfois lui jouer des tours, mais il savait aussi que le diable est dans les détails, et c'est ainsi qu'il aimait travailler.

Joseph termina l'autopsie et écouta de mauvaise grâce les questions de Diallo.

– Écoutez, vous aurez tout dans mes conclusions, finit-il par lâcher sèchement.

Le capitaine parti, Joseph demanda au Morse de lancer les différentes analyses.

– Lorsque tu auras les résultats, demain, appelle-moi pour me les communiquer.

– Je pensais que tu étais de repos, demain ?

– Affirmatif. Mais je tiens à ce que tu m'appelles, OK ?

– OK, reçu.

En épousant Myriam, Joseph avait épousé tous ses combats. Et si cette enquête comptait pour elle, il ferait tout pour l'aider à avancer.

Myriam et Aziz, arrivés en même temps au commissariat, se retrouvèrent sur le parking.

– Je ne suis pas sûr qu'on ait bonne mine, mais au moins on sent plus la grillade ! tenta de plaisanter Aziz, très éprouvé par la journée de la veille.

Il était d'excellente humeur ; il avait eu le temps de déjeuner rapidement avec sa femme, qui travaillait dans un salon de coiffure près du commissariat, et ce moment en tête à tête lui avait fait du bien. Le détachement sur l'enquête stup signifiait pour eux davantage de travail pendant les cinq jours à venir. Mais il n'avait pas protesté quand Myriam l'avait informé. Elle avait raconté à Aziz l'autopsie de l'enfant inconnu ; le flic et le père de Nora avaient été indignés à l'unisson.

Le collègue de l'accueil les avertit dès leur arrivée :

– Le commissaire veut vous voir tous les deux. Il vous attend.

Paul Christiani avait, depuis l'enfance, une confiance sans bornes en lui-même et en sa capacité infinie à tirer parti des différentes situations qu'il avait à gérer. La vie lui avait plutôt donné raison jusque-là. Ses parents l'avaient accueilli en dernier, après avoir eu deux filles, et sa mère devait bien reconnaître qu'elle l'avait plus aimé qu'élevé. Fêté pour le moindre accomplissement, doté d'un physique avantageux, il avait grandi dans la certitude sereine de sa légitimité universelle. Ses études ne lui avaient pas demandé trop d'efforts ; il faisait partie de ces étudiants qui ne tombent jamais, aux examens, sur les sujets qu'ils n'ont pas révisés. Travailler dans le 93 présentait certains inconvénients, mais il savait qu'un commissaire capable de briller en Seine-Saint-Denis brillait plus fort et plus haut que les autres. Depuis son affectation à La Grande-Roque, il avait maintenu de bonnes statistiques, n'avait pas la moindre bavure à déplorer, et pouvait même s'enorgueillir d'une certaine stabilité des équipes. Son adjoint lui étant dévoué corps et âme, il n'hésitait pas à se reposer totalement sur lui, voyant en cela une preuve supplémentaire de ses exceptionnelles qualités managériales. La seule ombre, et elle était légère, à ce tableau parfait, était l'attitude détestable de Myriam à son encontre. Il avait espéré que son mariage, surtout avec un type aussi autoritaire que le docteur Gemayel, la calmerait un peu ; c'est plutôt l'inverse qui s'était produit. Mais c'était tout de même encore lui le chef, et tant qu'elle se montrerait aussi rebelle, elle pourrait continuer à attendre son avancement.

Elle finirait bien par comprendre… Et en attendant, il profitait pleinement des excellents scores d'élucidation du tandem Samih-Gemayel. Avec en plus une affaire un peu médiatique la nuit précédente, c'était décidément une belle journée. Ces pensées réjouissantes furent interrompues par l'arrivée d'Aziz et de Myriam.

– Lieutenants, à la suite de l'incendie de la nuit dernière, je vous informe que le procureur Ackerman m'a demandé de vous détacher sur l'enquête incidente pour stupéfiants.

– Bien, monsieur, merci. La procureure nous en avait en effet informés sur place.

Le visage de Myriam ne montrait aucune émotion, mais le commissaire savait qu'elle venait de le tacler en disant « la procureure ». Il marqua un temps, mais choisit de ne pas s'énerver, car sa priorité, à cet instant, était de s'assurer que tout était en ordre pour l'arrivée imminente des équipes de la PJ : ce pouvait être une nouvelle occasion de démontrer ses talents de patron.

– Nos collègues de la PJ seront là à 14 heures pour récupérer la procédure. Pouvez-vous me confirmer que tout est prêt ?

– Oui, monsieur. Le lieutenant Gemayel a procédé à la mise sous scellés des différents éléments. Et nous allons tout remettre aux collègues, à l'exception des sachets de drogue que nous conservons dans le cadre de l'enquête stup. Quant à moi, j'ai imprimé deux exemplaires du PV et ils sont prêts à leur être remis également.

Aziz avait pris la parole pour, comme d'habitude, éviter toute aggravation de la tension qui régnait déjà dans le bureau. Myriam lui avait parlé de la clé de consigne. Mais ils ne l'avaient pas mise sous scellés, et ils en avaient le droit. Il suffisait d'inscrire dans le PV : « Appréhendons une clé de consigne que nous conservons à fins d'investigation complémentaire », et le tour était joué. Les collègues de la PJ n'apprécieraient pas, mais le temps qu'ils arrivent à cette page du PV, Myriam et lui seraient déjà gare du Nord. Il n'était pas question que cette enquête stup se borne à attendre, assis près du téléphone, les résultats d'analyse des sachets roses.

– Parfait. C'est moi qui accueillerai la PJ, puis je monterai avec eux dans votre bureau. Tenez-vous prêts.

De retour au deuxième étage, Myriam se tourna vers Aziz :

– Tu sais, je voulais te dire… J'apprécie les efforts que tu fais pour empêcher qu'on ne s'entre-tue, Christiani et moi. Même quand tu crois que je ne le vois pas, parce que je suis trop énervée… Alors merci, collègue.

Dix minutes plus tard, tout le commissariat entendit les sirènes de deux voitures qui se garaient devant le bâtiment. Myriam leva les yeux au ciel. La PJ n'arrivait jamais discrètement. Par principe, et parce que attendre à un feu rouge, c'est bon pour les civils. Donc, où que ce soit et même si ce n'était pas urgent, leurs gyrophares fonctionnaient constamment. Aziz avait mis le nez à la fenêtre.

– Voilà les cow-boys ! annonça-t-il à la cantonade. Deux véhicules, une Citroën C6 et une Peugeot 407, et les deux sont flambant neuves ! Il fallait au moins ça pour venir chercher des PV.

Myriam soupira. Il allait falloir serrer les dents pendant un moment.

Trois minutes après, sept personnes au visage fermé investissaient le bureau des enquêteurs d'un pas martial. La PJ était représentée par un commandant, un lieutenant et quatre gardiens de la paix, dont deux femmes. Tous semblaient revêtus de leur propre importance. Christiani entra le premier et annonça, tel M. Loyal :

– Lieutenants, voici vos collègues de la Police judiciaire. Je vous prie de bien vouloir leur remettre les éléments de la procédure dont vous êtes désormais dessaisis.

Il avait à peine fini sa phrase que le plus haut gradé prenait la parole :

– Commandant Sérigny de la PJ. Est-ce que tout est prêt ?

Myriam et Aziz avaient tout rassemblé sur le bureau de la jeune femme. Elle désigna les sacs et les deux exemplaires de la procédure.

– Lieutenant Gemayel. Tenez, tout est là. Nous ne conservons qu'un seul scellé, dans le cadre de l'enquête incidente pour stupéfiants : les trois sachets de drogue trouvés sur l'une des victimes.

Les quatre gardiens de la paix s'avancèrent et se saisirent des différents sacs. Le deuxième officier se tourna vers Aziz :

– Capitaine Diallo de la PJ. C'est tout ? Avec trois macchabées, c'est tout ce que vous avez ?

– Deux d'entre eux n'ont pu être déshabillés sur place. Il n'y avait ni armes ni munitions sur la scène de crime. Oui, c'est tout.

– De toute façon on y retourne. On va tout passer au peigne fin.

Le capitaine s'empara, d'un air ostensiblement dédaigneux, d'un exemplaire de la procédure, faisant signe à un des gardiens de la paix de prendre l'autre. Il fit mine de feuilleter le document et maugréa :

– Ouais… on a du boulot.

Sur quoi, le commandant annonça :

– Bien, merci, messieurs, et bonne journée.

Puis toute la troupe disparut dans l'escalier, Christiani fermant la marche. Deux minutes après, la PJ quittait le commissariat avec la même discrétion qu'à son arrivée, toutes sirènes hurlantes.

Même Aziz était excédé.

– À six ? Ils viennent à six maintenant ? Ils n'ont vraiment que ça à foutre !

Myriam fulminait.

– Et ce mépris ! Comme si on savait pas travailler ! J'adore ça quand on est pris pour des cons…

Elle remit de l'ordre sur son bureau enfin débarrassé des sacs de scellés, et sortit la clé de consigne du tiroir.

– Allez, Aziz, on les oublie. On part pour la gare du Nord.

Myriam proposa à Aziz de prendre le volant, elle avait besoin de relire ses notes en route et elle détestait conduire en région parisienne, sauf au bleu, évidemment… Ils roulèrent quelques minutes avant de rejoindre l'autoroute. Il n'était pas tout à fait 15 heures, et pourtant la circulation sur l'A1 était déjà très dense. Aziz rétrograda, sortit le gyrophare, déboîta, et prit la bande d'arrêt d'urgence.

Paris fut bientôt en vue. Aziz retira le bleu ; ils risquaient de se faire remarquer en arrivant près de la gare, et ça ne valait pas le coup pour la poignée de minutes gagnée grâce au gyrophare. Arrêté à un feu rouge, Aziz aperçut des gamins qui se précipitaient pour laver les pare-brise. Seaux en main, éponges brandies bien haut, vêtements déchirés, ils se bousculaient pour obtenir un éventuel client. Aziz les observait, pensif. Ses propres parents ne roulaient pas sur l'or, et il avait eu à cœur de compléter leurs revenus dès qu'il l'avait pu. Vers quatorze ans, il avait commencé divers petits boulots à droite et à gauche. Mais ces gosses étaient bien plus jeunes, et ils ne pouvaient pas, contrairement à ce qu'avait connu Aziz, compter sur la sécurité d'un véritable foyer, avec des parents qui les attendaient chaque soir. Quelques instants plus tard, quatre gamins déboulaient pour laver son pare-brise. Il leur fit signe de ne pas commencer, leur tendit un billet de cinq euros par la fenêtre. Le plus âgé hocha la tête :

– *Hlava !*

« Merci », en serbe. Il avait quoi ? Onze, douze ans ? Très maigre, tatouage sur le poignet, une croix de Saint-André en laiton autour du cou, des bracelets en ficelle et d'autres, multicolores, en latex. L'eau mousseuse avait coulé le long de son avant-bras, laissant des traînées sombres. Le feu passa au vert, et les gamins se dispersèrent dans la masse des voitures. Aziz se glissa entre deux camions, et entra dans la ville. En arrivant à la station de métro Marx-Dormoy, il aperçut, du coin de l'œil, des gosses qui se partageaient les reliefs des repas jetés par les employés d'un fast-food. Il soupira et continua vers la gare du Nord.

– On arrive, annonça-t-il à Myriam, qui n'avait toujours pas levé la tête de ses notes et des photos de son téléphone.

La gare était traversée par toutes sortes de flux à cette heure de l'après-midi : les passagers des trains grande ligne, les ouvriers qui partaient en banlieue prendre leur service du soir à la voirie ou à l'usine d'électricité, les voyageurs du Nord qui se rendaient à Bruxelles ou à Cologne, et les touristes qui patientaient aux contrôles de sécurité pour l'Eurostar. Entre les cafés et les marchands de journaux, des racoleurs tentaient d'accrocher des clients pour des taxis à la sauvette, des égarés traînaient en marmonnant des choses incompréhensibles, et des pickpockets, l'air innocent, laissaient leurs mains traîner à droite et à gauche.

Les deux flics se frayèrent un chemin pour atteindre une volée de marches qui descendaient jusqu'aux consignes, près de la sortie rue de Maubeuge. Pendant un temps, dans le cadre du plan Vigipirate, la direction de la SNCF avait fermé les consignes par mesure de sécurité afin de prévenir les risques d'attentat, et tous les casiers avaient été mis hors service. Mais les voyageurs, n'ayant plus de solution pour leurs bagages, payaient n'importe qui pour laisser leurs valises, les stockaient dans des brasseries, les empilaient dans les passages… La situation avait rapidement été hors de contrôle. Et il avait fallu rouvrir les consignes.

Myriam et Aziz parcoururent du regard la longue rangée de boîtes en fer. Myriam vérifia le numéro de sa clé : 76. Elle trouva rapidement le casier correspondant et l'ouvrit avec précaution. Il contenait un sac en nylon bleu marine floqué du logo Superdry rose bonbon. Elle le tendit à Aziz, qui jeta un œil à l'intérieur pendant qu'elle fermait le casier et vérifiait si, autour d'eux, personne ne les observait. Le flot humain aux mille courants les enveloppait de son indifférence. Aziz referma le sac.

– À vue de nez, de l'argent, des sachets, un portable, un portefeuille, pas d'arme.

Ils remontèrent vers la surface, quatre à quatre.

– 6 –
Sylvestre

– Bien ! enfin de bonnes nouvelles. Je pense que le message a été clair.

– On ne pouvait pas les laisser se foutre de nous plus longtemps. Maintenant, il faut que je les remplace. Joao m'a dit qu'il connaissait peut-être quelqu'un…

– Ce n'est pas à Joao de choisir. Il a fait le ménage avec Adrian, c'est bien, mais c'est quand même lui qui a merdé en recrutant ces rats. Occupe-t'en toi-même.

– Ah ouais, c'est facile pour toi de me dire ça, Toussaint. Ce n'est pas toi qui te tapes toute la merde ici !

– C'est comme ça, mon frère. Ma avait choisi pour nous. Celui qui reste, celui qui part. Tu es parti, voilà.

– Alors laisse-moi gérer ici. Arrête de me faire la *leson*. Et trouve plus de mules, on a besoin de plus de marchandise.

– Je sais ce que j'ai à faire. Toi, tu dois remettre une organisation en place, et une qui tient la route cette fois, avec des mecs qui n'essaient pas de garder notre *lajan* dans leurs poches à eux.

Sylvestre Estimé Lafontant raccrocha sans un mot de plus, et resta un moment immobile, les yeux fermés, pour faire redescendre sa fureur. Il avait fallu que Toussaint parle de Ma… Sylvestre détestait quand son frère faisait ça, quand il lui rappelait à quel point c'était lui, le plus jeune, qui avait été le préféré de leur mère, celui qui la rendait heureuse, celui qu'elle cajolait. Ma était morte en emportant dans sa tombe le secret de leur conception. Ni l'un ni l'autre ne savait qui était son père. Mais aussi bien l'attitude de leur mère que leurs différences physiques laissaient penser qu'ils n'étaient que demi-frères, et que l'un des géniteurs avait laissé à Ma de meilleurs souvenirs que l'autre… Et quand Toussaint pouvait prendre son frère aîné en faute, il éprouvait un malin plaisir à l'humilier toujours plus. Sylvestre ne lui avait pas parlé de la fille morte, pas envie de se faire traiter de con et d'incapable. En tout cas, Joao avait bien travaillé, et la rumeur de la punition des deux Algériens se répandait dans toute son organisation ; voilà qui allait engendrer de la terreur – et ramener de l'ordre – dans les petites têtes cupides, tout ce petit monde allait se tenir à carreau un bon moment. Il fallait juste surveiller que les flics ne trouvent rien d'important.

Sylvestre soupira, et se détendit enfin un peu. La marchandise que son frère lui faisait parvenir avait démontré son excellente qualité. Les deux Brésiliens à qui il avait confié la direction du réseau de vente de la cocaïne faisaient du bon boulot, mais ils étaient un peu débordés par la demande. Ils avaient mis en place des intermédiaires, des vendeurs en gros, qui se chargeaient de revendre aux « petits » dealers. Au départ, ces grossistes faisaient vraiment partie du cercle de confiance de Joao et Adrian. Mais les clients s'arrachaient cette foutue poudre rose, et ils avaient dû embaucher des types qu'ils connaissaient moins, puis d'autres types qu'ils ne connaissaient pas du tout. Sylvestre avait prévenu Joao : ce n'était pas une bonne idée, les Algériens. Ces mecs-là avaient de la rancœur, toujours à s'imaginer qu'ils jouaient les sous-fifres par pur manque de chance. À la première occasion, ils avaient essayé de doubler Joao et Adrian. Adrian avait proposé de leur éclater la gueule, comme il en avait l'habitude, mais Sylvestre avait mis la pression à Joao pour qu'il élimine les deux traîtres, et de manière spectaculaire si possible. Leurs affaires florissantes créaient beaucoup d'envieux, il était urgent de réapprendre le respect à tout le monde. Tout en restant prudents. Sachant que l'incendie allait attirer ces connards de flics à la pelle, il avait pris la précaution de faire vider l'entrepôt à côté de la Roseraie le matin même. Et pour la fille morte, il avait chargé Adrian de se renseigner.

– 7 –
Lucie

De retour au commissariat, Aziz dégagea son bureau et y renversa le contenu du sac Superdry. Les deux enquêteurs entreprirent d'inventorier les objets qui s'y trouvaient. Mille euros en billets de cent, dans une enveloppe, une douzaine de sachets de poudre rose dont l'aspect leur était désormais familier, un téléphone, un portefeuille en cuir verni rouge. Le sac contenait également un petit carnet à couverture souple, qu'Aziz n'avait pas aperçu en jetant un œil à l'intérieur, à la gare.

Myriam demanda au standard de faire monter la technicienne de l'identité judiciaire. Trop heureuse de sortir de sa routine de voitures roulottées, Mélanie Duclos entra dans le bureau deux minutes après.

– Bonjour, lieutenants, qu'est-ce qu'on a ?

Myriam lui montra le téléphone, le portefeuille et le carnet. Mélanie entreprit de les passer délicatement à la poudre d'alumine servant à relever les empreintes. Après avoir soufflé pour retirer l'excédent de révélateur, elle plaça un morceau d'adhésif sur chaque empreinte relevée pour les coller ensuite minutieusement sur les fiches cartonnées qui seraient transmises au FAED, le Fichier automatisé des empreintes digitales, afin d'être comparées à ce qui se trouvait dans les bases.

Mélanie repartie, Aziz et Myriam purent commencer à exploiter les différents objets. Myriam s'amusait parfois de la transformation, presque magique, qui se produit par simple imposition des mains d'un policier : ce qui était jusque-là un objet tout à fait banal devient soudain une pièce à conviction et se met à concentrer l'attention et le travail d'une foule d'experts.

Myriam ouvrit tout d'abord le portefeuille : il contenait différents documents au nom de Lucie Guilhem, dont une carte d'étudiante.

– C'est bien notre victime, elle était à Sciences-Po, annonça Myriam. (Sur la photo de la carte, la jeune femme, parfaitement coiffée, offrait un sourire confiant et décidé à l'objectif.) J'ai une adresse à Paris. On ira perquisitionner demain.

Aziz s'empara du carnet. À l'intérieur, bien rangées en colonnes, des inscriptions sibyllines au crayon. Le policier le feuilleta rapidement :

– On dirait un genre de comptabilité, mais il n'y a aucun nom, juste des dates et des nombres.

Son instinct de flic lui conseilla de ne pas perdre son temps dans une inutile tentative de déchiffrement. Il décida immédiatement de placer l'argent, la drogue et le carnet sous scellés, puis s'installa devant son ordinateur pour commencer à faire des recherches sur Lucie Guilhem. Elle ne figurait pas dans le FPR, le Fichier des personnes recherchées ; son compte Facebook n'était visiblement plus mis à jour depuis un moment.

Myriam prit le téléphone, espérant en tirer quelque chose d'intéressant. Comme celui que Lucie avait sur elle le soir de sa mort, il était éteint. Elle l'alluma, l'appareil réclama un code PIN. Et merde. Elle prit la carte d'identité de la jeune femme et entra le jour et le mois de sa naissance. Échec. L'année de sa naissance. Échec encore. Myriam se souvint soudain du numéro de la consigne et tapa 7676. Déverrouillé ! Elle commença à explorer avidement le contenu de l'appareil. Le répertoire était entièrement codé : les noms étaient remplacés par A1, D6, F4… Il n'y avait aucun texto, et l'historique des appels était vide. Lucie avait essayé d'être prudente… Mais contre une balle en pleine gorge, aucune précaution ne tenait.

Myriam se tourna vers Aziz et lui expliqua en deux mots ce qu'elle avait trouvé.

– Alors, tu en penses quoi ? conclut-elle.

– À mon avis, ce casier de la gare du Nord lui servait à stocker ses affaires en sécurité. Elle vivait peut-être chez ses parents, ou en coloc, un truc comme ça. Ce téléphone, c'était son portable « professionnel » : il lui servait pour faire son trafic.

– D'accord avec toi. L'autre portable est en cours d'analyse mais je suis presque sûre qu'il ne donnera rien.

– Donc, elle trafiquait. Il faudra qu'on trouve où. À son école ? Ailleurs ?

– On en saura sûrement plus demain, quand on aura perquisitionné chez elle. Mais bon, le local poubelles où se trouvaient les deux autres corps devait faire office de « bureau » ; elle avait sûrement rendez-vous pour s'approvisionner, ou quelque chose dans le genre. Écoute, je vais prévenir la procureure de ce qu'on a trouvé. Et il nous faut absolument la FADET[1] de ce portable. Tu t'en occupes pendant que j'appelle Delphine ? Et puis ensuite, je crois qu'on devrait rentrer un peu chez nous.

La jeune femme tendit l'appareil à Aziz, qui commença par composer son propre numéro avec. Il nota le numéro qui s'affichait sur son portable et retourna à son ordinateur rédiger la réquisition qu'il allait faire parvenir à tous les opérateurs téléphoniques. Myriam envoya un texto à Joseph, lui disant qu'elle serait rentrée vers 19 heures, puis elle appela la procureure.

Joseph fut interrompu dans sa lecture par la vibration de son portable. Zig, qui somnolait sur ses genoux, sauta par terre avec un miaulement de désapprobation quand Joseph se leva. Myriam rentrerait bientôt. Elle aurait besoin d'un verre de vin et d'un bon dîner. Les compétences de Joseph n'incluaient pas de talents culinaires, mais les Gemayel avaient la chance d'avoir, un peu plus bas dans leur rue, un excellent traiteur libanais. Joseph avait grandi à Achrafieh, un quartier cossu de Beyrouth, et si sa mère n'avait jamais daigné cuisiner pour lui, il avait connu le meilleur de la gastronomie libanaise. Lorsque Myriam l'avait convaincu de goûter

1. Facture détaillée de téléphone.

le houmous servi dans d'improbables barquettes en aluminium chez Adonis, à côté de chez eux, il avait été stupéfait et émerveillé de retrouver les saveurs qui avaient enchanté son enfance.

Vingt minutes après le message de Myriam, Joseph était déjà en train de ranger dans la cuisine les falafels, la barquette de moutabbal, le tabouleh, et les keftas qu'il venait d'acheter. Le patron du restaurant lui avait offert, en plus, une portion de labneh et du pain pita. Pour le vin, Joseph avait ce qu'il fallait : un des rares équipements luxueux de leur appartement était une mini-cave à vin qui lui permettait de stocker quelques bonnes bouteilles. Il déboucha un vacqueyras et le laissa sur la table de la cuisine pour qu'il puisse s'aérer. Quelques instants plus tard, il entendit le bruit de la clé dans la serrure. À sa vue, le visage de Myriam s'éclaira.

– Comment ça va, mon amour ?

Joseph sourit. Il savait que Myriam aurait envie de parler de son affaire, et il l'écouterait tout le temps dont elle aurait besoin. Mais il comptait aussi la faire réfléchir avec lui aux vacances qu'ils avaient prévu de prendre en mars.

Dans la petite cuisine, à cet instant précis, le monde tournait enfin rond.

– 8 –
Léopold

Léopold entendit la porte d'entrée claquer, et le silence revenir dans le hall d'entrée. Sa femme venait de partir déposer les enfants à l'école, il ne s'était pas encore levé. L'hôtel particulier où ils vivaient à Chatou était invisible depuis l'avenue du Président-Kennedy où s'élevait le mur d'enceinte de son jardin – trop petit pour que sa femme, Isabelle, qui le regrettait bien, puisse décemment l'appeler parc. Le portail franchi, on arrivait dans une cour dont le gravier blanc restait, à grands frais, immaculé en toute saison. La maison, aux belles proportions classiques, avait été construite au XVIIIe siècle et entièrement rénovée par le père de Léopold lorsqu'il en avait fait l'acquisition en 1978. Au rez-de-chaussée, l'entrée desservait, outre une belle cuisine et un cellier attenant, trois vastes pièces de réception : un salon, une salle à manger lumineuse donnant sur le jardin, à l'arrière, et un salon de musique où trônait un sublime demi-queue Pleyel. Un escalier de marbre imposant s'élançait depuis le hall. Au premier étage se trouvaient la chambre de Léopold et de son épouse, ainsi qu'un salon privé, plus petit que celui du rez-de-chaussée, où la famille passait ses soirées quand elle ne recevait pas. Léopold avait également son bureau à cet étage ; son père l'avait occupé avant lui, et Léopold n'y avait apporté que peu de modifications.

Le dernier étage de la maison comportait six chambres, dont quatre étaient occupées par les enfants.

À la mort de son père, six ans auparavant, toute la famille avait emménagé dans cette maison où Léopold avait grandi : ses parents l'avaient achetée alors qu'il n'avait que deux ans. Sa sœur Diane y était née, trois ans plus tard. Elle vivait aujourd'hui en Californie, avec son mari et ses deux enfants ; et sa mère, une fois veuve, avait très vite abandonné les Yvelines pour la douceur d'une villa tout près de sa fille qu'elle adorait. À Léopold de faire vivre la maison et la mémoire d'un homme qu'il avait bien peu connu. Capitaine d'industrie de premier plan, André Amyaux de Barante laissait à son épouse le soin d'élever les enfants qu'il avait tout juste pris le temps de concevoir. Il était mort d'un infarctus massif quatre mois après s'être retiré des affaires, mais il avait, bien avant cela, constaté qu'aucun de ses enfants ne lui arrivait à la cheville, et qu'il lui fallait assurer autrement la pérennité de son entreprise. Quant auxdits enfants, ils étaient priés de tracer leur propre route professionnelle. Diane avait intégré HEC et rencontré, sur le campus, un étudiant prometteur qu'elle s'était dépêchée d'épouser et de suivre à San Francisco, où il avait fait fortune.

Écolier médiocre devenu lycéen absentéiste, Léopold avait, quant à lui, été incapable de réussir les concours des grandes écoles de commerce. De guerre lasse, ses parents avaient financé de très coûteuses études dans une boîte à cancres fortunés. Ces derniers ressemblaient beaucoup à Léopold : canards boiteux de grandes familles, au mieux dilettantes, au pire profiteurs, tous confortablement installés dans un privilège de classe qui les plaçait définitivement à l'abri de toute contingence. Puis il avait bien fallu travailler, et Léopold avait usé et abusé de son carnet d'adresses pour débusquer, tous les trois ou quatre ans, le poste prestigieux mais peu stratégique où il pourrait, un temps, dissimuler sa paresse et son incompétence.

De sa vie d'étudiant, Léopold avait gardé l'habitude de fêtes bien plus débridées que les soirées que sa femme organisait à Chatou. Il avait écumé toutes les boîtes du quartier des Champs-Élysées, bu beaucoup de vodka et sniffé pas mal de coke, sans jamais tomber dans la dépendance qui faisait, de temps en temps, disparaître une fille ou un garçon de la bande pour un séjour à la clinique Managua, le centre de désintoxication huppé du professeur von Dirkenstein. Il continua, marié et père de famille, à fréquenter assidûment l'une des boîtes de sa jeunesse, la Demeure Gorgia, où il retrouvait certains de ses anciens copains et s'en faisait de nouveaux. Il traînait ainsi la vacuité de son existence, avait abandonné la vodka pour le champagne, continuait à sniffer un peu, jugeait, comme ses copains, les femmes de l'âge de la sienne ennuyeuses et abîmées par les grossesses et la gravité. Il avait rencontré et passé des soirées avec plusieurs escort girls de luxe, le genre de fille dont les sous-vêtements soyeux valent à eux seuls cinquante passes d'une pute des boulevards. Leurs accents exotiques et leurs audaces érotiques l'enivraient. Une fois qu'il en avait testé une, il la conseillait à ses copains. D'autres filles le contactèrent pour profiter de son réseau fortuné, et bientôt, sans l'avoir vraiment voulu – l'histoire de sa vie –, il se retrouva, sinon à la tête, en tout cas à coordonner les activités du top de l'escort parisienne. À la Demeure Gorgia où il passait désormais ses fins d'après-midi aussi, il travaillait presque tous les jours. Il rencontrait des candidates, étudiantes venues de toute l'Europe aux mensurations de rêve et dont les revenus dépasseraient bientôt ceux des députés de la République, il convoquait les filles déjà en activité pour récupérer sa part des profits et discuter avec elles des clients. Il avait retenu de ses cours en école de commerce qu'il fallait rester, en permanence, en contact avec les tendances de son marché. Il couchait avec beaucoup moins de filles désormais, faute de temps, se disait-il, car il ne voulait pas s'avouer que ses érections mollissaient, comme son abdomen. Il continuait cependant à exiger des nouvelles qu'elles le sucent au moins une fois dans le boudoir qui, à l'arrière de la boîte et invisible à qui n'y était pas mené, servait le soir à abriter de discrètes et très exclusives mini-orgies, des parties fines que Léopold organisait et dont l'entrée payante garantissait la qualité de la chair. Le patron de la Demeure était parfaitement au courant : il prenait une petite part sur le business des filles en général, et la moitié des recettes des soirées spéciales qui avaient lieu chez lui. Léopold recevait aussi des clients lorsqu'ils avaient une demande particulière, afin de les aider à trouver la ou les filles qui donneraient vie à leur fantasme. Alors que son business commençait tout juste à prendre de l'ampleur, il fut appelé, un soir, à la table où un homme qu'il avait déjà vu à de nombreuses reprises au club buvait un verre avec cinq amis. Le type était grand, la peau très sombre, des dreadlocks spectaculaires retenues en queue-de-cheval ; sa carrure imposante donnait une allure guerrière à son costume Armani. Il fit taire ses amis d'un geste qui ne souffrait aucune discussion.

– Je m'appelle le boss, et tu as besoin de moi, Léopold.

Léopold, médusé, entendit l'homme lui expliquer qu'il était urgent qu'il soit protégé, notamment des réseaux de l'Est qui avaient bien envie de s'approprier sa lucrative activité.

– Et tu sais, Léopold, je vais très bien te protéger. Tu n'auras jamais le moindre problème, je suis très efficace. D'ailleurs tu serais fou de me dire non.

Léopold se rangea immédiatement à ces arguments menaçants, et n'eut pas à s'en plaindre. Au bout de six mois, il annonça à Isabelle – qui s'en foutait, tant que ses comptes restaient approvisionnés – qu'il se lançait dans le trading et qu'il n'aurait plus besoin d'être salarié. Il commença alors à mener une partie de ses affaires depuis son bureau de Chatou, tout en continuant à se rendre à la Demeure Gorgia chaque jour.

Il fallait recruter souvent ; les filles travaillaient généralement pendant douze ou quinze mois, le temps de mettre assez d'argent de côté pour changer de branche. Certaines se mariaient avec un client – les plus âgés étaient les plus sentimentaux –, d'autres disparaissaient corps et biens. Une seule était partie vers le porno, où Léopold soupçonnait qu'elle gagnait moins mais jouissait plus, notamment de la notoriété qu'elle avait acquise dans le milieu. Chacun son truc, après tout. En quelques années, Léopold vit le profil des filles changer. Plus affirmées, plus conscientes de leur pouvoir et de leurs atouts, elles remettaient de plus en plus en cause son autorité, et il était trop lâche pour s'imposer. Quand il avait besoin d'en recadrer une, il s'adressait au boss, qui envoyait un de ses gars mettre une bonne raclée à la fille. Mais cela avait deux inconvénients : la marchandise était abîmée, et ça faisait baisser le chiffre d'affaires, et puis Léopold voyait bien qu'il y perdait la face. Un jour, une des nouvelles refusa de le sucer, ce qui arrivait de plus en plus souvent, et le gifla violemment lorsqu'il insista.

– Pour cette bouche et pour ce cul, il faut payer, et pour toi, ce sera très cher, lui asséna calmement Carolina tandis qu'il frottait sa joue, sentant affluer des larmes de douleur et d'humiliation.

Décidément, c'était de pire en pire. Quelques jours plus tard, le boss le convoqua à la Demeure pour un point sur leurs affaires, et il décida de lui parler :

– Boss, ça fait quelques années que je fais ce métier maintenant, et les filles et les clients me racontent presque toujours les mêmes choses. À savoir un peu de domination, quelques costumes, quelques accessoires, c'est toujours pareil. Mais ce qui revient de plus en plus souvent, c'est les clients qui réclament des filles qui ont l'air mineures, ou qui s'habillent comme des collégiennes.

– Tu crois que j'ai pas vu, la plupart de tes *frèches* ont presque pas de poitrine ! Tsss, c'est vraiment un truc que je comprends pas.

– Écoute-moi. J'ai déjà plusieurs clients qui m'ont fait comprendre qu'ils seraient prêts à payer vraiment très, très cher, pour que… enfin… pour que ce soit vraiment avec des mineurs, tu vois ?

Le boss le fixa, sans rien dire, pendant presque une minute.

– Je vois très bien. L'homme blanc est vraiment dégueulasse.

Léopold regarda ses pieds, écarlate. Le colosse éclata de rire.

– Fais pas cette tête, putain ! Je suis pas l'Éternel, je vais pas juger ! Moi, je suis là pour faire du business. Alors des gosses, on va en trouver, c'est pas ce qui manque sur cette terre.

– Je suis sûr que ça va marcher très fort. Mais il faut que tu trouves quelqu'un d'autre pour s'occuper du business avec les filles. Je ne pourrai pas faire les deux.

– Alors comment tu vois les choses ?

– Moi, je peux continuer à coordonner et organiser. Mais le patron de la Demeure m'a déjà dit qu'il était hors de question que des histoires avec des mineurs se passent chez lui. Donc je rencontrerai les clients ici, surtout les nouveaux, mais ça doit se dérouler ailleurs. Ce serait bien que ce soit un peu excentré, en banlieue, à l'abri des regards.

– Je vais y réfléchir. J'ai déjà du business dans le 93, beaucoup de gens marchent pour moi là-bas, ça devrait être faisable.

Le démarrage fut laborieux. Le boss expliqua à Léopold qu'il avait un frère, au pays – lequel pays n'était jamais nommé –, qui pouvait leur fournir des gosses. Il suffisait de leur faire miroiter une éducation en France pour les faire monter dans un avion avec la bénédiction de leurs parents, soulagés d'avoir assuré l'avenir de leurs petits. Une demi-douzaine d'enfants arrivèrent ainsi. Mais les clients se plaignaient du manque de variété, et l'approvisionnement était très coûteux. Le boss proposa ensuite à Léopold de puiser dans le vivier du réseau de pickpockets mineurs qu'il « protégeait » également. Mais, une fois formés, ces enfants-là rapportaient déjà gros, et surtout ils avaient l'habitude de travailler en équipe, chacun jouant un rôle bien précis lorsqu'ils arrivaient, en nuée, dans les endroits fréquentés de la capitale… Prélever un enfant créait donc un véritable manque à gagner. Finalement, les deux associés décidèrent d'aller au plus simple : il y avait suffisamment de gosses isolés et vulnérables dans Paris et aux alentours, il suffisait d'aller les chercher dans les squats ou les camps où ils se terraient. De son côté, Léopold Amyaux de Barante ne regrettait pas son choix. Bien sûr, aller régulièrement en Seine-Saint-Denis, même le moins souvent possible, était une épreuve pour lui. Mais il continuait à rencontrer les clients pour organiser les prestations depuis son bureau ou depuis la Demeure Gorgia. Et surtout, il n'avait plus à essayer, en vain d'ailleurs, d'être un caïd face à des filles qui en avaient vu d'autres. Quand il les rencontrait, les nourrices étaient serviles, et, à de très rares exceptions près, il ne voyait jamais les gosses. Il pensait que ce serait plus difficile, mais finalement il n'avait pas vraiment de scrupules. Lui-même n'était pas pédophile, mais il se disait que cela existait depuis la nuit des temps. Et que les hommes et les femmes qui avaient ce genre de perversion trouveraient toujours à les satisfaire. Alors que ce soit lui ou un autre qui les y aide, ça changeait quoi ? Au moins, ils ne s'en prenaient pas à leurs propres enfants. En contrepartie, Léopold y gagnait un train de vie digne de sa famille et une tranquillité garantie par le boss. Il appréciait aussi le pouvoir exercé sur ceux qui venaient le voir pour obtenir ce type de services. À vrai dire, les clients n'étaient pas franchement mal à l'aise pour évoquer ces demandes avec lui. Léopold était comme eux après tout. Non pas parce qu'il partageait leurs déviances, mais parce qu'ils étaient du même monde fortuné et feutré où tout est possible, tant que cela reste à l'abri des regards du peuple.

– 9 –
Vendredi

Sous le ciel matinal sans nuages, la place Quétigny baignait dans la lumière d'un soleil qui, en novembre, n'offre jamais qu'une étreinte froide et sans sincérité. « Ne vous méprenez pas, je suis déjà parti », semble-t-il dire aux humains qui ont déjà pris le deuil dans leurs sombres manteaux d'hiver.

Aziz regarda l'heure au tableau de bord de son Scénic. Il avait trois minutes de retard et une tache de lait de croissance chocolaté sur son pull. Il ne s'en était aperçu qu'au moment de fermer son blouson, dans l'ascenseur de l'immeuble, et il n'avait pas voulu perdre cinq minutes de plus en remontant se changer. Il avait de toute façon tendance à considérer que tout ce qui pouvait le faire penser à sa fille dans la journée était une bénédiction ; il chérissait jusqu'aux emballages de Blédiscuit et autres bouchons de Pom'Potes qu'il retrouvait dans ses poches. Il se gara facilement, en une seule manœuvre. Lorsqu'il entra dans le commissariat, le policier qui faisait le standard le salua d'un signe de la main ; il était au téléphone, et parlait de plus en plus fort. « Écoutez madame, on ne se déplace pas pour ça ! Votre voisin a quand même le droit de faire cuire du poisson chez lui ! » Aziz sourit et se dépêcha de grimper au deuxième étage où, comme il s'y attendait, Myriam était déjà devant son ordinateur, un mug de café fumant à sa gauche, le téléphone de Lucie Guilhem à sa droite.

– Dis-moi que tu n'as pas dormi là ! Tu es lancée dans quoi ?

– Non, rassure-toi, je suis simplement arrivée tôt. Mauvaise nouvelle, j'ai eu le retour des réquisitions pour le téléphone. SFR nous a faxé la réponse, c'est bien un numéro de chez eux, mais c'est une carte prépayée dont le titulaire ne s'est pas identifié…

En effet, les opérateurs téléphoniques, obéissant à des directives gouvernementales, exigeaient désormais, sous peine de couper la ligne, que les acheteurs de cartes prépayées s'identifient – le plus souvent en envoyant une photo de leur carte d'identité par texto. Mais les titulaires de ces lignes disposaient de deux semaines pour se conformer à la règle, et ceux qui voulaient rester anonymes sans passer par de faux papiers se contentaient de changer de numéro chaque quinzaine.

– Et merde. Donc, pas de FADET…

– Comme tu dis. Pas le choix, j'ai repris le téléphone et je note tous les numéros du répertoire pour balancer des réquisitions aux différents opérateurs. Je veux aussi les appeler pour qu'ils comprennent bien que c'est super urgent.

– Carrément. Attends, je vais te filer un coup de main, on ira plus vite. Je vais te dicter les numéros qui te restent.

Cinq minutes plus tard, toutes les réquisitions avaient été faxées aux opérateurs. Myriam et Aziz entreprirent de les appeler pour enfoncer le clou. À l'autre bout du fil, on leur promit systématiquement qu'on allait leur répondre en urgence, mais quant à savoir ce qui relevait de la rhétorique ou de la sincérité…

– On a eu le retour du FAED sur les empreintes ?
– Non, rien pour l'instant.
– Tu peux t'occuper de les relancer ?
– Tout de suite.
– Moi, j'appelle le labo pour la drogue.

Trente minutes plus tard, à force d'insister, d'exiger qu'on la rappelle, et de rappeler dans la foulée pour demander quand on la rappellerait, Myriam avait sa réponse. Le technicien du labo n'avait pas eu le temps de rédiger son compte rendu, mais il accepta d'expliquer à Myriam que la drogue trouvée sur Lucie Guilhem était bien de la cocaïne d'excellente qualité.

– Le seul truc, ironisa-t-il, c'est que le colorant rose qu'ils ont utilisé est classé cancérigène probable, mais j'imagine que les consommateurs de ce type de produit s'en foutent… En tout cas, elle doit se vendre beaucoup plus cher que la moyenne. La plupart des poudres qu'on nous transmet pour analyse sont tellement coupées à l'aspirine que les utilisateurs doivent consommer toutes les heures pour rester en mode « maître du monde ». Votre came, c'est vraiment autre chose. Très très pure, et très très efficace. Le haut de gamme, quoi.

Myriam prit quelques notes et mit Aziz au courant. Elle s'interrompit en entendant son portable. C'était Joseph.

– Excuse-moi, dit-elle en décrochant.

– Myriam, le Morse vient de m'appeler. J'avais demandé l'analyse d'une substance que j'avais décelée sur un des cadavres brûlés, et il vient d'avoir le résultat : c'est de la fluorescéine.

– Attends, c'est quoi au juste ta fluorémachin ?

– C'est un réactif qui rend fluorescentes certaines matières à la moindre luminosité.

– Et du coup, ça nous apprend quoi ?

– Que le gars en avait sur ses chaussures. Donc, au minimum, il s'est baladé à un endroit où on en utilise, et ça, c'est pas banal. Si j'étais toi, j'irais gratter du côté de la préfecture, qui répertorie les établissements où on manipule ce genre de substance chimique. Je vais préciser tout ça dans mon rapport d'autopsie pour la PJ, mais je me suis dit que ça pourrait peut-être t'intéresser.

Myriam raccrocha, déjà perdue dans ses pensées, ainsi que le manifestait son acharnement à mordiller son stylo préféré, tic qui, chez elle, ne trompait pas. Elle savait que la préfecture répertoriait non seulement les établissements et les entreprises classées SEVESO qui utilisaient des substances chimiques dangereuses ou polluantes, mais aussi les endroits où elles étaient stockées ; l'objectif étant d'avoir des stratégies pour faire face aux différents scénarios catastrophes de pollution. Le labo de fabrication de la drogue était-il dans une de ces zones ?

– Aziz, il faut que tu appelles la préfecture. Demande la carte des zones toxiques dans le département. On cherche un endroit où serait stockée de la fluorescéine : il y en avait sur un des corps du local poubelles.

Aziz n'avait pas besoin de demander qui lui en avait parlé. Au commissariat, tous connaissaient Joseph, mais seul Aziz savait qu'il transmettait, de temps en temps, des informations à Myriam. Par discrétion, ni l'un ni l'autre n'en parlaient ouvertement.

Thierry interpella Myriam, de l'autre bout du bureau.

– Un fax pour toi. C'est Orange, apparemment.

Elle se leva d'un bond pour récupérer les deux pages du document que lui tendait son collègue.

En face de chaque numéro du répertoire du deuxième portable de Lucie Guilhem, l'opérateur avait indiqué sa réponse. Dans certains cas, « ligne administrée par un autre opérateur », dans d'autres, « ligne Mobicarte », ce qui signifiait carte prépayée et anonymat probable, et enfin, dans d'autres encore, l'identité du titulaire de la ligne.

Myriam hésita un instant. Elle voulait perquisitionner chez Lucie Guilhem, mais joindre ses clients avant qu'ils n'apprennent son décès et soient donc terrorisés était essentiel pour pouvoir leur tirer les vers du nez. Pendant qu'Aziz se débattait avec la préfecture, elle commença donc à appeler, dans l'ordre du fax, les numéros pour lesquels elle disposait désormais d'un nom. Elle tomba sur le répondeur des deux premiers, ne laissa pas de message. Le troisième répondit.

– Ludovic Priveaux ?

– Oui ?

– Lieutenant Gemayel, Police nationale. J'aurais besoin que vous veniez au commissariat de La Grande-Roque pour vous entendre dans une affaire.

– Quoi ? Non, mais, attendez, je…

– Ne vous inquiétez pas, c'est pour une enquête de voisinage, il n'y en aura pas pour longtemps. Je vous convoque donc pour demain à 9 heures précises.

– Mais j'habite Levallois, moi, je pense que c'est une erreur…

– Il n'y a pas d'erreur. Je vous attends demain à 9 heures, bonne journée.

Encore un répondeur, puis elle joignit une Agathe Marchay, dont elle entendait les talons claquer sur le sol pendant qu'elle lui parlait. Elle lui raconta la même histoire de voisinage ; de toute façon, Agathe Marchay n'écoutait pas vraiment.

– Je ne peux absolument pas venir demain, je serai à Roissy, je prends un avion pour Los Angeles très tôt !

– Aucun problème, je peux vous entendre immédiatement si vous venez tout de suite au commissariat.

– Impossible, j'ai des rendez-vous toute la journée !

– Écoutez, madame Marchay, j'essaie de faire des efforts, il va falloir que vous en fassiez aussi. Sachez que vous êtes convoquée et attendue demain à 9 h 30.

– Bon, je n'ai pas le choix, apparemment. Est-ce que je peux plutôt venir à 8 h 30 ? Comme ça, je prendrai un vol un peu plus tard.

– C'est noté, je vous attends demain à 8 h 30.

Myriam continua à parcourir sa liste, et raccrocha encore trois fois en entendant les messages des répondeurs se déclencher. Puis, enfin, une voix.

– Stéphane Dajkine.

– Bonjour, Police nationale. Lieutenant Gemayel à l'appareil.

– Comment avez-vous eu ce numéro ?

– C'est plutôt moi qui pose les questions, monsieur Dajkine. Votre nom apparaît dans…

– Écoutez, je ne sais pas qui vous êtes, mais j'entre en réunion dans quatre minutes. Appelez mon assistante, elle vous communiquera les coordonnées de mon conseil.

– Je pense que vous ne comprenez pas. Il est question d'une enquête dans laquelle votre nom apparaît.

– C'est passionnant, mais je vous le répète, je travaille, mettez-vous en contact avec mon avocat.

– Monsieur Dajkine, je vous suggère de changer de ton. Je n'ai pas besoin d'entendre votre avocat, mais bien vous. Vous êtes convoqué, demain à 9 h 30, au commissariat de La Grande-Roque, pour être entendu dans le cadre de cette affaire.

– La Grande-Roque ? C'est une plaisanterie ? Et de mauvais goût en plus !

– Plaisanter est un luxe que nous n'avons pas dans la police, monsieur Dajkine. Je vous attends demain à 9 h 30. Sinon, j'aurai le plaisir de vous rendre visite sur votre lieu de travail dès lundi, avec plusieurs collègues.

– Quoi ? vous n'oseriez pas !

– Ne me tentez pas. À demain.

Myriam raccrocha, en pleine montée d'adrénaline. Dajkine l'avait vraiment énervée. Mais elle était presque sûre que son coup de bluff fonctionnerait. Elle n'avait évidemment, à ce stade, aucune idée de l'endroit où il travaillait, mais il ne pouvait pas le savoir. Et il n'allait pas courir le risque de voir des flics débarquer en nombre devant ses collègues. Elle continua la fastidieuse descente de la liste de numéros, et, après plusieurs impasses, convoqua également un quatrième client présumé, un certain David Barsamian. Elle s'apprêtait à passer un nouvel appel quand Aziz l'interrompit.

– Myriam, attends une minute, il faut que tu voies ça.

La policière s'approcha de l'écran de l'ordinateur de son collègue.

– La préfecture vient de m'envoyer ça, c'est la carte des zones toxiques, en rouge. Les hachures, c'est la fluorescéine.

Le plan du département était rouge à quatre endroits, mais deux seulement étaient hachurés en plus. Aziz posa l'index sur l'une des deux zones : elle était à moins de deux kilomètres de la Roseraie, juste en dehors de La Grande-Roque.

– On y va ?

– C'est parti. On passe à l'armoire-forte. Pas question d'y aller à poil.

Joseph revenait de la salle de sport où il s'était entraîné comme un acharné. Il se demandait s'il avait bien fait de donner l'information sur la substance chimique à sa femme. Il se souvenait de ce qu'avait dit Renzini : les Haïtiens étaient tout sauf des tendres, et les corps calcinés qu'il avait autopsiés le lui avaient largement prouvé. Il avait besoin de se changer les idées, et soulever de la fonte n'avait pas suffi. La veille, Myriam et lui avaient décidé que leurs prochaines vacances se passeraient à Saint-Pétersbourg, tout début mars. Il connaissait par cœur la garde-robe de sa femme, elle n'avait pas de manteau approprié. Il ouvrit son ordinateur portable et entreprit de faire des recherches sur les sites des marques que Myriam appréciait. Une heure après, il avait noté le nom de cinq boutiques parisiennes, vérifié leurs horaires d'ouverture, et préparé un itinéraire cohérent pour pouvoir toutes les visiter dans la journée. Lorsqu'il s'agissait de faire un cadeau à sa femme, le docteur Joseph Gemayel faisait du shopping avec la même minutie qu'il réalisait ses levées de corps.

*

*   *

– Tu as du nouveau ?

– Non, boss. Si on avait croisé la fille avant de s'occuper des deux Algériens, je leur aurais demandé qui c'était… Mais là, j'ai rien sur elle. Personne la connaît. Et l'incendie avait déjà bien démarré, j'ai pas eu le temps de la fouiller pour trouver des papiers.

– De toute façon, elle va plus rien dire. Et tant mieux si personne ne la connaît. C'est qu'elle faisait du business qu'avec les deux rats.

– C'est ça. De toute façon, on a fait passer le mot, Joao et moi. Si quelqu'un entend parler de quoi que ce soit autour des deux Algériens et de la fille, on viendra me le dire.
– Y a intérêt.

*
*   *

Aziz avança sa voiture jusqu'à la guérite où sommeillait un vigile en uniforme. Il baissa sa vitre, parla bien fort pour être sûr de réveiller le cerbère assoupi, et histoire d'être bien compris lui fourra leurs brèmes sous le nez.
– Police nationale !
Après avoir examiné leurs cartes de police d'un œil morne, le type leva la barrière qui les empêchait jusque-là de pénétrer sur le site. Devant eux se dressait un grand bâtiment, un vaste hangar tout en longueur, dont une partie avait visiblement été aménagée en bureaux et portait une grande bannière « COCHEMTEC ». Myriam et Aziz entrèrent et se présentèrent à l'accueil à une secrétaire qui, légèrement interloquée, alla chercher son responsable. Ce dernier portait un costume verdâtre et une cravate avec des motifs qui se voulaient humoristiques. L'homme contrôla à son tour leurs cartes.
– Que puis-je faire pour vous ? demanda-t-il enfin.
– Nous menons une enquête de voisinage et avons besoin d'effectuer une visite des lieux, répondit Myriam en prenant soin de débiter sa phrase avec le moins d'entrain possible.

Elle tenait à ce que son interlocuteur pense que son job l'emmerdait au possible et qu'elle le faisait avec le minimum d'implication : il serait moins sur ses gardes. Le responsable entreprit alors de leur faire visiter les bureaux, situés en différents lieux du bâtiment constitué de deux étages. Après être passés rapidement dans huit pièces sans intérêt, ils revinrent au rez-de-chaussée et l'homme leur demanda :

– Souhaitez-vous voir l'entrepôt également ?

– Oui, ça fait partie de la visite, répondit Myriam sur le même ton plein de lassitude qu'elle avait adopté depuis son arrivée.

Le responsable soupira, puis se reprit et ouvrit la porte qui, depuis l'accueil, donnait accès à l'entrepôt.

– Ici, annonça-t-il fièrement, nous stockons des composés chimiques dans le strict respect de la réglementation.

Mis à part deux caristes conduisant des chariots élévateurs, l'endroit était désert, totalement aveugle, et étincelant de propreté dans la lumière blafarde des néons. Sur les racks, des fûts et des cartons parfaitement étiquetés s'alignaient sur des dizaines de mètres. De nombreuses étiquettes aux pictogrammes inquiétants – têtes de mort, poissons le ventre en l'air – attestaient la dangerosité des produits. En longeant une série d'étagères que rien ne semblait distinguer des autres, Myriam repéra, sans rien laisser paraître, de légères traces fluorescentes sur certaines des étagères et, à deux endroits, au sol. Mais aucune porte ni aucune pièce ressemblant à un laboratoire n'était visible. Le responsable leur fit faire le tour complet, jusqu'au mur du fond de l'entrepôt, puis les ramena vers la porte par laquelle ils étaient entrés, leur montrant au passage l'ouverture vers le quai de livraison « totalement étanche hors utilisation, conformément à la réglementation ». De retour à l'accueil de l'entreprise, Myriam sortit son carnet et écrivit ostensiblement : *Cochemtec : RAS.* devant le responsable, qu'elle remercia pour son aide.

– On y va, Aziz ?

Les deux collègues franchirent la porte d'entrée et Myriam partit un peu en biais, faisant mine de ne pas se rendre compte qu'elle ne se dirigeait pas directement vers leur voiture, tout occupée qu'elle était à replonger son carnet dans son sac. Aziz la suivait, et avant qu'il n'ait eu le temps de lui faire changer sa trajectoire, elle lui dit à mi-voix :

– C'est bon, il n'est plus à la porte ?

Aziz tourna à peine la tête.

– Non, plus personne en vue.

– OK, suis-moi. Tu as remarqué le mur du fond ?

– Non, pourquoi ?

– Il arrivait bien trop tôt. Il en manque un bout, de cet entrepôt. Un sacré bout.

Désormais invisibles pour quiconque essaierait de les repérer depuis les bureaux, les deux policiers entreprirent de faire le tour du bâtiment par l'extérieur. Le côté visible depuis la guérite n'offrait rien aux regards. Parvenus au bout du bâtiment, ils tournèrent à gauche pour continuer à en suivre les murs. Toujours rien. Ils progressèrent en silence, et tournèrent à nouveau à gauche lorsqu'ils parvinrent à l'angle de la structure.

– Aziz, regarde ça ! Là, une porte… chuchota Myriam.

Aziz actionna doucement la poignée, la porte commença à s'ouvrir sans un bruit.

– Bizarre que ce soit ouvert. On fait gaffe ! dit Myriam à voix basse.

Les deux collègues pénétrèrent à pas de loup, arme au poing, dans une première pièce qui ressemblait à un bureau. Terminé, l'ordre qui régnait à la Cochemtec. Apparemment, tables et chaises avaient été poussées à la va-vite contre les murs pour laisser un passage. Les tiroirs de tous les meubles étaient ouverts, et vides. Deux larges traînées noires au sol menaient à une porte au fond de la pièce. Aziz et Myriam la passèrent et se retrouvèrent dans ce qui ressemblait comme un jumeau maléfique à l'entrepôt qu'ils venaient de visiter officiellement. Le lieu était totalement vide. Il y régnait une odeur particulière, mais parfaitement reconnaissable : un mélange de plastique neuf et de graisse au parfum douceâtre, un peu rance.

– On arrive trop tard, dit Aziz à mi-voix.

Myriam acquiesça sans un mot. Au nez, ils avaient tous les deux reconnu la graisse : c'était celle dont on recouvre les armes lorsqu'on les stocke, afin d'éviter que les parties métalliques ne s'oxydent. Et, à en juger par la taille de cet entrepôt caché, il y avait eu, à cet endroit, de quoi équiper toute l'Île-de-France.

*

*   *

– Boss, Kader vient d'appeler Adrian. Le vigile de chez Cochemtec l'a prévenu, il y a deux flics qui viennent d'arriver sur place. Perez est en train de leur faire faire le tour de l'entrepôt officiel.

– Mais putain, l'incendie, c'était il y a moins de deux jours ! Comment ils peuvent déjà être là ?

– Je ne comprends pas. Mais tu as bien fait de nous faire tout vider en tout cas. Même s'ils trouvent la deuxième entrée, il n'y a plus rien à voir.

– Je sais. Mais ils avancent vite, ils ne vont pas se décourager tout seuls.

Sylvestre réfléchissait. Éliminer des flics, ça pouvait se justifier dans certaines circonstances, mais c'était quand même très risqué. Dans le 93, c'était un coup à voir débarquer l'armée. Cela étant, on ne pouvait pas les laisser circuler sans les surveiller un minimum.

– Prends Adrian avec toi, Joao. Allez là-bas, et suivez-les quand ils repartent. Je veux savoir où ils vont, à qui ils parlent, tout ce qu'ils apprennent sur notre business.

– Tout de suite, boss.

*

* *

Myriam et Aziz avaient regagné leur véhicule, et étaient repassés devant le vigile qui semblait toujours aussi léthargique.

– Qu'est-ce qu'on fait, Myriam ? On va directement chez Lucie Guilhem, ou on repasse au commissariat pour voir si on a eu des réponses des opérateurs à nos réquis' ?

Myriam réfléchit un instant puis décida :

– On file à Paris. On avait visiblement un coup de retard. Il faudrait pas que quelqu'un arrive chez elle avant nous.

Les deux collègues se turent un moment, plongés dans leurs pensées. Ce fut Aziz qui brisa le silence.

– Sérieusement, c'était quoi ce truc ?

– J'en suis pas sûre. Mais c'était gros. Un entrepôt divisé pour dissimuler une cache de cette taille… j'avais jamais vu ça.

– Mais c'est quoi le rapport avec notre affaire ?

– J'en sais rien. C'est super embrouillé pour l'instant, je ne vois pas le lien entre tout ça.

– On a deux morts, peut-être des trafiquants, une morte, peut-être une petite dealeuse, un entrepôt, avec peut-être une ancienne cache d'armes…

– Pas vraiment ancienne, ça sentait trop fort ! Mais voilà. On n'a rien de sûr, ça patine, on est dans le flou.

– Tu vas aviser la PJ de ce qu'on vient de trouver ?

– Tu déconnes, on est même pas censés être au courant pour la fluorescéine. Tu sais bien que c'est Joseph qui nous a rancardés et uniquement pour me faire plaisir. Pour l'instant, il faut que j'appelle la proc pour la tenir au courant. Fonce dans le 11e, la fille habitait rue du Morvan, si ses papiers étaient à jour.

Aziz démarra, sans mettre le gyrophare pour le moment. Encore sous le coup de ce qu'ils avaient découvert, ils ne remarquèrent pas la Golf noire qui leur emboîtait le pas, à bonne distance.

– 10 –
Rue du Morvan

La procureure Ackerman était pour le moins perplexe.

– Si je ne te connaissais pas aussi bien, je penserais que tu délires. Je te crois, et si tu me dis qu'il y avait des armes, il y en avait. Mais c'est trop mince pour aller plus loin là-dessus. On est d'accord ?

Myriam se passa la main dans les cheveux.

– Évidemment. Il n'y a pas de loi contre la division d'un entrepôt en deux. Tant que je n'ai rien d'autre…

– Eh bien tu ne peux rien faire et moi non plus. Ce qui est clair, c'est que les trois morts ne sont sans doute que la partie émergée d'un iceberg gigantesque. Mais toi, souviens-toi, tu es sur l'enquête stup. Tu as du neuf là-dessus ?

Myriam lui résuma les résultats de l'analyse toxicologique et l'exploitation du deuxième portable de la victime.

– Une cocaïne premium et une odeur d'armes… On n'est pas sur un petit trafic de bas d'immeuble, c'est clair. La prochaine étape, c'est quoi ?

– On file perquisitionner chez la victime.

Quarante-cinq minutes de trajet francilien, donc chaotique, plus tard, Aziz se garait devant une des résidences de la rue du Morvan. Il examina les différentes sonnettes. Sur l'une d'elles, il y avait trois noms de famille : Perrot, Guilhem, Garcia. Myriam repéra une fenêtre en verre dépoli qui donnait sur la rue, juste à côté de la grille d'entrée de la résidence. Elle frappa au carreau. Une minute plus tard, une toute petite femme à l'air méfiant se tenait face à eux, de l'autre côté de la grille.

– C'est pour quoi ?

– Police nationale. Vous êtes la gardienne ?

– Oui. Je peux voir vos papiers ?

Myriam et Aziz plaquèrent leurs cartes de police contre la grille. La femme les examina longuement, en plissant les yeux.

– Entrez.

Les deux policiers pénétrèrent dans le hall de la résidence.

– Vous êtes madame… ?

– Madame Pereira. Mon mari et moi sommes les gardiens de cet immeuble.

– Parfait. Il est là ?

– Non, il est parti acheter du matériel pour faire des travaux d'entretien.

– Entendu. Madame Pereira, je vous informe que nous allons procéder à une perquisition dans l'un des appartements de la résidence. Nous avons besoin de deux témoins, pouvons-nous compter sur vous ?

La femme sembla frétiller. Myriam et Aziz avaient l'habitude. Toute personne à qui on demandait de servir de témoin pendant une perquisition ressentait cette excitation de vivre une scène de film policier.

– Oui bien sûr, et on peut demander à M. Georges, au premier. Il est à la retraite, et il est veuf depuis l'année dernière. Il ne sort presque jamais, et je sais qu'il est chez lui. Je vois passer tout le monde, vous savez.

Le trio prit l'escalier. Mme Pereira sonna chez M. Georges, qui entrouvrit prudemment sa porte. La gardienne lui expliqua la situation, et c'est à quatre, dont un en pantoufles, qu'ils allèrent prendre l'ascenseur pour gagner le cinquième étage, où se trouvait l'appartement. En route, la gardienne expliqua aux policiers qu'il s'agissait d'une colocation :

– Trois jeunes filles. Bien élevées, charmantes. Elles habitent ici depuis un peu plus d'un an et jamais un bruit, jamais un problème, des locataires modèles !

« Si on m'avait donné un billet de cinq euros à chaque fois que j'ai entendu ce genre de phrases, songea Aziz, je serais riche. »

*

* *

Joao et Adrian s'étaient garés au début de la rue du Morvan. Ils virent Myriam et Aziz pénétrer dans la résidence.

– Adrian, tu bouges pas. Reste dans la voiture, prêt à repartir à tout moment. Je vais voir si j'arrive à entrer sans me faire remarquer.

Parce qu'ils avaient le même accent, la même nationalité et pratiquement la même couleur de peau, la plupart des associés de Joao et Adrian, Sylvestre compris, pensaient qu'ils étaient frères, ou au moins cousins. Il n'en était rien. Ils étaient simplement passés par la même filière pour arriver illégalement en France ; dans ce genre de circonstances, l'être humain active puissamment son sixième sens pour identifier les alliés potentiels autour de lui. Ils avaient donc sympathisé et rapidement compris qu'ils étaient complémentaires. Joao était petit et trapu, mais étonnamment vif. Remarquablement intelligent, il avait vite pris l'ascendant sur Adrian, pourtant grand et physiquement impressionnant, mais qui s'en remettait à Joao et s'avérait capable d'exécuter, sans discuter, n'importe quel ordre de sa part. Avant d'abattre les Algériens, ils avaient déjà mené plusieurs expéditions punitives, sans aucun état d'âme. L'efficacité de leur duo avait impressionné Sylvestre, et ce dernier leur avait progressivement confié des missions de plus en plus délicates, jusqu'à en faire ses lieutenants. À défaut de connaître l'identité de leur chef, qu'ils n'appelaient que « boss », Joao et Adrian avaient tout de même le privilège de savoir que Sylvestre venait d'Haïti. Il appréciait aussi leur allure soignée ; comme lui, Joao et Adrian ne supportaient pas le look ghetto et veillaient à être tirés à quatre épingles en toute circonstance. Joao s'approcha de l'entrée de la résidence. Impossible de s'y introduire avec cette grille bien fermée. Il fallait patienter. Il alluma une cigarette et fit mine de consulter son téléphone, un Parisien parmi tant d'autres. Quelques minutes plus tard, un grand type se présenta devant la résidence, portable à l'oreille ; il ne prêta pas attention à Joao, qui en profita pour s'engouffrer derrière lui. Le type appuya sur le bouton de l'ascenseur. Joao avisa une porte marquée « Escalier ». Il comptait explorer chaque étage en se repérant au bruit – deux flics dans un appartement, ça s'entend forcément.

Myriam sonna à la porte qu'avait indiquée Mme Pereira. Une jeune femme aux cheveux châtain roux coupés à la garçonne ouvrit la porte.

– Police nationale, mademoiselle. Nous cherchons Lucie Guilhem. Elle vit bien ici ?

La jeune femme sembla stupéfaite, mais se reprit.

– Oui ! Qu'est-ce qui se passe ? Lucie a des ennuis ? Je l'ai pas vue depuis deux ou trois jours, mais elle doit être chez son copain : quand elle n'est pas ici, elle est chez lui.

– Vous êtes mademoiselle ?

– Garcia. Solène Garcia.

– Mademoiselle Garcia, nous venons perquisitionner le logement de votre amie Lucie. Puisque vous êtes là, vous allez rester comme témoin avec Mme Pereira. M. Georges va pouvoir nous quitter. Merci, monsieur, vous avez été très aimable, mais nous n'aurons pas besoin de vous.

M. Georges reprit la direction de l'ascenseur à contrecœur, se disant que personne, jamais, n'avait besoin de lui.

– Mon collègue va examiner les pièces communes, salon, salle de bains. De mon côté, je vais me charger de la chambre de votre amie. Vous me la montrez ?

Solène les fit entrer, l'air totalement médusé. Mme Pereira raconta plus tard à ses consœurs de la rue du Morvan à quel point elle avait trouvé le spectacle décevant. Elle pensait que les policiers allaient retourner l'appartement, mais les lieutenants Samih et Gemayel réalisaient une perquisition, ils ne jouaient pas dans une série américaine : aucun tiroir arraché et vidé au sol, pas de vaisselle brisée… Ils se contentèrent d'effectuer une fouille méthodique et minutieuse du lieu et laissèrent, pour seuls signes visibles de leur passage, du désordre dans les produits de la salle de bains, le lit entièrement défait et les coussins du canapé sortis de leurs housses. On entendit soudain la voix affolée de Mme Pereira :

– Qui êtes-vous ? Que faites-vous ici ?

Un homme d'environ trente ans, grand et fin, se tenait dans l'encadrement de la porte de l'appartement.

– Je cherche Lucie, elle est là ?

Aziz alla l'accueillir.

– Police nationale. Vous êtes ?

– Sébastien Dupasteur.

– Vous êtes un ami de Lucie Guilhem ?

– Oui, enfin, c'est ma copine. Où est-ce qu'elle est ?

– Nous terminons une opération de police. Veuillez rester à l'extérieur, je viens vous voir juste après.

Aziz et Myriam firent le point. Il n'y avait aucun indice de l'activité de trafiquante de la victime. Parmi ses multiples visages, seul celui de l'étudiante bien élevée était visible ici. Les deux policiers notèrent les coordonnées de la gardienne et lui donnèrent congé, puis décidèrent que l'un d'eux prendrait Solène et l'autre Sébastien pour leur annoncer séparément le décès de Lucie, et leur poser quelques questions. Pendant qu'Aziz interrogeait Solène dans le salon, Myriam retrouva Sébastien dans l'entrée de l'appartement, dont la porte était restée ouverte depuis son arrivée.

– Monsieur Dupasteur, je suis navrée. Votre amie Lucie Guilhem a été retrouvée morte dans la nuit de mercredi à jeudi.

L'homme se figea, sans un mot. Son regard vide fixait Myriam, il était totalement hébété.

– Monsieur Dupasteur ?

Il cligna des yeux et sembla revenir à lui.

– Je… je ne comprends pas ce que vous me dites. Lucie est morte ? Elle n'est pas venue travailler, c'est vrai. Mais elle ne peut pas être morte !

– Travailler ? Vous étiez à Sciences-Po avec elle ?

– Pas du tout. Je tiens le bar dans une boîte, et Lucie y travaille comme serveuse, c'est comme ça qu'on s'est rencontrés, en février.

– Quelle boîte ?

– La Demeure Gorgia.

– Où ça ?

– Sur les Champs.

Myriam prit une minute pour noter ces informations. Dans le silence, on entendait Solène Garcia sangloter dans le salon.

– Avez-vous connaissance d'autres activités qu'aurait pu mener Mlle Guilhem ?

– Oui, elle est étudiante à Sciences-Po, mais apparemment vous le saviez déjà. Pourquoi toutes ces questions ? Elle est… elle *était* étudiante ? Je dois le dire au passé maintenant ? C'est ça ?

Les yeux de l'homme se remplirent de larmes. Il se détourna un instant. Myriam patientait.

– Monsieur Dupasteur, je suis désolée. Est-ce que Lucie avait d'autres sources de revenus que son travail au bar ?

– Non, pourquoi ? Qu'est-ce qui lui est arrivé ? Pourquoi vous êtes là, à la fin ?

– Votre amie est morte assassinée, monsieur Dupasteur. Je ne peux pas vous en dire plus à ce stade. Donnez-moi vos coordonnées complètes, mes collègues de la Police judiciaire auront sans doute besoin de vous entendre prochainement. J'aurai également besoin de recueillir vos déclarations par PV au commissariat de La Grande-Roque et de vous entendre plus longuement sur Lucie, je vous recontacterai pour ça.

*
* *

Joao referma doucement la porte qui donnait sur le palier du cinquième étage. Il devait se dépêcher de retourner à la voiture, les flics venaient d'annoncer au type et à la fille qu'ils partaient. Ils allaient prendre l'ascenseur, mais Joao était en forme, et descendre les cinq volées de marches quatre à quatre ne lui posait pas de problème. Il venait de s'asseoir à côté d'Adrian quand les deux policiers démarrèrent leur véhicule.

– Avance, avance, avance ! Ne les perds pas, je te raconte en roulant.

– Alors ? On était chez qui, en fait ?

– On a bien fait de les suivre, je crois que la fille vivait là.

– Putain, il faut que tu préviennes le boss !

Sylvestre ferma les yeux pour écouter Joao, laissant son cigarillo se consumer lentement dans le cendrier.

– L'appartement était tout près de l'escalier où je m'étais planqué, j'ai pu entendre pas mal de trucs. Je suis pas sûr de tout parce que la flic parlait vite, et le type pleurait à moitié. Mais j'ai entendu le nom Lucie plusieurs fois, et ils ont aussi parlé de la Demeure Gorgia.

– Continuez à les suivre. Ne les lâchez surtout pas.

*

* *

La nuit tombait. Myriam avait pris le volant pour qu'Aziz se repose un peu. Elle appela au commissariat : depuis le fax d'Orange, aucun autre opérateur n'avait répondu aux réquisitions concernant les numéros de téléphone du portable de Lucie. Il faudrait les relancer dès le lendemain. De son côté, Aziz avait obtenu les coordonnées des parents de la jeune femme ; Solène les avait dans les papiers de la colocation, ils s'étaient portés garants. Pour éviter tout doublon désastreux, Myriam prit la peine de joindre le capitaine Diallo, de la PJ, pour savoir s'ils avaient contacté les proches de la victime pour les informer de son décès.

– Bien sûr que non, on sait toujours pas comment elle s'appelle ! répondit le capitaine.

Il avait fait prendre les empreintes de la morte pendant l'autopsie le matin même mais n'avait pas encore le retour du FAED à ce sujet.

Myriam le mit au courant des documents trouvés dans le casier de la consigne.

– Il y avait plusieurs cartes avec des photos : Lucie Guilhem est bien notre victime.

– C'est NOTRE victime, pas la vôtre, lieutenant Gemayel. Vous et votre collègue, vous êtes sur l'enquête stup, alors passez-nous les infos qui concernent NOTRE enquête quand vous en avez !

– En attendant, je m'occupe de prévenir ses parents. Mais rassurez-vous, je leur donnerai bien VOS coordonnées !

Myriam raccrocha avant que Diallo n'ait pu le faire. Oui, elle aurait dû appeler la PJ dès qu'elle avait identifié Lucie… Mais, totalement dans son enquête, elle n'avait pas pris le temps de le faire. Au téléphone, elle avait hésité un instant à parler à Diallo de l'entrepôt mais, après tout, ils n'avaient qu'à se démerder, les super-flics !

Elle aussi commençait à fatiguer.

– Aziz, il est tard et on n'a rien de nouveau au commissariat. Si ça te va, je te ramène chez toi, et je rentre moi aussi, je rendrai la bagnole de service demain. J'appellerai les parents de la victime de chez moi.

Aziz réfléchit quelques secondes avant de répondre :

– Je peux venir à pied demain matin, j'ai pas fait de sport de la semaine, ça me fera pas de mal. Mais j'aurai plus vite fait de rentrer chez moi en RER que de te faire faire le détour dans les bouchons ! Dépose-moi gare du Nord, je me débrouille après.

*
* *

Quand Joseph entra dans l'appartement, Zig vint immédiatement le saluer en se frottant contre ses mollets. Lorsque les futurs époux Gemayel avaient emménagé ensemble, le chat avait fait passer Joseph par une phase d'observation méfiante avant de le classer dans la catégorie des humains acceptables. Il lui témoignait désormais la même affection qu'à Myriam, une affection féline, c'est-à-dire aristocratique et conditionnée à certaines prestations.

Le docteur Gemayel avait finalement acheté trois manteaux. C'est Myriam qui aurait le dernier mot pour le choix. Il s'était assuré, auprès des différentes vendeuses, qu'il pourrait rapporter ceux dont elle ne voudrait pas. Disposer de plusieurs options, avoir un coup d'avance, être paré à toute éventualité, tout cela était une seconde nature chez lui. Il n'avait jamais révélé à sa femme que, le soir où il l'avait invitée à dîner pour la première fois, il avait réservé dans deux restaurants. L'italien, qu'il avait proposé en premier, mais aussi un restaurant de spécialités du Sud-Ouest : si elle avait dit qu'elle n'aimait pas la cuisine italienne, il aurait pu passer au plan B en un instant. Il rangea soigneusement les trois paquets hors d'atteinte de Zig, afin d'éviter qu'il ne vienne y laisser ses poils, et se servit un verre de San Pellegrino. Sa femme ne tarderait sûrement pas.

– 11 –
Joseph

Joao et Adrian regardèrent le policier quitter sa voiture sur le boulevard Magenta.

– On fait quoi, Joao ?

– On le laisse partir. Il y a trop de monde, je ne veux pas qu'on se sépare.

Joao se perdit dans ses pensées. Adrian et lui avaient vraiment merdé, à la Roseraie. Ils auraient dû faire les poches de la fille et la balancer dans le local en feu avant de se barrer. Et maintenant, ces fouille-merde de flics mettaient leur nez partout, et le boss était à cran. Il fallait les arrêter, et vite. Au Brésil, on savait faire comprendre aux *policiais* qu'ils étaient allés trop loin.

Il sortit de son silence pour donner ses instructions à Adrian.

Désormais seule dans la voiture, Myriam se repassa le film des événements de la journée. Son instinct lui disait qu'ils se trouvaient bien face à quelque chose d'énorme, mais les éléments matériels restaient bien minces. Elle repensa au gamin sans nom retrouvé mort au supermarché. Comment s'appelait-il ? Comment s'était-il retrouvé là ? La frustration et la fatigue lui enserraient le crâne comme un étau. Elle avait hâte d'être chez elle. À bout de patience, elle mit le bleu et commença à se faufiler dans le trafic.

– Merde ! Adrian, la perds pas !

– T'es marrant, toi, elle a mis son gyrophare, c'est compliqué ! Si je la colle, elle va nous repérer !

– Regarde la BM devant, on a de la chance !

On pouvait toujours compter sur le mauvais côté des gens, se dit Joao. Entre eux et la Mégane de la policière, une grosse BMW avait commencé à profiter des espaces créés par le gyrophare pour s'extirper des bouchons franciliens. Quelques automobilistes lui firent des appels de phares indignés, mais Adrian se colla dans ses roues. Le conducteur de la grosse allemande n'était pas un expert comme lui, mais l'écran qu'il créait entre la Mégane et eux était providentiel. Lorsque Myriam retira le bleu, en arrivant vers La Grande-Roque, la Golf roulait à moins de cent mètres derrière elle. Au feu rouge suivant, Joao passa un foulard et un bonnet noir à Adrian, puis s'équipa lui aussi, seuls ses yeux restant visibles. Moins de trois minutes après, Myriam se garait enfin juste devant chez elle. Elle avait vu les deux fenêtres de leur appartement éclairées, au premier étage de l'immeuble, et sourit. Enfin chez elle, enfin Joseph, enfin Zig. Elle se recoiffa comme elle put devant le rétroviseur intérieur, et sortit de la voiture. Deux ombres silencieuses fondirent aussitôt sur elle. Adrian frappa le premier en lui décochant un coup de pied fulgurant à l'abdomen. Myriam tomba au sol, pliée en deux. Elle hurla de rage et de douleur, et roula sur elle-même pour saisir Adrian par les chevilles. Elle réussit à le faire tomber et à l'attraper à la gorge, qu'elle entreprit de serrer de toutes ses forces, mais Joao la saisit par-derrière et la tira si fort qu'elle dut lâcher prise ; il la souleva avec un grognement sourd et la jeta violemment un peu plus loin sur le trottoir. Elle cria à nouveau et tenta de se relever, sonnée. Joao se rua sur elle pendant que, derrière eux, Adrian se redressait en toussant. « *Cabra !* », cria-t-il d'une voix éraillée. On entendit alors un bruit sourd. Joao se retourna, Adrian était au sol, sans connaissance. Joseph Gemayel se tenait devant lui, les yeux étincelants. « À ton tour, enfoiré », dit-il d'une voix sourde de rage. Joao para son premier coup et attrapa son bras droit pour tenter de le déséquilibrer. Joseph se dégagea d'un geste sûr, et, fixant son adversaire dans les yeux, profita de la distance qu'il avait mise entre eux deux pour lui asséner un coup de pied éclair en plein plexus. Joao s'écroula. Le coup suivant lui arriva en pleine tête. Il cessa de bouger, sa bouche entrouverte laissant couler un mince filet de sang. Joseph le frappa à nouveau violemment ; Myriam, qui s'était relevée difficilement, se précipita sur lui en criant : « Arrête, tu vas le tuer ! J'ai des pinces dans la voiture, aide-moi. »

Joseph avait l'air ailleurs, il semblait guidé par une colère froide et une volonté de tuer que seule sa femme pouvait comprendre.

Les deux époux passèrent finalement les menottes aux agresseurs.

– Je lisais, je t'ai entendue crier. Quand je suis arrivé en bas, j'ai vu ce fils de pute te jeter au sol… J'ai eu tellement peur pour toi !

– Deux contre une, je ne le sentais pas trop, c'est clair. Heureusement que tu étais là…

Les deux hommes menottés gisaient toujours sans connaissance.

– Bon, j'imagine qu'il faut qu'on les fasse soigner… déclara Joseph comme à regret.

– Oui, et tu vas devoir aller me chercher ton téléphone pour ça. Le mien était dans ma poche et il n'a pas survécu !

Dans l'ambulance qui emmenait Myriam et Joseph à l'hôpital, derrière le véhicule transportant leurs agresseurs, Myriam reprit le téléphone de Joseph. Elle appela Kimia – elle savait qu'elle était de permanence avec Thierry – pour l'informer que Joseph et elle venaient de se faire agresser.

– Oh merde, tu vas bien ? s'enquit sa collègue, inquiète.

Myriam la rassura, lui raconta ce qui s'était passé en quelques mots, et obtint que Thierry et Kimia ne se déplacent pas.

– Vous pourrez nous entendre demain matin au commissariat, Joseph et moi. Il n'y a pas d'urgence. Je te tiens au courant de l'état des deux autres pour que tu saches si tu les mets en garde à vue tout de suite ou pas.

Kimia acquiesça puis demanda :

– Dis, Myriam, il faut prévenir le commissaire, je le fais ou tu le fais ?

Myriam réfléchit. Elle aurait tout donné pour éviter de parler à Christiani, mais elle refusait qu'il l'imagine diminuée.

– Je lui dirai moi-même.

Une fois au CHU, Myriam donna des instructions pour que ses deux agresseurs soient soignés sous très bonne garde. Elle ne sentait pas trop mal, mais Joseph tenait à ce qu'elle aille faire un bilan complet.

– D'accord, céda-t-elle, mais tu t'en charges.

Joseph sourit, il ne l'envisageait pas autrement. Il était bien connu du personnel des urgences : en tant qu'expert, il avait eu à traiter des dossiers de responsabilité médicale où le service avait été mis en cause. Sa demande de body-scanner au médecin de garde fut immédiatement prise en compte, et il put accompagner Myriam à l'examen. Sa femme avait eu de la chance : tout était normal.

Il ne restait plus qu'à prévenir Christiani. Il décrocha à la quatrième sonnerie, la voix ensommeillée.

– Commissaire Christiani.

– C'est Myriam, monsieur. Je vous informe que deux hommes nous ont agressés, mon mari et moi, en début de soirée. Ils sont dans un état sérieux. J'ai tenu Kimia au courant ; elle est en lien avec l'équipe médicale et placera les deux agresseurs en garde à vue dès que leur état de santé le permettra.

– Entendu. Et vous ? Vous avez une ITT ?

Pas « Vous allez bien ? » Christiani s'en foutait. Il comptait juste ses troupes. Il faisait l'appel. Présente ou absente ? Il ne demanda pas non plus comment Joseph allait.

– Non, monsieur. Je serai à mon poste demain comme d'habitude. Bonne nuit.

Il n'était pas encore minuit lorsque les deux époux purent enfin rentrer chez eux. L'adrénaline retombant, c'est en bâillant que Myriam raconta à son mari la visite de l'entrepôt de la Cochemtec.

– Myriam…

– Je sais ce que tu vas me dire, mon amour. Visiblement, j'ai énervé des gens très violents.

– Oui. Mais ces deux types n'avaient pas l'air d'être des Haïtiens.

– Ils n'ont prononcé qu'un seul mot, il m'a semblé que c'était de l'espagnol.

– Ou peut-être du portugais, non ? Je sais que les Brésiliens et les Haïtiens s'associent volontiers. Des pros, en tout cas. On n'était pas trop de deux face à eux.

– Je ne pense pas qu'ils comptaient me tuer. Ils n'avaient ni lame ni arme à feu.

– Ils auraient pu te faire vraiment mal en tout cas. Tu vas continuer ton enquête ?

– Évidemment.

– Ça ne me plaît pas.

– Je sais.

– Mais je comprends.

– Je sais aussi. Et c'est pour ça que je t'aime, Joseph Gemayel.

– Je t'aime aussi. Alors s'il te plaît, fais en sorte de ne pas être blessée.

– 12 –
Aimé

Parce qu'il était né un 13 septembre, Aimé avait reçu un prénom dont le sens fut aussitôt perdu. Il était le quatrième à arriver dans une famille où chaque jour était un combat perdu d'avance. Son père était arrivé en métropole plein d'espoir et d'orgueil. À Goyave, où il avait grandi, Raymond était une vedette, populaire auprès des filles, admiré par les garçons. Mais sa Guadeloupe natale était bien trop petite pour les promesses que la vie semblait lui faire. Le bac en poche, il fit le grand voyage vers Paris. Son charisme naturel lui offrait mille opportunités que son tempérament ombrageux lui faisait en général gâcher plus ou moins rapidement. Il faut bien dire que, pour le même comportement, les patrons métropolitains considéraient le collègue blanc de Raymond comme décidé ou autonome, là où ils voyaient Raymond comme prétentieux ou incontrôlable. Il rencontra Clarisse à l'église d'Ézanville. La jeune femme n'avait pas connu la Martinique, où étaient nés ses deux parents, mais elle en gardait une nostalgie inconsciente, son corps meurtri par le climat peu clément du Val-d'Oise. Elle vit en Raymond la flamboyance qui pourrait la réchauffer. Mais, de déceptions en frustrations, le brasier se résuma bientôt à une vilaine flamme bleue alimentée par l'alcool. Enfant après enfant, les cris devenaient plus forts, les coups échangés par les deux époux – et plus fréquemment infligés aux enfants – de plus en plus violents. Les services sociaux, toujours lents à l'allumage, finirent par prendre en compte les multiples absences à l'école et les contusions que présentaient les enfants ; une décision de placement en foyer fut prise pour chacun d'eux. Aimé avait quatre ans et une belle tête ronde de poupon. Il passa six mois au foyer d'Eaubonne, dans un état d'anxiété permanent. C'était lui le plus jeune, et les plus grands le voyaient comme une balle antistress à malaxer et à jeter. Les encadrants n'étaient jamais assez nombreux pour lui éviter tous les coups. Sa tête d'ange l'avait néanmoins fait prendre en affection par Sylvain, un des éducateurs, qui le protégeait farouchement lorsqu'il était présent. C'est lui qui fit des pieds et des mains pour qu'Aimé puisse être, au plus vite, placé dans une famille d'accueil à Herblay, pendant que Raymond et Clarisse buvaient les allocations familiales que l'État continuait à leur verser.

Aimé connut alors une trêve lumineuse dans une existence qui ne lui avait laissé aucun répit. Le premier soir, le couple qui l'accueillait le fit asseoir sur le canapé. Aimé les regardait, muet de terreur : il ne s'était jamais trouvé dans cette situation.

– Bienvenue chez nous, Aimé. Je suis Claire, et voici Sébastien. On nous a dit que c'est la première fois que tu es en famille d'accueil ?

Aimé hocha la tête, les yeux baissés, incapable de rendre le sourire que Claire lui adressait.

– Nous allons te montrer ta chambre dans un moment. Mais avant, j'aimerais savoir si tu as un plat préféré ? Quelque chose que tu aimes manger ?

Le petit garçon réfléchit un instant. C'était une question compliquée pour lui.

– Je… le chocolat ? J'aime bien le chocolat.

Claire et Sébastien se regardèrent en souriant, et Sébastien se leva. Il revint une minute après avec une boîte de barres Kinder, et en tendit une à l'enfant. Aimé l'ouvrit maladroitement, et la dévora en deux bouchées. Le goût sucré était une caresse, mais le plaisir venait surtout de ces deux visages qui le regardaient avec bienveillance. Il découvrit, jour après jour, des joies simples et jusque-là inconnues : avoir un doudou, touiller la pâte d'un gâteau, écouter une histoire le soir, se faire câliner lorsqu'il s'était fait mal, se promener en famille dans la forêt de Saint-Germain-en-Laye, chanter une chanson dans la voiture à l'aller et s'y endormir au retour… Claire le traitait vraiment comme son fils, et il s'attacha à elle avec toute la passion dont un petit garçon est capable. Il n'avait pas le droit de l'appeler maman, elle le lui rappelait souvent tendrement ; mais le soir, en s'endormant, c'est ainsi qu'il pensait à elle. Juste avant les neuf ans d'Aimé, Sébastien fut muté à Montpellier. Le couple entreprit des démarches pour qu'Aimé puisse venir avec eux, et ils passèrent des dîners entiers à rêver à leur vie au soleil. Mais parce qu'il était encore petit et que ses parents biologiques vivaient dans le 95, l'Aide sociale à l'enfance décida qu'Aimé ne pouvait pas s'éloigner de ceux qui l'avaient frappé et avec qui il n'avait plus aucun contact. Il fut donc retiré à Claire et Sébastien et placé dans une seconde famille.

Aimé arriva, hébété d'avoir perdu les seuls vrais parents qu'il ait connus, dans une famille brisée. Le couple venait de se voir retirer, parce qu'elle retournait auprès de ses parents biologiques, une petite fille dont ils s'occupaient depuis cinq ans. La mère, qui l'adorait, avait sombré dans une profonde dépression que le père tentait d'ignorer en travaillant de toutes ses forces. Hors du strict minimum d'hygiène et de nourriture, personne ne s'occupait plus d'Aimé. On ne lui parlait pas, on ne le regardait pas. À force de négligence et d'indifférence, l'enfant devint agressif et incontrôlable, il fit plusieurs fugues, dont il revenait toujours très vite, n'ayant nulle part où aller. La mère de famille imagina alors de le calmer en partageant ses ordonnances avec lui. À onze ans, il connut donc les joies chimiques du Valium et du Deroxat. Au début, il tenta de refuser de prendre les médicaments, et la femme le menaça : « Si tu ne les prends pas, tu repars en foyer. » Et puis, très vite, il ne protesta plus, il trouvait du réconfort dans la bulle de coton médicamenteux qui se formait autour de lui. Surtout lorsqu'il devait se plier aux visites imposées de ses parents biologiques : face à ceux, qui étaient désormais des inconnus pour lui, Aimé avait l'impression de plonger dans un vide abyssal en lui-même, une obscurité dont on ne revient pas.

Lorsque le petit garçon eut douze ans, la famille d'accueil jeta l'éponge malgré tout. Il fut à nouveau placé en foyer, à Saint-Ouen-l'Aumône cette fois. Il eut l'impression d'arriver en zone de guerre. Une trentaine d'enfants et d'adolescents, entre onze et dix-sept ans, sous-encadrés par des éducateurs épuisés et désabusés, qui faisaient toutefois de leur mieux pour maintenir un semblant de calme. Tous ces enfants que la vie avait martyrisés étaient souvent mal soignés, beaucoup présentant des troubles qui auraient justifié une hospitalisation en psychiatrie. Aux journées de violence succédaient des nuits de hurlements. « Bordel, mais qu'est-ce que vous faites ? David, tu lâches Djamil. TU LE LÂCHES ! Putain, tu lui as fait des marques au cou, regarde. Djamil, ça va ? Va boire un peu d'eau. Mais vous pouvez pas dormir, c'est pas possible ? ». Des scènes comme celle-là se répétaient sans fin.

Aimé n'avait pas passé trois semaines sur place quand il fut violé pour la première fois par un des résidents, Steven, âgé de seize ans. Il n'eut pas un instant l'idée d'en parler aux adultes, parfaitement conscient de la solitude dans laquelle il était désormais enfermé. Au collège Alphonse-Daudet, ses professeurs connaissaient sa situation d'enfant placé, et la plupart évitaient jusqu'à son regard. Son agresseur trouva d'abord amusant de le « prêter » à un de ses copains du foyer âgé de dix-sept ans, puis, le trouvant décidément à son goût, décida de le garder pour lui tout seul et de le violer ou de le frapper dès que l'occasion s'en présentait. Il l'appelait « ma petite pute », à la grande joie des autres résidents. « Elle est où ma petite pute ? Ah, te voilà. Je t'ai manqué ? », disait-il en le giflant pour faire rire les témoins. Le seul espace de relative sécurité, pour Aimé, était la cour devant le bâtiment principal du foyer. Il s'y trouvait toujours un éducateur profitant d'être dehors pour fumer, et Steven n'osait pas trop l'empoigner devant les adultes.

La cour du foyer était séparée de la rue par un muret de moins d'un mètre de haut percé d'une porte toujours fermée à clé. Le muret était vite sauté, et certains enfants fuguaient, revenant quelques jours ou quelques mois plus tard, auréolés d'un prestige immense. Ceux qui ne s'enfuyaient pas sautaient aussi le mur pour, par simple provocation, fumer une cigarette sur le trottoir devant la cour, pendant que l'éducateur présent leur disait d'un ton las : « Allez, vous rentrez maintenant, vous n'avez rien à faire dehors… » Aimé restait donc là, de l'un ou de l'autre côté du mur, sans avoir l'idée d'aller plus loin, se dissociant de lui-même au fur et à mesure que les agressions se répétaient. Son hypervigilance anxieuse des premiers temps s'était effondrée face à son impuissance à éviter les sévices. Il ne remarqua donc pas le manège quotidien de la grosse voiture qui, au début du mois d'août, passait au ralenti devant le foyer aux heures où les jeunes avaient le droit de sortir dans la cour. Les vacances avaient dépeuplé l'équipe d'éducateurs, les enfants étaient plus que jamais livrés à eux-mêmes. Ce jour-là, Aimé avait sauté le muret, et se tenait là, sans but, les mains dans les poches, écrasé de chaleur. Faute d'éducateurs, il pensait pouvoir compter sur le regard des rares passants pour éviter les attaques de Steven. Le 4 × 4 sombre s'arrêta au ras du trottoir, juste devant Aimé. La portière arrière droite s'ouvrit, une grosse paire de bras en émergea : l'adolescent fut saisi et tiré à l'intérieur de la voiture, qui redémarra aussitôt. Alertés par les cris des autres enfants, les trois éducateurs présents sortirent du bâtiment, mais il n'y avait plus rien à faire à part signaler la disparition du gosse.

Au bout de trente minutes de route, le 4 × 4 s'arrêta dans une petite impasse. Aimé avait été jeté sur la banquette arrière et s'y était roulé en position fœtale, il n'avait rien vu du trajet.

– Allez, gamin, tu descends.

– Ah, vous voilà ! On a eu le message, déclara d'une voix sèche une femme sortie de la maison devant laquelle la voiture s'était garée.

Aimé ouvrit les yeux. La femme – copieusement maquillée, les yeux soulignés d'un turquoise criard, le teint pâle rehaussé de blush abricot, exhalant un parfum bon marché ne masquant pas une forte odeur de sueur – le tira hors de la voiture pour l'emmener. Elle regarda tout autour d'elle, vérifiant qu'aucun voisin ne les voyait.

– Allez, entre, dépêche-toi !

La maison, ancienne, portait une inscription presque effacée à son fronton, une enseigne oubliée depuis longtemps. Parmi les mots que formaient les grandes lettres bleues, Aimé n'eut le temps d'en déchiffrer qu'un seul : « ANGES ».

Une fois à l'intérieur, le garçon découvrit un couloir qui conduisait, à droite, à une cuisine puis à trois autres portes – fermées –, l'une à droite et les deux autres à gauche. La femme l'entraîna vers le fond du couloir où un escalier montait à l'étage.

– Comment tu t'appelles, gamin ? lui demanda-t-elle.

– Aimé, répondit-il machinalement, son esprit embrouillé essayant de comprendre où il était et ce qui lui arrivait.

Au premier, la femme ouvrit une porte et le fit entrer dans une chambre déserte où se trouvaient seulement deux lits simples placés contre les deux murs opposés. Une poignée métallique était solidement fixée au mur à côté de chaque lit.

– Tu as intérêt à te tenir tranquille, c'est compris ? dit-elle en le poussant sur un des lits et en lui accrochant le poignet droit à la poignée métallique avec un collier de serrage en nylon. Je te bâillonne pas pour l'instant, mais j'hésiterai pas si t'es bruyant, c'est clair ?

Aimé hocha la tête. Pourquoi aurait-il crié, de toute façon ? Pour appeler qui ?

Après l'avoir laissé seul un moment, la femme revint avec un verre d'eau, une boîte de comprimés, et un téléphone portable.

– Tiens, prends ça et bois, ça t'aidera à te tenir tranquille.

Lorsqu'elle fut sûre qu'il avait avalé le médicament, elle lui ordonna de s'asseoir bien droit sur le lit. Elle ouvrit un peu le rideau pour faire entrer de la lumière et lui demanda de bien regarder vers elle. Elle sortit alors son téléphone pour le photographier.

– Attention au flash, ne ferme pas les yeux !

Elle déclencha, mais Aimé fut ébloui.

– Merde, c'est pas bon ! On recommence. Garde les yeux ouverts, t'as compris ? Allez, cette fois elle est bonne. Je te laisse, reste tranquille.

Elle disparut à nouveau.

Pendant quelques jours, la vie d'Aimé se résuma à ce lit, sur lequel il prenait ses repas en mangeant de la main gauche uniquement. On lui apportait trois repas sommaires par jour, avec un tranquillisant en dessert. Le livreur du repas pouvait être la femme qu'il avait vue en arrivant ou un homme qui semblait vivre là aussi. De taille moyenne, ce dernier avait les cheveux un peu longs, coiffés en arrière, et une chaîne d'argent aux larges mailles cheval autour du cou. Ses bras puissants étaient couverts de poils sombres. Il sentait une eau de Cologne très forte, poivrée. Il s'asseyait parfois sur l'autre lit pour regarder Aimé manger et lui adresser quelques mots. Cela pouvait aller de : « C'est bien, t'es tranquille toi » à : « Tu sais, tu devrais avoir une copine ici, mais elle a pas été sage, alors pour l'instant elle est punie. » Dormir avec une main attachée n'était pas si difficile ; au moins ici, il n'y avait ni cris ni Steven. Il lui semblait de temps en temps entendre des sanglots, qu'il attribuait à ses cauchemars. On le faisait sortir une fois par jour dans le jardin à l'arrière de la maison qui, clos de murs, n'offrait aucun vis-à-vis. Au départ, il était bâillonné pour ces sorties, mais, rassurés par son calme, ses geôliers le laissèrent bientôt circuler sans bâillon ni entrave dans cet espace.

Puis un soir, la femme arriva dans la chambre, l'air empressé.

– Allez, Aimé, lève-toi, on se dépêche.

Elle coupa le lien de plastique, lui donna un comprimé et un verre d'eau pour l'avaler, puis le mena à la salle de bains, dont il ne connaissait que les toilettes. Là, elle lui remit une serviette, un gel douche, et lui enjoignit de se nettoyer soigneusement.

– Les affaires, là-dedans, tu les mets. Et presse-toi ! dit-elle en lui remettant un sac.

Aimé sortit du sac un uniforme d'écolier, bermuda, chaussettes hautes, chemise à manches courtes, cravate. La femme l'aida pour la cravate. Puis elle le fit sortir de la salle de bains. Il se dirigeait machinalement vers sa chambre, mais elle le poussa vers l'escalier.

– Non, on descend.

Au rez-de-chaussée, elle ouvrit une des portes qu'Aimé avait vues fermées le jour de son arrivée. Il entra dans une pièce au papier peint à gros motifs, meublée d'un canapé et de deux fauteuils. Deux caméras sur trépied étaient en place, objectif pointé sur le canapé. Trois hommes se trouvaient dans la pièce. L'homme qu'Aimé voyait tous les jours, et deux inconnus qui avaient chacun un verre de liquide ambré à la main, et qui le fixaient, la pupille dilatée.

– Tu l'as pas entravé, Nadine ? demanda l'homme qu'il connaissait, l'air agacé.

– Non, il est calme celui-ci, et il a pris un cachet juste avant. Y aura pas de problème. Messieurs, on vous laisse, vous savez comment marche la télécommande de la vidéo ?

L'un des inconnus acquiesça, et Nadine et l'homme à la chaîne d'argent sortirent, fermant soigneusement la porte derrière eux. Aimé était toujours debout, tout près de la porte, figé de terreur. Un des hommes s'installa dans un fauteuil et manipula une télécommande, puis indiqua à l'autre :

– Ça tourne. Je te laisse commencer, cette fois.

L'autre ne répondit rien, il prit Aimé par le bras et l'assit sur le canapé. Ce qui se passa ne fut guère différent de ce que Steven lui avait fait cent fois, finalement. Mais Steven n'avait jamais été serein, il agissait dans la crainte de se faire prendre, de se faire engueuler. Ce soir-là, et ceux qui suivirent, les hommes'n'eurent pas besoin de se presser. Sûrs d'eux, de leur sécurité dans ce salon de banlieue, ils prirent leur temps. Lorsqu'ils eurent enfin fini, un des inconnus coupa les caméras, et ouvrit la porte.

– C'est bon ! cria-t-il dans le couloir.

Nadine et l'homme à la chaîne d'argent réapparurent. Nadine aida Aimé à se rhabiller avec son jean et son tee-shirt habituels, puis elle le fit sortir, s'interrompant pour se tourner vers son compagnon.

– Didier, je lui redonne un cachet ?

– Oui, c'est mieux.

Le lendemain de cette soirée, Didier amena une fille dans la chambre où Aimé somnolait.

– J'espère que t'as compris la leçon, Aya. T'as intérêt à te tenir à carreau.

Il l'attacha à la poignée de l'autre lit et sortit.

– Salut, dit Aimé.

La jeune fille était tournée vers le mur opposé. Elle ne répondit rien. Aimé l'entendait pleurer en silence.

Désormais, la routine quotidienne incluait presque toujours une soirée avec un ou plusieurs inconnus, le plus souvent des hommes, parfois des femmes, qu'Aimé apprit à redouter – elles étaient encore plus cruelles, torturant leurs victimes pour jouir de la souffrance qu'elles infligeaient. De temps en temps, il y avait un autre enfant avec lui, une fille – Aimé et elle avaient réussi à échanger leurs prénoms, elle s'appelait Letana – ou un garçon, ce qui lui permit de comprendre que les autres chambres de la maison abritaient aussi des prisonniers comme lui. La fille avec qui il était enfermé ne lui adressait pas la parole. La plupart du temps, Aya était assise sur son lit, fixant la porte d'un air farouche. Pour les promenades, Didier ou Nadine la bâillonnaient toujours. Un jour qu'elle était sortie, il entendit Didier crier :

– Merde ! Nadine, ramène-toi !

Quelques minutes après, Aya était de retour dans la chambre, poussée par une Nadine visiblement furieuse.

– T'as de la chance que je te remette pas à la cave, mais il va falloir que tu te calmes !

Ce soir-là, Didier et Nadine arrivèrent dans la chambre tous les deux, ce qui était exceptionnel. Nadine portait un verre d'eau et un petit sac.

– Bon, j'arrive plus à fournir en cachets, donc j'ai demandé qu'on me donne de quoi vous faire tenir tranquille. Mais faut pas vous abîmer, donc sortez de vos couvertures.

Aimé la regardait sans comprendre. Didier lui extirpa les jambes de dessous le drap et lui attrapa le pied gauche. Nadine avait tiré une table de chevet vers elle et pris dans le sac un flacon rempli de comprimés roses. Elle en coupa un en deux et l'effrita dans une cuillère, puis elle pressa quelques gouttes d'un citron sur la poudre obtenue, ajouta un peu d'eau et chauffa la cuillère à la flamme d'un briquet pour faire fondre et mélanger l'ensemble. Enfin, elle remplit une seringue du mélange et en injecta la moitié entre les deux plus gros orteils du pied gauche de l'enfant. La sensation fut magique. En une fraction de seconde, Aimé fut envahi d'un bien-être extraordinaire. Il aurait pu ouvrir les bras et s'envoler. Il ne sentait plus les contusions ni les déchirures, juste une euphorie calme, un sentiment de quiétude supérieur à tout. Il n'entendit pas les grognements de protestation d'Aya, que Didier avait pris la précaution de bâillonner, pendant que Nadine la piquait à grand-peine pour lui injecter l'autre moitié de sa préparation. Bientôt, tout fut calme et silencieux dans la petite chambre.

Au bout d'une semaine de ce nouveau régime, Aya était toujours aussi combative, mais Aimé, lui, ne vivait plus que pour ces injections miraculeuses. Nadine et Didier s'épuisaient avec Aya, alors, pour s'économiser nerveusement, Nadine entreprit d'apprendre à Aimé à se débrouiller seul pour ses piqûres. Elle lui apportait un quart de comprimé, un citron, un briquet, un verre d'eau, une seringue, et lui montrait comment faire pendant qu'Aya, maintenant entravée aux chevilles et aux poignets, grognait sous son bâillon. Il sut bientôt procéder avec habileté, galvanisé par la promesse du suprême bonheur intraveineux. Les viols continuaient, presque chaque soir, toujours différents selon les clients, et toujours identiques finalement. Aimé glissait toujours plus loin de lui-même.

Un jour que Nadine avait disposé le matériel du shoot devant Aimé et se tournait pour s'occuper d'Aya, la petite gigotait tellement que Nadine, exaspérée, se leva en disant :

– Tu m'emmerdes, je vais chercher Didier.

Une fois qu'elle fut sortie de la chambre, Aimé vit qu'elle avait laissé le flacon de comprimés roses sur la table de chevet près du matériel pour lui. Il pensa tout d'abord qu'il devait en mettre de côté pour plus tard, et glissa un comprimé tout au fond de sa poche de jean. Puis, indifférent aux mouvements d'Aya, il se prépara son fix. Comme hors de lui-même, il ne prit pas le quart de comprimé posé sur la table, mais un comprimé entier, dans le flacon. Il s'interdisait de penser en faisant fondre la préparation, qu'il s'injecta rapidement. Il n'entendit pas Nadine revenir dans la chambre avec Didier, il était déjà trop loin. La dernière image que son cerveau forma avant de s'éteindre pour toujours, ce fut le visage de Claire, souriant, rayonnant, plein d'amour.

– 13 –
Samedi

Myriam ouvrit les yeux à 6 h 13 et attrapa immédiatement son réveil pour annuler l'alarme programmée pour 6 h 30. En se retournant dans le lit, elle découvrit deux choses. D'abord que cette précaution était inutile : Joseph n'était plus là ; ensuite qu'elle devrait garder un secret ce jour-là, pour tout le monde, y compris son mari : elle avait mal partout. Elle se leva lentement, effectua quelques étirements prudents – OK, donc toujours mal partout –, et afficha son sourire le plus convaincant en ouvrant la porte de la chambre, afin que ce soit la première chose que Joseph verrait d'elle quand elle arriverait dans la cuisine et s'assiérait à table.

Son mari ne fut pas dupe.

– Café ?

– Café.

Elle but une première gorgée, en silence. Zig s'approcha d'elle et se dressa pour poser une patte prudente sur sa cuisse. Le chat demandait rarement la permission pour s'installer ; lui aussi sentait bien qu'elle n'était pas comme d'habitude. Elle dégagea légèrement sa chaise pour lui donner une autorisation muette, et il grimpa sur ses genoux, où il sembla plonger immédiatement dans un profond sommeil, offrant noblement sa présence à son humaine endolorie.

La veille, Myriam avait prévenu son mari qu'ils devraient aller ensemble, très tôt, au commissariat, afin que Thierry et Kimia puissent les entendre.

– On prévoit de partir à 7 h 30, ça te va ?

– Très bien, tu prends la voiture de service et moi la mienne, ça me permettra d'être à l'institut médico-légal avant 9 heures. Qu'est-ce que tu as de prévu, de ton côté ?

– Je dois appeler les parents de la fille ce matin. Je voulais le faire hier soir, et puis…

– Et puis…

Myriam ignora délibérément l'occasion que Joseph lui offrait de reparler de ce qui s'était passé la veille. Il n'insista pas.

– Ensuite, j'ai des auditions qui commencent à 8 h 30. Des clients probables de la victime.

– Tu peux peut-être laisser Aziz s'en charger, et te reposer un peu ?

– Non, je tiens à ce qu'on soit tous les deux au commissariat. On pourrait avoir d'autres retours à nos réquis'. Et puis surtout, il ne me reste que trois jours. Lundi soir, c'est fini, Delphine me retire l'affaire. Il faut que je découvre tout ce qui peut l'être d'ici là.

Joseph marqua un temps.

– Jus d'orange ?

Myriam ne pouvait pas appeler les parents de Lucie en conduisant, et elle ne voulait pas le faire depuis son bureau du commissariat. Elle redoutait de se trouver instantanément happée par l'intensité de la journée et de ne pas accorder à ces gens l'attention qu'une telle conversation exigeait. Merde, elle détestait vraiment faire ça. Elle ne savait jamais comment annoncer cette terrible nouvelle qu'est la mort d'un proche – encore un aspect jamais abordé à l'école de police –, alors elle disait cela d'une traite, sans y mettre les formes, un peu comme on arrache un sparadrap d'un coup sec, en espérant que ça fasse moins mal. Et là, par téléphone en plus, c'était encore pire. Mais elle n'avait pas le choix, les parents Guilhem vivaient à Lille.

Elle gara donc sa voiture devant le commissariat et coupa le moteur. Joseph s'était garé à côté d'elle, elle ouvrit la fenêtre :

– Tu peux me prêter ton portable ? Je passe un coup de fil, j'arrive !

Elle attendit qu'il entre dans le commissariat pour composer le numéro que Solène, l'amie et colocataire de Lucie, lui avait donné.

– Monsieur Guilhem ?

– Lui-même.

– Lieutenant Gemayel, Police nationale. Vous êtes chez vous, monsieur ?

– Oh, mademoiselle, à cette heure matinale, le week-end, je suis toujours chez moi ! Que puis-je pour vous ?

Jean-Paul Guilhem rit. Il avait l'air de bonne humeur, et Myriam savait que les mots qu'elle était sur le point de prononcer allaient le priver de cette joie de vivre pour toujours. Elle articula bien pour qu'il n'y ait aucun malentendu :

– Je suis au regret de vous annoncer le décès de votre fille, Lucie. Elle a été retrouvée morte il y a deux jours. Nous ne l'avons identifiée qu'hier.

Il y eut un silence, puis un bruit sourd, le téléphone était tombé. Juste après, il y eut une voix de femme.

– Allô ? Qui est à l'appareil ? Qu'avez-vous dit à mon mari ?

La policière dut répéter. Elle entendit au loin un cri, un hululement qui n'était plus humain. La ligne fut coupée.

Myriam composa immédiatement le numéro de téléphone du commissariat du Vieux-Lille, le quartier où vivaient les parents de Lucie, et expliqua la situation au collègue du standard pour qu'un équipage puisse se rendre au domicile des parents de Lucie. Les collègues la tiendraient au courant une fois sur place. Mais cela ne changerait rien à la réalité de la douleur des Guilhem. Myriam raccrocha et resta quelques minutes le regard dans le vide, ressentant une sorte de culpabilité d'avoir annoncé à des parents la mort de leur enfant.

Elle se reprit, elle n'avait pas le temps pour ces états d'âme, ce qui comptait, c'était d'agir, de tout faire pour savoir ce que trafiquait Lucie et comment elle en était arrivée là. Voilà ce qu'elle pouvait faire pour les parents de Lucie, elle leur devait bien ça.

Myriam pénétra dans le commissariat la mine sombre. Le flic de l'accueil tenta d'engager la conversation, mais elle se contenta de lui rendre son bonjour et de faire signe à Joseph, qui l'avait attendue là, pour qu'ils montent ensemble. Elle lui rendit son portable et gravit l'escalier aussi vite que ses douleurs le lui permettaient. Elle aperçut Kimia et Thierry en entrant dans le bureau. De permanence depuis la veille, ils en portaient les stigmates : cernes, vêtements froissés, gestes caféinés.

– Salut, Myriam. Bonjour, docteur. Myriam, il y avait des trucs pour toi au fax, je les ai mis sur ton bureau.

Myriam s'assit à son bureau plus lourdement que d'habitude, espérant que personne ne s'en apercevrait.

– Dites, les gars, ça vous irait de vous séparer pour nous entendre en même temps, Joseph et moi ? J'ai des convoqués à partir de 8 h 30, et Joseph est attendu à l'institut médico-légal pour une autopsie…

Une minute plus tard, Joseph était enfermé dans le bureau d'Ulusoy, absent ce jour-là, avec Thierry. Il raconta au policier ce qui s'était passé : le cri de Myriam, comment il avait accouru pour la défendre…

– Très bien, docteur Gemayel, si je résume, vous déposez plainte parce que deux molosses ont agressé votre femme. Vous en avez assommé un, l'autre s'en est pris à vous, et vous l'avez neutralisé à son tour. Sur le déroulé des faits, tout est bien clair pour moi, et je vais pouvoir vous faire signer votre plainte dans un instant. Mais…

Thierry Merle écarta son bloc-notes et se pencha vers Joseph par-dessus le bureau, fébrile :

– Mais sérieusement, vous avez fait comment ? Myriam était KO, et vous avez étendu les deux à vous tout seul ? Vous êtes médecin, pas catcheur que je sache !

Ton familier, invitation aux confidences : Thierry s'était un peu emballé, peut-être victime de la privation de sommeil. La complicité qu'il essayait d'établir avec Joseph se fracassa contre le regard glacial que le médecin lui renvoya.

– J'ai réagi à l'instinct, comme un homme qui voit sa femme en danger, c'est tout. Je suis incapable de vous dire comment je m'y suis pris. On a fini ?

Il se levait déjà.

Pendant ce temps, Kimia, restée seule dans le bureau avec Myriam, prenait la plainte de sa collègue. Aziz arriva à ce moment-là.

– Salut tout le monde !

Il avait l'air en pleine forme, l'œil vif, le teint frais, parfaitement reposé. Nora avait dû laisser ses parents dormir d'une traite, pour une fois.

– Vous faites quoi, les filles ?

Myriam se tourna vers lui, s'en voulant déjà de ne pas l'avoir tenu au courant. Mais ça aurait changé quoi ?

– Je n'ai pas voulu te réveiller hier soir, Aziz, mais deux types m'ont agressée devant chez moi. Heureusement, Joseph a entendu ce qui se passait, sinon je ne sais pas si je serais là ce matin. Mais ça va ! Je n'ai rien.

– Tu crois que ça a quelque chose à voir avec notre affaire ? demanda Aziz, qui avait blêmi.

Myriam acquiesça sans un mot.

– Putain, tu te rends compte, Myriam ? Quand des mecs n'ont pas peur de s'en prendre à nous, c'est vraiment grave…

– C'est clair, renchérit Kimia. C'est pas un caillassage sur uniformes cette fois. Quelqu'un a vraiment voulu stopper votre enquête.

– J'y vais, Myriam, à ce soir, déclara Joseph qui venait d'entrer dans le bureau avec Thierry.

– Je te raccompagne, lança Myriam tout en se levant malgré ses courbatures.

Elle escorta Joseph jusqu'à sa voiture.

– Merci, ce n'était pas indispensable, tu sais !

– Tu veilles sur moi le soir, je veille sur toi le matin, répondit Myriam avec un sourire.

Elle remonta s'asseoir à son bureau. Il était 8 h 25. Parmi les fax que Thierry avait récupérés, il y avait le rapport d'analyse de la cocaïne trouvée sur Lucie, et le retour de SFR sur la réquisition qu'ils avaient envoyée.

– Pas le temps de regarder tout ça, on a un premier client à 8 h 30, c'est ça ?

– Oui, et c'est une cliente.

– Comment on fait ? Tu la reçois seule, et j'exploite la liste de SFR, ou on la prend à deux ?

– Pour l'instant, je préfère qu'on reste ensemble. On verra au fur et à mesure.

Le téléphone sonna à ce moment-là. La première convoquée était à l'accueil. Le temps de vérifier ses antécédents, et Aziz descendit la chercher.

Agathe Marchay avait pour elle d'être parfaitement à l'heure. Élégamment coiffée, elle portait un ensemble souple en cachemire gris clair sous une coûteuse parka camel ; sa tenue ne ressemblait pas plus à une doudoune sur un jogging qu'une Jaeger Lecoultre ne ressemble à une Swatch. Elle salua Aziz d'une poignée de main décidée.

– Suivez-moi, je vous prie, lui dit le policier, qui la conduisit au premier, dans le bureau de l'adjoint où Myriam se trouvait déjà.

Il fit les présentations, et Myriam enchaîna :

– Madame Marchay, je vais aller droit au but car je crois que vous avez des impératifs horaires. Votre nom apparaît dans une enquête pour stupéfiants que nous menons, le lieutenant Samih et moi-même.

Agathe Marchay pâlit, mais ne cilla pas. Aziz reprit :

– Plus précisément, il s'agit de cocaïne, et d'une certaine Lucie Guilhem. Cela vous dit quelque chose ?

– Je… je ne sais pas…

– Faites un effort, madame Marchay, réfléchissez.

La femme fixa quelques instants les jointures très blanches de ses poings serrés.

– Oui, je… je prends de la cocaïne, de temps en temps. Dans des soirées professionnelles le plus souvent. C'est banal, vous savez, dans mon métier. Je suis dans l'audiovisuel.

– Banal ou pas, c'est illégal. Et donc ?

– Et donc, il m'arrive de passer des soirées à la Demeure Gorgia, et j'y ai rencontré Lucie, la serveuse. C'est devenu mon fournisseur. Voilà, vous savez tout.

Myriam réfléchit. Cette femme ne consommait qu'occasionnellement, elle était bien insérée dans la société ; et puis, entre le cadavre du jeune inconnu, la mort de Lucie et des deux hommes, et l'agression de la veille, elle avait d'autres priorités qu'Agathe Marchay.

– Avez-vous une idée de la quantité de drogue que vous avez achetée à Lucie jusqu'à ce jour ?

– J'ai dû dépenser 1 000 euros, peut-être 1 500…

Myriam posa son stylo.

– Bien, on va en rester là, madame Marchay. Vous n'avez pas d'antécédents, cela joue en votre faveur. Pour le délit que vous avez commis, nous nous contentons d'un rappel à la loi, tel que prévu à l'article 41-1 du code de procédure pénale. Sachez donc que l'usage de stupéfiants est un délit puni d'un an d'emprisonnement et de 3 750 euros d'amende. Vous êtes libre.

Agathe Marchay redescendit seule l'escalier conduisant au rez-de-chaussée.

Myriam songea alors que les clients de Lucie allaient tous raconter à peu près la même chose que cette femme. Pensant aux fax qui attendaient sur son bureau, elle demanda à Aziz :

– Tu prends le prochain, collègue ? Et je fais celui d'après ?

Aziz acquiesça, et partit chercher Ludovic Priveaux. Ce dernier attendait à l'accueil, déjà complètement affolé. Il avoua très vite à Aziz qu'il avait acheté de la cocaïne deux fois seulement à Lucie, six mois auparavant.

– C'était pour impressionner une fille qui travaille chez Bern & Song, comme moi. Mais je suis consultant junior et ça me coûtait trop cher, avec le champagne et le reste… En plus, ça n'a même pas marché avec la fille.

Aziz avait envie de rire, Ludovic avait l'air d'un collégien déçu. Lui non plus n'avait pas d'antécédents, lui aussi écopa d'un rappel à la loi.

Aziz entra dans le bureau où Myriam, au téléphone, faisait sonner en vain l'un des numéros identifiés par SFR. Elle raccrocha.

– Déjà ? Bien joué ! Il avait rien à dire, c'est ça ? s'amusa Myriam.

*

*   *

Sylvestre Estimé Lafontant marchait de long en large, incapable de rester en place. Il espérait juste que son frère ne l'appellerait pas ce jour-là. Il n'avait aucune envie que Toussaint l'accable en lui disant que c'était vraiment, mais alors vraiment la merde. Quelques minutes plus tôt, Sylvestre avait reçu un appel de Jameson sur le téléphone qu'il n'éteignait jamais, même pour dormir. Six personnes en connaissaient le numéro, et Jameson, haïtien lui aussi, en faisait partie.

– Boss, j'ai eu un appel de Dwayne, un cousin. Il est brancardier à l'hosto. Il travaillait cette nuit, il a vu arriver Joao et Adrian dans un sale état. Ils sont toujours là-bas.

Sylvestre resta parfaitement calme, il était hors de question que Jameson le sente nerveux. Il lui avait demandé de se renseigner discrètement avant de raccrocher. Et maintenant, il essayait de réfléchir.

Mais comment un tel bordel avait-il pu arriver ? dans une organisation aussi parfaitement cloisonnée que la sienne ? Chacun avait sa place. Chacun savait ce qu'il avait à faire. Le type qui s'occupait des gosses ne s'occupait plus des putes, c'étaient deux frères de Mayotte qui géraient ça maintenant. Il avait aussi séparé le business de la coke du trafic d'héro. Et il avait pris soin de garder lui-même la gestion des armes, avec Joao et Adrian en renfort. Le bureau caché de la Cochemtec avait servi, de temps en temps, à des rendez-vous discrets avec ses différents lieutenants, mais à part ça… Par quelle sorcellerie les flics arrivaient-ils, chaque jour, à approcher une nouvelle partie de son organisation ? Quelles étoiles s'étaient alignées pour produire ce cataclysme ? Lui qui fumait habituellement assez peu se roula de quoi se détendre et réfléchir au calme. D'abord, Joao et Adrian ne parleraient jamais. Ça, c'était une certitude absolue. Ensuite, il avait appelé lui-même le patron de la Demeure, la veille. La fille morte était bien serveuse chez lui, et elle revendait de la cocaïne pour les Algériens, c'est le chef du vestiaire, un certain Gianni, qui les avait mis en relation. Par contre, elle n'avait jamais fait la pute, donc aucun risque que les flics puissent tirer ce fil-là. Et pour le reste, il avait pris suffisamment de précautions. Les armes avaient été déplacées à l'autre bout du département, dans l'entrepôt d'un Chinois avec qui Sylvestre faisait déjà pas mal d'affaires et qui n'allait sûrement pas baver, au prix où il facturait le « garde-meubles ». Quant aux gamins, ils étaient toujours indétectables – d'autant plus que personne ne les cherchait. Ils n'existaient pas. Des fantômes, des fantômes qui rapportaient du pognon, et plus que ça. Dans le coffre-fort que Sylvestre avait fait aménager dans son bureau, il y avait trois disques durs ; et chaque client qui voulait se faire filmer pour avoir un souvenir payait non seulement un supplément pour la vidéo, mais offrait en plus à Sylvestre, sans le savoir, une copie de ses exploits. Ce qui pouvait toujours servir. Sylvestre s'assit enfin. Il avait toujours su qu'il ne suffisait pas de s'entourer de gros bras, il fallait aussi réfléchir, anticiper, et exploiter chaque opportunité. Au pire, il lui faudrait remplacer Joao et Adrian. Les gars de Mayotte avaient du potentiel, ça pouvait être une piste.

*
* *

Myriam raccrocha. À l'accueil, on l'informa que Stéphane Dajkine venait d'arriver, avec cinq minutes de retard. Elle en savait assez sur lui, après leur récent échange téléphonique, pour comprendre que c'était parfaitement calculé. À l'heure, il était respectueux, trop en retard, il était vulgaire. Les deux étaient intolérables. Donc : 9 h 35. Elle prit trois minutes de plus pour vérifier ses antécédents. Rien à signaler.

En descendant l'escalier, beaucoup plus lentement que d'habitude, Myriam entendit le brouhaha qui montait de l'accueil. À cette heure-ci, le samedi matin, il y avait souvent beaucoup de monde. Elle arriva dans la salle d'attente, où le flic de permanence lui indiqua, d'un geste discret, Stéphane Dajkine, assis, regardant droit devant lui. Avant qu'elle n'ait pu traverser la pièce pour aller le chercher, une femme l'aborda, très agitée, en larmes :

– Ah, une policière, enfin ! Écoutez, je dois absolument vous parler, mon mari est parti hier soir, il a tout emporté, le chéquier, mon portefeuille, je n'ai plus rien, je ne connais même pas les codes pour la banque, j'ai les petits, qu'est-ce que je vais faire…

Elle était accompagnée de deux enfants, huit et dix ans peut-être, qui s'occupaient comme ils pouvaient en jouant à chat dans la salle d'attente, bousculant les adultes assis, escaladant les rares sièges vides. Alors que Myriam faisait de son mieux pour calmer la femme et lui expliquer qu'un collègue allait prendre sa plainte, elle tourna la tête un instant vers Stéphane Dajkine. Elle vit alors les yeux de celui-ci se poser sur les enfants, et s'y accrocher comme des canines se plantent dans la chair. Elle aurait été incapable d'expliquer pourquoi, mais elle sentit qu'il y avait quelque chose de profondément perturbant dans ce regard.

Myriam demanda à son collègue de l'accueil de faire recevoir la femme, toujours en pleurs, en priorité. Puis elle s'avança vers Stéphane Dajkine.

– Suivez-moi, s'il vous plaît, le bureau est au premier étage.

Myriam fit asseoir l'homme, mais ressortit aussitôt, et grimpa quatre à quatre au deuxième, ne pensant plus à ses courbatures.

– Aziz, finalement je préfère qu'on le prenne à deux, celui-là. Je le sens pas.

Assis face aux deux policiers, Stéphane Dajkine conservait le même air dédaigneux. Après avoir noté son état civil complet, les coordonnées de son employeur – Dajkine était vice-président marketing Europe dans une boîte d'informatique, pardon, de *solutions logicielles disruptives* –, Myriam lui demanda abruptement :

– Alors, vous savez pourquoi vous êtes là ?

– Non, pas du tout, répondit l'homme en la toisant du regard.

Aziz lui parla alors, comme aux autres, de la cocaïne et de Lucie.

– Vous m'avez fait parcourir presque vingt kilomètres en taxi pour me parler de cocaïne ? Inouï. Inouï ! Trois questions au téléphone, et je n'aurais pas perdu ma matinée.

Myriam reprit la parole :

– Vous n'avez pas l'air de comprendre que la consommation de cocaïne est un délit sérieux.

– Et vous, mademoiselle…

– Lieutenant.

– Si vous voulez. En tout cas, *vous* n'avez pas l'air de comprendre qu'il y a suffisamment de vrais criminels à attraper, ne serait-ce que dans les trois rues autour de ce commissariat de merde ! Et au lieu de ça, vous préférez faire chier les gens comme moi, les gens qui travaillent, qui entreprennent, qui créent de la richesse en France !

Myriam sentit la moutarde lui monter au nez. Elle ne supportait pas ce genre d'individu. Il voulait jouer au plus malin ? Grand bien lui fasse. Il allait voir.

– Épargnez-nous votre tribune ! Ce que vous avez fait est illégal.

– Tout de suite les grands mots ! La coke, c'est juste un moment festif entre amis qui travaillent dur, comme moi, pour décompresser. Vous ne pouvez pas imaginer la pression qu'on a. Les responsabilités ! Énormes.

– Vos justifications ne nous intéressent pas. En revanche, nous avons besoin de comprendre à quel point vous connaissez l'organisation du réseau à qui vous achetez la drogue.

– Réseau ? Je ne connais aucun réseau. Je connais cette fille, Lucie. C'est tout.

– Je ne vous crois pas. Il est 9 h 55, et je vous place en garde à vue, monsieur Dajkine. Et nous allons immédiatement perquisitionner votre domicile.

Toute la superbe de Dajkine s'effondra en un instant et Myriam ressentit une sorte de satisfaction à le voir ainsi.

– Chez moi ? Attendez, non ! Vous ne pouvez pas faire ça ! Ma femme et mes enfants sont à la maison… Et j'exige de voir mon avocat !

– Nous allons le contacter, et vous le verrez à notre retour au commissariat, pendant la demi-heure réglementaire. Quant à votre femme et vos enfants… eh bien nous les ferons sortir, aucun problème. Aziz, tu peux lui faire signer son PV de garde à vue ? Et mets-lui les pinces, on va direct chez lui dire bonjour à sa petite famille.

Entré la tête haute par la porte principale du commissariat, Dajkine ressortit discrètement par l'arrière, menotté, entouré d'Aziz et de Myriam.

– 14 –
La Muette

Stéphane Dajkine habitait dans une petite rue adjacente à la rue de Passy, au dernier étage d'un immeuble des années soixante. Myriam avait appelé la procureure sur la route pour obtenir une extension de compétence, indispensable pour une perquisition hors de sa zone d'affectation. Aziz sonna. La femme qui leur ouvrit demeura totalement muette quelques instants, son esprit essayant de donner du sens à ce qu'elle voyait : son mari, menotté, accompagné de deux personnes portant un brassard « police ». Myriam brisa le silence :

– Madame Dajkine, Police nationale. Nous venons perquisitionner votre domicile dans le cadre de la garde à vue de votre mari.

Aucune réaction. Les mots « perquisitionner » et « garde à vue » donnaient un surcroît de travail au cerveau en détresse de la pauvre femme.

– Audrey ! finit par crier son mari.

– Mais… les enfants… les enfants sont là ! Je… articula difficilement Audrey Dajkine.

Aziz la prit par le bras pour entrer dans l'appartement.

– Vous les emmenez avec vous, et vous allez chez un voisin, chez votre mère, chez qui vous voulez. Vous n'êtes pas obligée de rester là.

Quelques instants après, Mme Dajkine sortait avec ses deux enfants, une grande adolescente et un garçon plus jeune. En passant, le fils regarda avec fascination les brassards orange que portaient les deux policiers.

L'appartement était plus grand que ceux d'Aziz et de Myriam réunis. Il occupait toute la surface du dernier étage de l'immeuble, et comprenait trois chambres, un bureau et un séjour au parquet en point de Hongrie. Tout le mobilier était ultracontemporain, avec au moins un écran dans chaque pièce, que ce soit une télévision ou un ordinateur. Myriam et Aziz discutèrent quelques instants pour se répartir le travail. Ils savaient que, dans ce type précis de perquisition, certaines pièces sont plus stratégiques que d'autres. Ainsi, lorsque les enfants sont tout petits, le haut des placards de leurs chambres fait une excellente cachette. Mais à l'âge de ceux de Dajkine, ils auraient pu découvrir eux-mêmes ce que leur père aurait éventuellement dissimulé ; il y avait donc très peu de chances que quoi que ce soit d'intéressant s'y trouve. De même, le séjour n'offrait pas grand intérêt : son style sobre et dépouillé ne comprenait que très peu d'objets, tout était impeccablement rangé, le vaisselier, par exemple, serait vite inspecté. Les deux policiers décidèrent donc de se séparer pour fouiller ces pièces peu intéressantes – qui en effet ne leur révélèrent rien. Ils se retrouvèrent en revanche pour passer ensemble au peigne fin la cuisine et ses placards à provision, la salle de bains et tous ses cosmétiques, et surtout la chambre parentale ainsi que le bureau. Dajkine, qui n'avait plus dit un mot depuis qu'il avait prononcé le prénom de sa femme, se tenait debout, très droit, près de la porte d'entrée. Aziz lui ordonna de les suivre dans la cuisine. La pièce étincelante de propreté ne révéla rien d'autre que l'aversion des Dajkine (des *parents* Dajkine, se dit Myriam en imaginant ce que les enfants devaient en penser) pour le gluten et le sucre raffiné. Dans la salle de bains, on percevait tous les efforts qu'Audrey faisait pour rendre cet espace élégant, malgré l'évocation inévitable, en ce lieu, des contingences corporelles. Même les serviettes hygiéniques et les tampons étaient soigneusement rangés dans un coffret de bois précieux. Toutes les boîtes furent ouvertes, tous les draps de bain furent dépliés, rien.

– La chambre parentale comportait un écran, accroché au mur, presque aussi grand que le lit *king size* qui lui faisait face. Dajkine se plaça à côté de la télé, en regardant ses pieds pour se donner une contenance. Au fond du tiroir d'une des deux tables de chevet, Aziz trouva deux sachets de poudre rose dissimulés dans un paquet de mouchoirs. Il les montra à Dajkine, qui resta silencieux.

Aziz baissa la voix pour n'être entendu que de Myriam.

– Regarde le logo, c'est bien la même drogue que sur Lucie Guilhem ! En même temps, il a avoué qu'il consommait, on pouvait s'attendre à en trouver chez lui, non ?

– Je suis sûre qu'il y a autre chose. Il est pas clair, ce type. Il connaît peut-être le chef de Lucie, je sais pas. Il faut qu'on en ait le cœur net.

Aziz ne répondit pas. Il avait appris à faire confiance à l'instinct de flic de sa collègue. Il se tourna vers Dajkine pour lui mettre les sachets sous le nez :

– Alors, c'est pour votre conso personnelle, ça ? Et votre femme, elle en pense quoi ? Elle sait que vous consommez ce type de produit ? Parce qu'elle, ça n'a pas l'air d'être le genre.

Le suspect restait muré dans le silence, regardant ostensiblement dans le vide.

– Suivez-nous, on va attaquer votre bureau maintenant.

La pièce était plutôt grande. Elle comprenait une table de verre aux lignes élégantes, sur laquelle étaient posés quelques stylos, un cahier relié de cuir, et deux ordinateurs, dont un portable. Les policiers repérèrent un système audio Bang & Olufsen très sophistiqué à multiples enceintes, et, là encore, un grand téléviseur fixé au mur. Une bibliothèque courait sur un autre mur, et un meuble à huit tiroirs, près de la table, complétait le tout. Myriam entreprit la tâche fastidieuse de sortir chaque livre et objet de la bibliothèque, pendant qu'Aziz s'attaquait au meuble à tiroirs.

– C'est verrouillé, vous avez la clé, s'il vous plaît ? demanda Aziz à Dajkine, qui fixait obstinément le sol.

L'homme désigna l'épais tapis de laine taupe qui recouvrait le centre du parquet. Aziz en souleva les coins l'un après l'autre, et trouva la clé à la troisième tentative. Myriam, de son côté, compulsait les livres de stratégie d'entreprise en anglais, les « beaux » livres de photos d'art, les quelques essais sur l'actualité politique, déplaçait les objets qui, bien en évidence sur les étagères, avaient moins de valeur sentimentale que décorative. Deux ou trois chemises de documents posées là ne révélèrent que des rapports financiers assez incompréhensibles pour la policière. Aziz déverrouilla le meuble et commença à vider chaque tiroir en inspectant les documents et objets qui s'y trouvaient. Chaque étage du meuble comportait deux tiroirs. La colonne de tiroirs de gauche semblait consacrée aux documents professionnels, celle de droite aux papiers personnels : il y avait des factures d'achats, des photos éparses, un catalogue Riva, la brochure d'un hôtel à Courchevel 1850 avec une carte de visite agrafée sur la couverture. Aziz constituait, au fur et à mesure, des piles avec les documents qu'il sortait.

– Terminé, y a rien ici ! s'exclama Myriam. Je viens t'aider, ajouta-t-elle en s'agenouillant à côté de son collègue pour examiner ce qu'il avait déjà sorti.

Avant même qu'elle comprît vraiment ce qu'elle voyait, sa poitrine se bloqua brutalement, comme le souffle se coupe net quand on plonge dans l'eau glacée d'un lac. L'une des photos qu'Aziz avait mises de côté était un portrait d'enfant, le jeune adolescent qu'elle n'avait vu que sur une table d'autopsie. L'image était tout à fait anodine, il regardait l'objectif, son expression semblait neutre, peut-être un peu hébétée. Sous la photo était imprimé un code que Myriam ne comprit pas : M12200. Aziz tourna la tête, intrigué par l'immobilité de statue de sa collègue.

– C'est qui, ce gosse ?

– Le petit mort du Leclerc.

– Quoi ?

– Je suis sûre de moi.

Myriam se leva d'un bond, et, la photo à la main, fondit sur Dajkine.

– C'est quoi ? C'est quoi cette photo ? C'est qui ce gamin ?

L'homme ne répondit rien. Ses yeux n'étaient plus que terreur. Elle posa la photo sur le lit pendant qu'Aziz finissait de vider le meuble à tiroirs. Il avait mis de côté trois autres photos de gamins qui ressemblaient à celle que Myriam venait de brandir devant Dajkine.

– Aziz, c'est parti, on retourne tout ! déclara la policière d'une voix où sourdait la rage qui menaçait de la submerger depuis un moment.

Le lieutenant Samih décrocha le grand téléviseur du mur. Myriam et lui déplacèrent la bibliothèque ; quelques objets tombèrent, une coupe se brisa, mais, à ce stade, c'était le cadet de leurs soucis. Ils retirèrent tous les tiroirs du meuble qu'Aziz avait vidé, pour vérifier qu'il n'y avait aucun double fond. Rien. Ils soulevèrent le tapis sous lequel Aziz avait trouvé la clé du meuble. Toujours rien. Myriam marchait lentement dans le bureau, essayant de réfléchir. Ses yeux se posèrent, tour à tour, sur les différentes enceintes disposées dans le bureau. Elle s'aperçut soudain que l'une d'elles n'était connectée à rien.

Bien sûr, elle pouvait fonctionner en Bluetooth, mais deux autres enceintes identiques étaient visiblement reliées au moins au secteur par un fil électrique.

– Aziz, tu peux me filer ton couteau suisse, s'il te plaît ? J'ai besoin d'un cruciforme.

Aziz ouvrit son sac à dos : il contenait un appareil photo (que les flics n'utilisaient plus beaucoup depuis que les Smartphones existaient), des sacs de type congélation destinés à recueillir les objets saisis pendant les perquisitions, du ruban à scellés, des enveloppes papier pour les tissus souillés qui ne devaient pas être enfermés dans du plastique, et son fameux couteau suisse, cadeau de sa femme, qu'il emmenait partout comme un gri-gri. Myriam entreprit de dévisser délicatement la coque de protection de l'enceinte. Elle put bientôt la soulever, la retirer et la poser à côté d'elle. À l'intérieur, toute l'électronique de l'enceinte avait été retirée. À la place se trouvaient deux petits disques durs externes. Myriam enfila une paire de gants pour les sortir de l'enceinte sans les abîmer ni contaminer les empreintes qui pouvaient s'y trouver.

– Monsieur Dajkine, c'est à vous, ça ? demanda Myriam en lui mettant les disques durs sous les yeux.

Il ne répondit pas. Son visage avait la pâleur bleutée d'un cadavre.

Les policiers emportèrent les ordinateurs, les disques durs, les sachets de poudre rose, et remontèrent dans leur véhicule. Myriam mit le bleu en bas de l'immeuble et le laissa tout le trajet du retour vers le commissariat. Le téléphone d'Aziz sonna en route. Compte tenu de la présence de Dajkine à l'arrière de la voiture, il répondit par monosyllabes et, quand il eut raccroché, resta très allusif.

– C'était Kimia, elle vient d'avoir des nouvelles. Les types ne sortiront pas de l'hôpital avant mardi ou mercredi, au plus tôt. Donc pour l'instant, pas de GAV.

Myriam hocha la tête, en silence. On ne plaçait pas un suspect en garde à vue tant qu'il ne pouvait physiquement pas être interrogé, évidemment. Pour l'instant, elle voulait rester concentrée. Il fallait vraiment coincer Dajkine, bien sûr ; mais ça ne suffisait pas, il y avait d'autres photos, d'autres enfants.

– 15 –
Stéphane

De retour au poste, Aziz ramena Dajkine en cage puis rejoignit Myriam, qui était déjà montée dans son bureau. Ils commencèrent par appeler Mélanie Duclos, la technicienne de l'identité judiciaire, pour qu'elle relève les empreintes présentes sur les deux disques durs. Le téléphone de Myriam sonna au moment où Mélanie entrait dans le bureau.

– Lieutenant, le baveux de votre gardé à vue vient d'arriver.

– Parfait, merci de m'avoir avertie.

Myriam se tourna vers Aziz après avoir raccroché :

– Je viens d'avoir l'accueil, l'avocat de Dajkine est là. Tu peux noter l'horaire ?

Ils allumèrent ensuite les deux ordinateurs qu'ils avaient trouvés chez leur suspect. Sur chaque appareil, un mot de passe était demandé. Ils firent quelques essais avec les dates de naissance de Dajkine et de sa femme, les prénoms des enfants… Rien à faire, les appareils restaient muets. Myriam dut se résigner à les préparer pour un envoi en expertise. Elle mit sous scellés la cocaïne et s'installa enfin à son ordinateur, les deux disques durs devant elle.

– Un chacun ? dit-elle à Aziz.

Ils n'avaient pas saisi, chez Dajkine, les câbles destinés à relier les disques durs à une prise USB, mais c'était une connectique standard, et ils purent utiliser des câbles qu'ils avaient au bureau pour accéder rapidement aux fichiers. Du côté d'Aziz, l'explorateur du disque montrait un certain nombre de dossiers, chacun titré de quelques lettres qui devaient être des initiales, mais de quoi ? Aziz se demanda pourquoi les dossiers portaient des noms de code alors que le disque dur était si bien caché. « Parfois, appeler les choses par leur nom est insupportable, même pour la pire des ordures », se dit-il quelques instants plus tard. Chaque dossier contenait en effet des centaines de photos. Toutes montraient des enfants exhibés nus ou en train de subir des actes sexuels plus ou moins barbares de la part d'adultes au visage toujours masqué. Aziz ne parvint pas à en regarder plus de dix, il avait déjà la nausée.

– Myriam, j'ai besoin d'un verre d'eau. Je t'en rapporte un, OK ? Et puis je vais récupérer en bas la liste des effets personnels trouvés sur notre client quand les collègues l'ont mis en cage. Il y aura sûrement un téléphone, ça peut être intéressant.

En réalité, il avait besoin de s'éloigner, il ne voulait même pas demander à sa collègue ce qu'elle regardait de son côté.

Myriam serrait les dents devant l'écran de son ordinateur. Le disque dur qu'elle avait ouvert ne comportait pas de sous-dossier, simplement des fichiers vidéo classés par date. Elle double-cliqua sur le premier pour le lancer, le son au minimum, car Olivier et Fred étaient présents dans le bureau. Dajkine apparut d'abord seul à l'image, en plan américain ; il semblait se parler à lui-même, sourcils froncés, concentré, on pouvait apercevoir une télécommande dans sa main. Lorsqu'il dégagea le champ de vision de la caméra, Myriam vit l'enfant, assis sur un canapé brun devant un mur dont le papier peint avait de larges motifs floraux, très démodés. Le petit, les poignets entravés par ce qui pouvait être un collier plastique ou du fil électrique, avait l'air absolument terrifié. Ce n'était pas l'adolescent inconnu à l'autopsie duquel elle avait assisté. Celui-là était beaucoup plus clair de peau, les cheveux bouclés. L'homme tourna alors le dos à la caméra et se dirigea lentement vers l'enfant, qui semblait se recroqueviller sur son siège. Parce qu'il lui fallait pouvoir écrire de bonne foi dans son PV qu'elle avait assisté à un viol sur mineur sur cette vidéo, Myriam regarda encore trente secondes de film, et ce furent les trente secondes les plus éprouvantes de sa vie. Incapable d'en supporter davantage, elle avança le fichier jusqu'à la fin pour vérifier si d'autres personnes n'apparaissaient pas à l'image. Ce n'était pas le cas. Elle ouvrit une deuxième vidéo, encore Dajkine, et cette fois avec une toute jeune fille à la peau très sombre. Myriam décida de surmonter son dégoût pour balayer tous les fichiers, afin de compter le nombre d'enfants différents, et de chercher s'il y avait d'autres adultes. Lorsqu'elle eut terminé d'explorer les dix-sept vidéos, elle avait compté six enfants différents, et l'un d'eux était bien le petit inconnu au comprimé rose. Elle avait aussi noté la description de deux hommes qui, chacun dans une vidéo différente, tenaient compagnie à Dajkine – ce dernier avait l'air particulièrement défoncé dans ces films-là, ses pupilles dessinant des clés de *sol* dans ses yeux pendant qu'il réglait la caméra.

Lorsqu'elle déconnecta le disque dur, elle avait des haut-le-cœur, l'impression d'être sale. Elle savait qu'aussi longtemps qu'elle vivrait elle n'oublierait jamais les images qu'elle venait de voir ; celles-ci s'étaient gravées dans sa mémoire pour toujours.

Le verre d'eau qu'Aziz lui avait apporté lui fit du bien. Ils échangèrent quelques mots pour se mettre au courant, puis restèrent un moment silencieux tous les deux.

La voix d'Aziz s'éleva enfin :

– J'en n'ai vraiment pas envie, mais… il faut qu'on l'interroge avant qu'il passe la nuit en cage.

– Tu as raison, mais on y va mollo. On l'a déjà interrogé une fois, alors on lui refait une audition de chique, ça le fera mariner jusqu'à ce qu'on se le reprenne demain matin. Mais d'abord, je vais appeler Delphine, et si toi tu peux aller voir le taulier pour le tenir au courant, ça me rendrait service…

Aziz sourit ; c'était la première fois depuis son arrivée ce matin-là.

– On se retrouve en bas, lança-t-il.

Aziz frappa à la porte vitrée et attendit respectueusement que le commissaire réponde : « Entrez ! » Il lui résuma rapidement les éléments que Myriam et lui avaient découverts au cours de cette longue journée. Un court instant, le lieutenant regretta que sa collègue n'ait pas voulu l'accompagner : Christiani avait l'air impressionné. Mais l'illusion ne dura pas.

– Vous imaginez bien qu'une telle affaire va attirer beaucoup d'attention, en particulier de la presse et des élus locaux… Il est donc capital de travailler dans le respect le plus strict de toutes les procédures. Je compte sur vous pour le rappeler à Myriam.

– Oui, patron, répondit Aziz en se levant.

Il savait que sa collègue n'avait besoin d'aucun rappel, et se promit de ne pas lui rapporter cet échange si elle ne le lui demandait pas.

Myriam voulait procéder avec Dajkine dans les règles de l'art. D'abord, l'audition de chique, celle où on y va tranquille, où le suspect se dit : « Ah, d'accord, c'est tout ? C'est juste ça, un interrogatoire ? » Ensuite, on le laisse mariner. Plus ou moins longtemps, selon la dureté de sa viande. Puis on revient pour le vrai interrogatoire, et pour attendrir, on passe au maillet. Façon de parler bien sûr. Ni Aziz ni Myriam n'avaient jamais levé la main sur un suspect. Face à certains, ce n'est pas l'envie qui manquait, mais ils savaient que cela revenait à offrir à la défense un boulevard pour détruire leur procédure. Ils travaillaient trop dur pour commettre ce genre d'erreurs.

Aziz commença :

– Votre nom ?

– Vous le savez parfaitement !

Dajkine tentait comme il pouvait de reprendre le dessus. Myriam le toisait, elle laissa son collègue poursuivre.

– Je sais, monsieur Dajkine, mais c'est la procédure, maintenant que vous êtes gardé à vue, on doit tout recommencer. Votre nom ?

– Stéphane Dajkine.

– Votre adresse ?

– 27, rue du Grandpré, 75016 Paris.

– Qui vit avec vous ?

– Ma femme, Audrey, et nos enfants, Constance et Octave.

– Vous travaillez ?

– Oui. Je suis vice-président marketing Europe chez Septimo.

– Où se trouvent vos bureaux ?

– À la Défense.

– Et vous violez des enfants depuis combien de temps ?

Myriam, silencieuse jusque-là, avait lancé sa question d'une voix calme, sans marquer aucune émotion. Aziz ne bougea pas, mais pensa : « Si c'est ça qu'elle appelle y aller mollo ! »

Dajkine avait l'air d'avoir reçu un coup de boule invisible. Il voulait malgré tout faire bonne figure et montrer à Myriam qu'il soutenait son regard. Elle n'était pas dupe, elle connaissait la technique : il regardait en réalité entre ses deux yeux.

– On vous écoute ? Ça fait combien de temps ?

– Ce que ma collègue veut vous dire, monsieur Dajkine, c'est que nous avons trouvé des photos et des vidéos à caractère pédopornographique sur les disques durs saisis chez vous. Comment vous expliquez ça ?

– Je n'explique rien du tout. Ces disques durs ne m'appartiennent pas. Je ne sais pas comment ils sont arrivés là.

En d'autres circonstances, ça aurait fait sourire Myriam : du vol de portefeuille au détournement de millions d'euros de fonds publics, la défense était toujours la même. « Je comprends pas ce que ça fait dans ma poche, monsieur le policier. Quelqu'un a dû le mettre là sans que je m'en aperçoive, monsieur le policier. » Elle reprit la parole :

– Et pourtant ils étaient chez vous, dans votre bureau, et vous figurez dans les vidéos qui s'y trouvent, des vidéos qui montrent des viols d'enfants.

– Je démens formellement. Vous avez cru me reconnaître dans ces vidéos, mais ce n'est pas moi. Je ne comprends pas de quoi vous me parlez.

– Très bien, nous prenons tout cela en note. Nous allons vous raccompagner en cellule, vous y passerez la nuit. Votre première nuit. Parce que je peux vous garantir qu'avec ce qu'on vient de trouver, il y en aura beaucoup d'autres. Nous reparlerons de tout ça. Passez une bonne nuit, monsieur Dajkine, et surtout réfléchissez bien à ce que vous allez nous dire demain.

Myriam appela un collègue du poste pour qu'il vienne chercher le client, elle n'avait pas la force de le redescendre en cellule. Dajkine lui inspirait un trop violent dégoût.

Myriam et Aziz repassèrent par le bureau pour récupérer leurs affaires. Ils échangèrent un regard lourd. La perquisition chez Dajkine avait entraîné leur enquête dans une réalité sombre dont ils connaissaient l'existence, mais qu'ils n'avaient jamais approchée d'aussi près. Et maintenant, ils allaient rentrer chez eux, dans leurs familles, avec cette horreur. Ils savaient que ça faisait partie du métier de flic, mais ce n'était pas plus facile pour autant. Myriam prit, avant de partir, les quelques minutes nécessaires pour tenir Delphine au courant de ce qu'ils avaient découvert chez Dajkine. La procureure valida immédiatement la prolongation de garde à vue que la policière lui demandait.

Lorsque Myriam arriva chez elle, Joseph n'était pas encore rentré. Elle se fit couler un bain brûlant dans lequel elle s'endormit presque immédiatement. C'est son mari qui la réveilla en pénétrant dans la salle de bains.

– Tu dormais ? Quand tu sortiras de ton bain, tu verras, je t'ai acheté un nouveau portable, tu en as besoin… Et j'avoue que je supporte pas de ne pas pouvoir te joindre.

– Merci, mon amour, tes textos m'ont manqué aujourd'hui, crois-moi. Quelle heure est-il ?

– 21 heures passées. Comment te sens-tu ?

– Le corps, ça va. Mais la tête…

– La migraine ?

– Non, c'est pas ça. C'est ce qui s'est passé aujourd'hui. Je te raconte dès que je sors, l'eau est froide maintenant.

Dans le salon, Joseph avait préparé un verre de vin et le tendit à sa femme qui arrivait en peignoir. Myriam vit le regard de son mari se durcir quand elle lui expliqua ce qu'ils avaient trouvé à la Muette.

– C'est pour ça que je ne pourrais jamais être flic. Parce que ce fils de pute, s'il avouait devant moi, j'aurais trop envie de le tuer de mes propres mains.

– Je t'assure que j'ai eu du mal à me maîtriser moi aussi. Mais je pense aux autres enfants. Si Dajkine parle, je peux peut-être les trouver, les sortir de cette maison où les films ont été tournés…

– S'ils y sont, et s'ils sont encore en vie.

Myriam ferma les yeux un instant.

– Je sais.

Elle mesurait la chance qu'elle avait : elle pouvait raconter à son mari tout ce qui s'était passé. Il pouvait l'aider à porter ce fardeau. Il pouvait tout entendre, et il comprenait le silence qu'elle garderait presque toute la soirée. Aziz ne pourrait pas expliquer à sa femme ce qu'il avait vu sur son écran d'ordinateur. Il devrait faire bonne figure et tenter, en vain, d'effacer ces images de son esprit.

*
* *

À cette heure-ci, les clients de la Demeure Gorgia étaient là pour dîner, et le niveau sonore de la musique était encore raisonnable. Sylvestre entra en faisant un signe de tête au physio. Celui-ci laissa donc passer les deux hommes qui étaient avec le colosse haïtien, les deux Mahorais à qui ce dernier avait demandé, pour la première fois, de l'accompagner. À l'intérieur, Sylvestre les fit s'installer à une table un peu excentrée avant de s'avancer vers celle où dînait, seul, l'homme qu'il était venu voir : Léopold Amyaux de Barante. Sylvestre fondit sur lui.

– Léo ! s'exclama-t-il en lui tapant dans le dos de toutes ses forces et en riant à gorge déployée.

– Ah, boss, c'est toi, s'étonna Léopold, cramoisi de douleur et d'humiliation. Je ne savais pas que tu passerais ce soir, il y a quelque chose de particulier ?

– J'avais envie de faire le point sur nos affaires avec toi. Pour être sûr que tout va bien.

– C'est le cas. Cette semaine, j'ai été approché par plusieurs nouveaux clients, d'un bon niveau, très discrets. Ils m'ont déjà réservé des prestations.

– Très bien, ça ! Tu penseras à me préparer la fiche, avec toutes leurs coordonnées. Je m'installe, je mange avec toi. À part ça ?

– Je suis allé faire mon inspection mensuelle en banlieue. Didier et Nadine ont perdu une… une caisse de marchandise.

– Encore ! Y a que chez eux qu'on a autant d'emmerdes !

– Je le leur ai fait remarquer. D'après eux, c'est à cause du lieu, comme c'est une maison ancienne, c'est moins pratique…

– Mon cul ! Ils font pas assez attention, c'est tout. Bon, on va leur remplacer, c'est pas le plus compliqué. M. ou F. ?

– F. La caisse perdue était une F. Et euh, boss, je voudrais te parler d'autre chose.

– Attends.

Sylvestre fit un geste de la main, commanda un thon mi-cuit et une bouteille de champagne à une serveuse, puis se tourna vers Léopold :

– Je t'écoute.

– Les clients apprécient la discrétion que nous leur offrons aujourd'hui. Mais certains se plaignent que ça manque d'un certain standing.

– Tu me parles sérieusement, là ?

– Très sérieusement. Si on propose les mêmes prestations, mais dans un lieu agréable, élégant... On peut vraiment augmenter les tarifs avec un produit totalement premium. Et ça nous permettrait de mieux les fidéliser. Aujourd'hui, j'ai des feedback négatifs, et certains clients me disent qu'ils ne reviendront pas tant que ce sera si loin, et si... plébéien.

– Ouais, ouais, calme-toi avec tes grands mots. Ils sont marrants, les clients. C'est pas eux qui vont devoir transporter la marchandise d'un endroit à un autre !

– Je t'assure qu'il y a une belle opportunité, boss. C'est logique. D'un côté, on a une clientèle très exclusive, de l'autre, on a la Seine-Saint-Denis. Le fossé est trop important !

– Je vais y réfléchir.

– Il y a autre chose. J'ai aussi des remontées clients sur la marchandise.

– Et ?

– Trop sombre. Notre palette de coloris n'est pas assez variée, notamment pour les nuances claires.

Sylvestre se pencha vers Léopold et le saisit par la nuque pour l'approcher de lui ; il baissa le ton, exaspéré de parler dans ce code ridicule :

– Pour l'instant, on a pris ce qu'on a trouvé. Et c'est sûr que là où on ramasse y a pas beaucoup de blonds aux yeux bleus. J'sais pas, on peut pas prendre tes enfants ?

Léopold blêmit.

– Non, boss, répliqua-t-il en se redressant. Mais on peut au moins demander aux recruteurs d'ouvrir l'œil et de sélectionner un peu.

Sylvestre sourit à la serveuse qui revenait avec la bouteille de champagne. Il la congédia aussitôt et remplit lui-même deux flûtes.

– Allez, Léo, détends-toi un peu. On a tous nos emmerdes, crois-moi.

– 16 –
Nadine

Nadine était fille unique, et crut longtemps qu'elle était morte. Le jour de son quatrième anniversaire, ses parents l'avaient envoyée se coucher, après le départ des grands-parents, des oncles, des tantes et des cousins qui étaient venus déjeuner pour fêter l'événement. Incapable de s'endormir après une telle excitation, elle entendit son père dire à sa mère d'une voix rendue pâteuse par l'alcool :

– J'y arrive pas. Je pense toujours à notre bébé. Même aujourd'hui. Ça fait cinq ans que Nadine est morte, et j'y ai pensé toute la journée. Pas toi ?

Il y eut un silence, et sa femme cracha :

– Mauviette. Tu n'es qu'une pauvre mauviette ! Et tu te crois un homme ? Mes neveux de sept ans sont plus des bonshommes que toi.

Nadine avait toujours connu son père en train de geindre et sa mère en train de l'humilier. Mais être morte, ça, c'était nouveau. Elle s'endormit, riche de cette nouvelle information. Pendant près de deux ans, elle fut donc morte. Elle le disait volontiers à ses camarades, à l'école maternelle. À cet âge de fantastique et de merveilleux, cela n'étonnait personne. Pendant la récréation, elle aimait s'étendre sur le dos, les yeux fermés, les bras en croix. Elle avait dit à ses copains qu'elle ne sentait rien, normal, comme elle était morte. Elle les invitait donc à la pincer, à la mordre, à la bousculer. Certains – certains seulement – avaient des remords immédiats : « Oh non, pardon, je t'ai fait mal ? » Nadine souriait d'un air supérieur. « Bien sûr que non, idiot. » Elle avait aménagé dans son esprit une place secrète où la douleur était envoyée pour être réduite au silence.

Sa mère ne s'intéressait guère à ces enfantillages, mais son père finit par s'interroger en l'entendant, juste avant ses six ans, répéter à nouveau :

– Je ne suis pas sûre d'avoir faim, comme je suis morte.

– Pourquoi dis-tu sans arrêt que tu es morte ?

– Et ben ! Parce que c'est vrai !

– Mais enfin, tu vois bien que non !

– Mais c'est toi qui l'as dit ! Un soir, tu as dit : « Nadine est morte » !

Le père blêmit. Il était pourtant sûr de n'en avoir jamais parlé devant elle…

– Je vais t'expliquer. Avant ta naissance, nous avons eu une fille, ta maman et moi. Elle s'appelait Nadine. Mais elle a eu une maladie et elle est morte.

– Une autre Nadine ?

– Oui, c'est ça.

– C'était quoi, sa maladie ?

– La grippe.

– Ah. Elle était grande ?

– Non, c'était un bébé. Un bébé magnifique. Elle avait cinq mois quand elle est morte.

– Et après, vous m'avez eue ?

– Oui. Juste après.

Le dimanche suivant, ils allèrent tous les trois dans un endroit que Nadine n'avait jamais vu. Ils traversèrent des allées arborées où se dressaient des monuments de toutes les tailles, et s'arrêtèrent enfin devant une pierre tombale. Son père aida Nadine à déchiffrer l'inscription. « NADINE LIMBERT, 12 FÉVRIER-6 JUILLET 1955 ». Lorsque la petite fille eut fini d'ânonner, sa mère lança :

– Bon. Tu as compris, cette fois, Nadine ? Allons, on n'a rien à faire ici. Rentrons.

Nadine dut courir pour la rattraper.

Les années passant, ses parents prenaient de moins en moins de précautions lors de leurs disputes, et leurs cris parvenaient facilement jusqu'à Nadine, qui restait prudemment dans sa chambre.

– Si tu crois que je ne sais pas ce que tu fais, avec tes cocottes !

– Ce que je fais ? Ce que je fais ! Mais je cherche ce que je n'ai pas ici. De l'amour, des caresses.

– Mais pour quoi faire ? Qu'est-ce que je pourrais caresser ? Je ne sais même pas comment j'ai pu avoir deux enfants avec un homme si peu viril !

Nadine ne parlait jamais de ces disputes avec ses parents, qui faisaient désormais chambre à part. Certains soirs, sa mère lui ordonnait : « Viens dormir avec moi. » Couchée contre la jeune fille, elle se lançait dans un monologue dans l'obscurité.

« Ma pauvre chérie, la femme est faite pour souffrir, et c'est l'affaire du monde entier. Tu connais déjà les douleurs du cycle, ce n'est que le début. Tu te marieras bientôt, tu verras. Quelle saleté. Je t'expliquerai comment faire pour que le plaisir lui vienne vite, ça t'évitera que ça dure trop longtemps, et que ça fasse trop mal. Et puis les enfants. La douleur des enfants. Quand ils arrivent. Quand ils meurent, comme Nadine. Quand ils partent, comme toi tu partiras. Ma propre mère ne m'avait pas prévenue, elle ne m'avait pas dit à quel point la vie est odieuse, et je lui en veux. Tu me remercieras plus tard, au moins, toi, tu le sais. »

Son bac en poche, Nadine commença des études de secrétaire comptable. Des garçons la courtisaient, malgré sa froideur. Par curiosité, elle coucha avec l'un d'eux. La douleur la laissa indifférente, mais elle fut étonnée par le grotesque de la situation et se demanda comment l'envie d'une telle chose pouvait conduire à la prison du mariage. Le jeune homme le lui proposa, d'ailleurs. Elle refusa sèchement. À vingt et un ans, diplômée de son école, elle trouva une place dans le service comptabilité d'une entreprise du bâtiment.

Un jour qu'elle fumait une cigarette devant les bureaux, après le déjeuner, un des artisans l'aborda. Le patron l'avait appelé pour qu'il vienne chercher un chèque, il ne savait pas où il devait aller. Elle jeta sa cigarette et l'accompagna. Il n'était pas très grand, mais large d'épaules, il dégageait une impression de force, de puissance. Ses yeux très noirs attrapèrent ceux de Nadine. Le soir même, elle était dans son petit logement d'ouvrier. Ça sentait la soupe, le tabac. Et ça sentait Didier. Debout dans la salle à manger, incapable de comprendre comment elle était arrivée là, elle regardait, par la porte entrouverte qui donnait sur une chambre plongée dans une semi-obscurité, un lit, défait. Didier l'attira dans la pièce sombre et la poussa sur le lit. Elle voulait tout ce qu'il fit avec elle. Elle n'avait jamais fait tout cela, elle ne l'avait pas même imaginé, et pourtant elle le voulait. Elle avait réussi, enfin : elle était vraiment morte.

Quelques jours plus tard, le dimanche, la jeune femme prépara deux valises avec toutes ses affaires. Didier sonna quelques minutes avant que la mère de Nadine ne serve l'impeccable déjeuner dominical. C'est elle qui alla ouvrir, et elle fut révulsée par l'apparence de Didier, par son évidente animalité, et par sa tenue d'ouvrier.

– Bonjour. Je viens chercher Nadine.

– Mais enfin, qui êtes-vous ?

Nadine arriva en courant, pliant sous le poids de ses bagages. Didier les lui prit des mains, ça ne pesait rien dans ses bras. Le père avait accouru, il restait là, hébété. Sa mère lança une dernière menace.

– Ma petite fille, si tu suis cet homme, ne compte pas revenir dans cette maison !

Nadine ne répondit pas. Elle était déjà partie. Ce soir-là, Didier lui tendit la cigarette qu'il avait allumée après l'amour. Il lui demanda si elle voulait qu'ils se marient. Elle répondit tout de suite :

– Jamais.

Dans les années qui suivirent, Didier mena Nadine de ville en ville. Au départ, il cumulait emplois officiels – comme celui qu'il avait quand ils s'étaient rencontrés – et toutes sortes d'activités, mauvais coups, filouteries, vols de voitures, cambriolages, d'abord avec ses frères aînés, qui se retrouvèrent très vite en prison, puis avec des copains que Nadine ne rencontrait que très peu. Elle continua un temps à travailler de son côté. Mais les fréquents déménagements, parfois en catastrophe, l'empêchèrent progressivement d'obtenir les recommandations qui lui auraient permis de trouver un autre emploi. Didier finit par lui dire :

– Tu sais, je gagne assez pour nous deux. On n'a pas d'enfants, on n'a pas besoin de grand-chose.

Elle arrêta donc de travailler, si ce n'est pour maintenir les papiers et les comptes de son compagnon en ordre. Il ne parlait jamais d'avoir des enfants, mais il l'interrogeait parfois sur son cycle, lui demandant si elle avait du retard, proposant de prendre des précautions que Nadine rejetait en bloc. Elle savait, comme une évidence, qu'elle n'aurait pas d'enfants, parce qu'elle n'en voulait pas, parce qu'elle avait déjà réussi à tuer sa sœur née avant elle, puis à empêcher ses parents d'avoir d'autres enfants. Elle ne s'inquiétait donc jamais de ses retards, et elle avait raison. Ils restèrent sans enfants.

Nadine ne remettait jamais en cause les choix de Didier. Comment il gagnait sa vie lui était tout à fait indifférent, du moment qu'ils étaient ensemble, chaque jour et chaque soir. Elle lui avait simplement dit, une fois : « Vole, tue, ça m'est égal, mais je ne supporterais pas que tu me trompes. » Et il se l'était tenu pour dit. Lorsqu'il alla en prison deux ans pour un braquage mal fait, elle coucha avec d'autres hommes, en vain. Le plaisir était là, mais elle ne se sentait plus mourir : Nadine était à nouveau parcellaire, incomplète. Elle consulta un médecin et les anxiolytiques qu'il lui prescrivit l'aidèrent à attendre que Didier rentre enfin. À sa sortie, elle qui ne buvait pas une goutte d'alcool garda l'habitude des comprimés miraculeux et du maquillage qu'elle avait porté pour ses sorties adultères. Si Didier perçut ce changement, il ne le mentionna jamais.

Au gré des déménagements, ils finirent par échouer en Seine-Saint-Denis, dans un petit appartement d'une résidence encore presque correcte. Nadine se sentait à l'étroit et trouvait leur situation financière de moins en moins confortable. Didier, qui avait cinq ans de plus que sa compagne, se demandait combien de temps il aurait les jambes pour échapper aux flics. Sa carrure et son flegme le menèrent, de fil en aiguille, à travailler pour Joao et Adrian ; il savait où frapper pour étendre un type, et il soulevait sans efforts, et sans parler, les caisses d'armes qu'il fallait entreposer ou déplacer. Les Brésiliens l'appelaient « papa ».

À la fin d'un boulot comme les autres, ils le firent asseoir avec une bière.

– Papa, lui dirent-ils, on a parlé de toi au boss, on aurait quelque chose à te proposer.

L'homme écouta, sans dire un mot, puis se leva en disant qu'il devait en discuter avec sa femme.

– On serait logés, lui expliqua-t-il, et on servirait de gardiens, en quelque sorte. De la maison, déjà, et des enfants qui y seraient. Il faudrait les nourrir, s'en occuper, et puis les préparer pour les clients.

C'était la première fois, en trente ans, que Didier demandait à Nadine son avis sur un boulot. Mais là, il avait besoin d'elle. Elle allait devoir travailler à ses côtés.

Il attendit patiemment sa réponse.

– Ça ne suffit pas, la maison, il nous faut un salaire aussi. De quoi mettre de côté, pour après.

Quelques semaines plus tard, ils s'installaient. Nadine était contente, le quartier était correct, la maison, ancienne, avait du charme. Les lettres bleues presque effacées à son fronton la rendaient unique. C'était un peu vieillot, mais plus grand que la maison où elle avait grandi, et ce simple fait lui plaisait infiniment. Ils firent quelques travaux, selon les instructions de Joao, et reçurent la visite d'un inconnu qui se présenta sous le seul nom de M. Léopold. Nadine et Didier n'avaient pas besoin de son nom de famille pour reconnaître l'aristocrate en lui ; ils avaient l'impression de contempler un être qui n'appartenait pas à la même espèce qu'eux.

– Je viendrai, une fois par mois, m'assurer que tout se passe bien. Vous avez deux priorités : la discrétion absolue, et la satisfaction des clients.

– Bien, monsieur Léopold.

– Les enfants doivent être maintenus calmes, mais en bon état, veillez-y. Si l'un d'eux a un… accident, avertissez Joao ou Adrian, on vous le remplacera.

Mais ce sera à vous de vous en débarrasser, discrètement évidemment.

Le lendemain, Adrian, accompagné d'un autre type que Nadine et Didier n'avaient jamais vu, arriva avec les deux premiers enfants, et une arme pour Didier, « au cas où », lui dit-il. Didier savait tirer, l'avait déjà fait. Une fois les enfants installés, chacun des deux époux observa l'autre, pour épier ses réactions. Dans les jours qui suivirent, Didier se mit un peu en retrait, pas très à l'aise, préférant s'occuper de fixer les poignées aux murs des chambres ou de sécuriser le jardin. Leur quotidien s'organisa bientôt, avec les arrivées de nouveaux enfants, et la gestion des clients. Nadine s'occupait sans ciller des petits. Elle n'avait aucun problème lorsqu'il fallait les attacher ou les préparer pour les soirées. S'il fallait les frapper parce qu'ils s'agitaient, elle le faisait froidement, avec précision, sans rage, mais aussi sans hésiter. Elle en parlait ensuite à Didier. « Aya a été insupportable. Elle est mauvaise, cette gamine. Elle est quand même mieux ici qu'à crever de faim dans son pays. Mais elle comprend pas. » Son compagnon hochait la tête, ne répondait rien. « Aimé n'a encore rien mangé, aujourd'hui. Je lui ai dit que si ça continuait je le gaverais de force. S'il devient trop maigre, M. Léopold n'appréciera pas. » S'il avait, jusque-là, apprécié l'indifférence de sa femme à ce que le monde entier considérait comme déviant, il se demandait s'il l'avait vraiment comprise, ou s'il n'y avait pas eu un énorme malentendu. Il faisait de son mieux pour ne pas penser aux sévices que les enfants subissaient lors des soirées. Il n'y arrivait pas toujours, d'autant que c'était souvent lui qui accueillait les clients, et toujours lui qui expliquait à ceux qui avaient pris cette option comment le matériel vidéo fonctionnait. En revanche, s'il fallait, après, panser ou recoudre grossièrement un enfant, c'était Nadine qui le faisait, sans autre émotion que de l'agacement si le petit s'agitait pendant la procédure. De son côté, Didier se chargeait de la surveillance des promenades dans le jardin, et, dès que le temps le permettait, il préparait un barbecue. Il aimait répandre cette bonne odeur de grillades dans la maison, et il aimait voir les enfants, pour une fois, dévorer leur repas, pendant qu'il leur adressait quelques mots. Tous les mois, Nadine allait à la banque déposer le salaire en liquide que leur apportait M. Léopold. Elle revenait toujours enchantée de ces sorties – le compte se remplissait rapidement.

Malgré cette répartition efficace des rôles, Nadine et lui, pour la première fois de leur histoire, commencèrent à se disputer régulièrement. Vivre jour et nuit dans la même maison que les enfants était difficile pour Didier. Leur chambre était au rez-de-chaussée, séparée seulement par un couloir du salon où avaient lieu les soirées. Ils n'allaient jamais se coucher avant que les clients ne soient partis, bien sûr, mais cette proximité pesait à Didier. Nadine ne paraissait aucunement affectée par tout ça. Son appétit sexuel n'avait pas varié, elle avait besoin de son corps, de son poids, chaque nuit, encore et encore. Depuis qu'ils avaient emménagé là, il n'y arrivait pas toujours, et elle ne le supportait pas, lui en voulait, le lui disait. Un soir, elle le plaqua contre la porte de la chambre et glissa la main dans son pantalon, sa bouche contre son oreille, lui parlant de son désir. Mais il resta désespérément flasque, et après quelques minutes d'efforts inutiles, elle retira sa main et lui rit au nez. Dans un geste qui venait d'un autre lui-même, il la frappa au visage. Elle tomba à genoux, et le regarda, les yeux remplis d'un désir fou qui le révulsa – mais pas autant que ce qui lui traversa l'esprit à ce moment-là. Il avait envie de la frapper à nouveau, de la violer, de la tuer.

Il sortit de la chambre et resta dans la cuisine plusieurs heures, le temps de se calmer, le temps d'être sûr qu'elle dormait avant de s'allonger à ses côtés. Cette nuit-là, Didier se dit que cette maison allait leur prendre tout ce qu'ils avaient.

Le lendemain matin, Nadine se leva d'excellente humeur et lui apporta son café avec le même empressement qu'à leurs débuts avant de monter s'occuper des enfants. Plus tard dans la journée, elle arriva dans le jardin où il surveillait la promenade d'Adnan.

– Aimé est mort. Je vais prévenir M. Léopold. Toi, trouve une solution pour le corps.

Elle était calme, concentrée. Didier vacilla un instant. Un enfant mort, quand même… Et surtout, cette femme. Sa femme. Qui était-elle ? Qui était-elle vraiment ?

– 17 –
Dimanche

Myriam se massait les tempes, les yeux scotchés à la liste de numéros de téléphone SFR restée sur son bureau depuis la veille. Elle leva la tête à l'arrivée d'Aziz, qui lui lança à la volée :

– On se refait tout de suite Dajkine ?

– Attends, on n'a pas touché à sa fouille, hier. Je t'attendais pour qu'on fasse ça ensemble.

Les collègues en tenue avaient, selon la procédure, retiré au suspect tous les objets qu'il avait sur lui quand ils l'avaient mis en cage afin d'en faire l'inventaire – inventaire que Myriam tendait maintenant à Aziz. Rien d'extraordinaire : un téléphone portable, un portefeuille, une clé de voiture dont le porte-clés BMW retenait aussi le bip d'un garage.

– Tu as raison, il faut qu'on regarde ça avant de le réinterroger. Je descends demander aux collègues en tenue de tout me donner. J'ai pensé à autre chose sur la route, en venant. Il faut qu'on entende sa femme et ses enfants, tu ne crois pas ?

– Tu as raison. Je vais la convoquer tout de suite. Au fait, pense à demander le code de son téléphone au client, OK ? Ce serait dommage qu'on reste bloqués !

Aziz revint deux minutes après avec le sac contenant les objets dans une main et le téléphone dans l'autre. Il le tendit à Myriam.

– Tiens, je t'ai mis un Post-it au dos avec le code. J'ai dû insister un petit peu, mais le client a fini par me le donner.

S'emparant du portefeuille, il entreprit de le vider méthodiquement, pendant que Myriam se lançait à l'assaut du téléphone. Le policier aligna devant lui une carte d'identité, un permis de conduire, six cartes de crédit de quatre banques différentes, une carte Platinium Air France, un badge d'accès au Ken Club – un club de sport très sélect du XVIe arrondissement, d'après ce que découvrit Aziz sur Internet – et une douzaine de cartes de visite dont les titres étaient plus ronflants les uns que les autres : « Chief Executive Officer », « Senior Vice-President CFO », « Managing Director »…

Myriam, l'air concentré, passait le répertoire au crible. D'après les fiches que Dajkine semblait remplir avec un soin maladif, la plupart des contacts avaient l'air d'être en lien avec son univers professionnel. Prénom, nom, entreprise, poste occupé, numéro de portable, e-mail, adresse des bureaux, rien ne manquait. Parmi les patronymes, Myriam fut interloquée de faire défiler autant de noms à particule sentant leur vieille France. Bertéjouls de Rochelaure, de Broglie, de Manificat, Rondin d'Happercour… La monarchie avait peut-être été abolie, mais le privilège aristocratique demeurait… Perdue parmi ces noms très chic, la victime de la Roseraie, Lucie Guilhem, avait une fiche moins détaillée, avec seulement le numéro de téléphone du portable de la consigne. Quelques fiches, peu nombreuses, attirèrent un peu plus son attention : très sommairement complétées, elles n'indiquaient que de simples prénoms, voire des surnoms… Instinctivement, elle commença à noter les numéros pour rédiger les réquisitions correspondantes. Elle avait beau s'exhorter au calme ou à la prudence – il doit s'agir de vieux copains de Dajkine… –, elle savait qu'elle tenait une piste. La consultation des textos, d'une banalité confondante, ne donna pas grand-chose : trois messages dont deux de l'épouse, parfaitement anodins, et un d'un restaurant qui confirmait une réservation. Le reste avait évidemment dû être effacé ; les techniciens allaient avoir un peu de boulot pour les récupérer. Myriam regarda les mails et soupira : il y en avait des milliers, bataillons de petits soldats numériques prêts à défier sa patience et sa détermination. Si elle voulait tenir, il lui fallait un café. En prenant le mug d'Aziz pour le lui remplir aussi au passage, ses yeux s'arrêtèrent sur la clé de la BMW entre les mains de son partenaire.

– Aziz ! Le client, il a dit qu'il était venu en taxi, c'est ça ?

– Oui, je crois… Il a dû avoir peur qu'un jeune à capuche mette le feu à sa belle bagnole dès qu'il aurait traversé le périph…

– Exactement, et il faut qu'on fouille sa caisse. On sait jamais, peut-être qu'un enfant a été transporté avec... Je vais chercher Dajkine. Toi, tu peux t'occuper de nous trouver un collègue de l'IJ pour nous accompagner ? Je préviens Fred et Olivier qu'on s'en va, je vais leur demander d'entendre la femme de Dajkine et ses enfants à notre place.

Après avoir briefé ses collègues, Myriam descendit aux cages et se planta devant la cellule où Dajkine avait passé la nuit. Il s'en sortait plutôt bien : il avait le luxe d'être seul dans sa cellule. L'homme se leva à son approche. Elle perçut immédiatement son immuable arrogance, mais aussi, tout de même, l'impact qu'une nuit en garde à vue et une perquisition très compromettante pouvaient avoir sur l'attitude d'un type aussi privilégié – son expérience la plus pénible jusqu'alors avait dû être son bizutage en école de commerce. Ses vêtements étaient froissés, ses yeux cernés, et s'il continuait à se tenir droit, il ne soutenait plus son regard. Elle lui mit les pinces sans ménagement et le poussa devant elle pour sortir du commissariat.

Quelques minutes après, Dajkine et les trois policiers roulaient en direction du XVIe arrondissement. En ce dimanche matin, le gyrophare n'était vraiment pas nécessaire. La tension, palpable, donnait une vibration particulière au silence qui régnait dans le véhicule. Aziz conduisait, Myriam continuait machinalement à fouiller le téléphone. Elle n'en avait rien dit à son collègue, mais elle n'était pas très optimiste. Lorsqu'elle avait demandé à Dajkine où était sa voiture, ce dernier avait répondu tout de suite, sans hésitation. Il n'aurait jamais réagi comme ça s'il avait craint qu'on trouve des traces ADN compromettantes dedans. Mais elle devait être sûre qu'elle ne négligeait rien. L'aller-retour ne leur prendrait pas trop de temps, et valait le coup.

Ils furent bientôt sur les lieux. Dajkine avait indiqué qu'ils trouveraient son véhicule garé dans le parking souterrain du bâtiment. Une fois sur place, Aziz actionna la clé de la voiture pour la repérer rapidement. À trente mètres, les phares d'un X6 flambant neuf s'allumèrent.

Dajkine, toujours menotté, s'adossa nonchalamment à un pilier pendant que les policiers ouvraient les portières et le coffre du véhicule. Le policier de l'identité judiciaire commença son travail de fourmi pour chercher d'éventuelles empreintes et traces, pendant qu'Aziz et Myriam passaient chaque recoin à la Maglite. Si les enfants Dajkine y étaient déjà montés, ils n'avaient sûrement pas eu l'autorisation d'y manger ou d'y boire quoi que ce soit. La voiture était impeccable, mais pas non plus au point que cela devienne suspect. Le coffre ne contenait qu'un sac de sport, que la policière fouilla avidement. Mais rien d'autre à signaler à l'intérieur qu'une bouteille d'eau, une tenue de sport et une serviette. Myriam sentait la frustration lui brûler le visage. De son côté, Aziz faisait de son mieux pour éclairer avec sa Maglite le collègue de l'IJ. Myriam mit le contact pour relever le kilométrage du véhicule qu'elle devait faire figurer sur le PV de fouille et voir si le GPS intégré était activé. Il s'alluma instantanément. Une décharge électrique la parcourut.

– C'est bon, Aziz, on va avoir ses derniers trajets !

Aziz s'installa sur le siège passager et ils entreprirent d'identifier les endroits où Dajkine s'était rendu en voiture. Myriam annonçait les adresses, Aziz faisait si besoin une recherche pour voir à quoi ça correspondait, et il notait l'ensemble.

Au bout de quelques minutes, ils avaient établi que le suspect utilisait son X6 pour se rendre à son bureau situé à la Défense, dans d'élégants restaurants du XVIe et du VIIIe arrondissement, dont la Demeure Gorgia, à l'hôtel Barrière le Normandy de Deauville, au Ken Club, et dans un autre club où il faisait apparemment du tennis. Rien d'extraordinaire compte tenu du bonhomme. En revanche, une adresse sortait du lot et Aziz quitta la voiture pour aller interroger le suspect à ce sujet.

– Pourquoi êtes-vous allé au 14, impasse Freyssinet, à Pantin ? Il y a quoi, à cette adresse ?

L'homme écarquilla les yeux tout en s'affaissant légèrement contre son pilier. Mais il resta muet.

– Je répète ma question : que se passe-t-il au 14, impasse Freyssinet ?

Le silence, toujours. Myriam, n'y tenant plus, sortit elle aussi de la voiture et interpella le policier de l'IJ qui travaillait à sa récolte.

– Vous en avez encore pour longtemps ?

– Je ne pense pas, lieutenant. Dix ou quinze minutes ?

Myriam regarda Aziz. Elle hésitait. Partir tout de suite, c'était gagner une dizaine de minutes qui pouvaient être précieuses, mais attendre que l'IJ ait terminé, c'était s'assurer que le travail avait été fait de manière exhaustive. Non, tant pis, il y avait peut-être des vies en jeu.

– Désolée, on reviendra terminer plus tard.

Dimanche ou pas, elle demanda à Aziz de mettre le bleu pour rentrer au commissariat, où ils déposèrent le collègue et remirent Dajkine dans sa cage. Moins de trois minutes plus tard, ils filaient vers Pantin.

Pendant qu'ils inspectaient la BMW, la femme de Dajkine se présenta au commissariat, avec ses enfants. Olivier descendit l'accueillir avec Fred.

– Madame Dajkine ? Je suis le lieutenant Morvan. Et voici mon collègue, le capitaine Lilaguet. Suivez-nous, s'il vous plaît.

Les deux flics avaient déplié trois chaises sur le palier du deuxième étage. Olivier s'y installa avec les enfants, pendant qu'Audrey Dajkine, qui faisait des efforts pour garder bonne contenance, suivait Fred dans le bureau dont il ferma la porte. Elle n'avait enlevé ni son manteau à grand col de fourrure ni ses gants, et prit tout de suite des nouvelles de son mari :

– Je peux le voir ? Qu'est-ce qui se passe ?

Fred ne lui donna aucune indication avant qu'elle n'ait décliné son identité et expliqué, quand le policier lui demanda sa profession :

– J'élève mes enfants, et j'en suis fière. Maintenant, j'aimerais savoir ce que vous reprochez à mon mari.

– Il est en garde à vue parce qu'il est soupçonné de viol sur mineur et de détention de matériel à caractère pédopornographique.

Le visage soigneusement maquillé d'Audrey sembla se décomposer.

– C'est… c'est impossible ! Mon mari ? Un… pédophile ?

– Nous avons de nombreux éléments à charge, madame Dajkine. Il sera présenté au parquet dès la fin de sa garde à vue, demain matin. Vous comprendrez bien que j'aie quelques questions à vous poser.

– Mais… je vous dis que c'est impossible.

– Vous avez bien dû remarquer quelque chose ! Comment ça se passe, dans votre couple ?

– Notre couple… Nous sommes mariés depuis près de dix-huit ans ! Alors la passion des premiers jours, évidemment… Je… Je me dis qu'il a des maîtresses, comme la plupart de ses copains… On en parle, avec mes amies, on vit toutes plus ou moins la même chose… Vous vous trompez sur lui, j'en suis sûre !

Audrey Dajkine se perdit un instant dans ses pensées, essayant visiblement de comprendre comment la police pouvait soupçonner son mari de telles horreurs. Fred la ramena brutalement sur terre.

– Et vos enfants, madame Dajkine ?

– Comment ça, mes enfants ?

– Comment se comporte votre mari avec eux ?

Audrey le regarda, égarée.

– Mais… très bien ! Enfin, tout à fait normalement. Il n'est presque jamais à la maison, quoi qu'il en soit. S'il passe une heure par semaine avec eux, c'est le bout du monde.

– De toute façon, nous allons les interroger également.

– Je vous en prie, ne leur dites pas de quoi leur père est soupçonné. Je suis sûre que tout ça n'est qu'une erreur épouvantable. Et si… si vous avez raison, ils le sauront bien assez tôt.

Fred raccompagna Audrey Dajkine à l'accueil, puis remonta installer une caméra sur trépied dans le bureau. Filmer l'interrogatoire faisait partie de la procédure standard pour entendre les mineurs potentiellement victimes d'agressions sexuelles. Lorsque tout fut prêt, il fit entrer Constance, laissant Olivier sur le palier avec Octave. À quinze ans, l'aînée de la famille portait un regard désabusé sur sa famille :

– Ma relation avec mes parents ? Tellement parfaite. Ma mère est tout le temps sur mon dos, normal, elle a rien d'autre à faire, et mon père n'est jamais là, je le vois encore moins que s'ils étaient divorcés ! Mais bon, on a comparé l'argent de poche avec mes copines, et je suis facile dans les deux, trois plus riches de la classe ! Alors, j'ai pas le droit de me plaindre, j'imagine ?

Comme promis à sa mère, Fred ne lui dit rien sur les raisons de la garde à vue de son père. Il fut très vite convaincu que ce dernier ne l'avait pas touchée : elle était pétillante, engagée dans la discussion, et surtout convaincue que son père était tombé pour des histoires financières mystérieuses et fascinantes pour elle.

– C'est les impôts, non ? finit-elle par demander. Le père de ma copine Sibylle a été condamné pour fraude fiscale. Il avait caché de l'argent, je sais plus où, pas en France. Mais elle m'a dit qu'il aurait juste une grosse amende. C'est pareil pour mon père ? Ou il va aller en prison ?

Fred se garda bien de répondre à cette question et raccompagna la jeune fille à l'accueil pour entendre ensuite son frère, âgé de douze ans. Ce dernier n'avait pas grand-chose à dire, à part que son père travaillait tout le temps et qu'il ne le voyait presque jamais ; il voulait surtout profiter de l'audition pour poser mille questions à Fred sur son métier. Le lieutenant se laissa attendrir par l'enthousiasme d'Octave et passa cinq bonnes minutes à lui répondre de son mieux. Après avoir entendu les deux enfants et les avoir attentivement observés, Fred avait acquis une certitude : pour sa famille, Stéphane Dajkine était un fantôme totalement inoffensif.

Pendant que Fred entendait Octave, Aziz guidait Myriam, qui avait pris le volant, jusqu'à la rue Freyssinet, dans laquelle donnait l'impasse du même nom. Le coin était agréable, maisons ouvrières, ateliers d'artistes, et, çà et là, de petits immeubles de trois ou quatre étages, pas plus. Les clichés ont la vie dure, la plupart des gens pensent que le 93 n'est qu'un enfer gris de cités difficiles et de terrains vagues ; pourtant, il y a aussi des rues Freyssinet dans chaque ville de Seine-Saint-Denis. Avant de sortir de la voiture, ils mirent au point leur discours, puis s'avancèrent jusqu'à la porte de la maison.

Aziz sonna. Pas de réponse. Il frappa. Une femme entre deux âges, cheveux courts, très maquillée, entrouvrit la porte, l'air méfiant.

– Oui ?

– Police nationale, madame. Nous menons actuellement une enquête de voisinage, il y a eu un cambriolage à quelques maisons de la vôtre la nuit dernière. Pouvons-nous entrer pour vous poser quelques questions ?

– Euh… oui, bien sûr ! Je vous en prie.

La femme ouvrit la porte et les précéda dans un couloir pour les emmener tout de suite dans la cuisine, à droite.

– Asseyez-vous, je vous en prie, je vous propose un petit café ?

Les deux policiers s'installèrent, et elle passa la tête dans le couloir :

– Didier, tu peux descendre ? C'est la police.

Deux minutes plus tard, les policiers étaient attablés avec Didier et sa femme, qui leur déclara s'appeler Nadine. Aziz menait la discussion, tandis que Myriam, tout en prononçant quelques phrases éparses pour ne pas attirer l'attention, scrutait le couple assis en face d'elle. Aziz se montrait professionnel, aimable, les mettant à l'aise, leur posant mille questions sur le quartier, les voisins, les éventuels bruits nocturnes. Au bout de quelques minutes, Myriam se pencha vers Nadine pour lui dire, comme en confidence :

– Je suis désolée, je dois aller aux toilettes, je peux utiliser les vôtres ?

– Bien sûr, répondit Nadine en se levant immédiatement. Je vais vous montrer la salle de bains.

Dans le couloir, la première porte sur la gauche était entrebâillée. Nadine marchait devant elle, Myriam eut une fraction de seconde pour tourner la tête et regarder à l'intérieur. Elle reconnut immédiatement, sur le pan de mur qu'elle put apercevoir, le papier peint à gros motifs qu'elle avait repéré dans les vidéos de Dajkine. Nadine lui indiquait déjà une autre porte, un peu plus loin dans le couloir, toujours à gauche.

– Tenez ! C'est là. Faites comme chez vous.

Myriam s'enferma et entendit Nadine s'éloigner. Elle attendit trois minutes par souci de réalisme, puis sortit son téléphone et le mit en mode photo avant de sortir des toilettes. Elle n'avait que quelques secondes si elle voulait éviter que Nadine ou Didier ne se demandent pourquoi elle tardait à revenir. Elle ralentit en arrivant près de la porte entrebâillée et, le plus vite possible, déclencha plusieurs photos en priant pour qu'au moins une soit exploitable. Elle regagna la cuisine le téléphone dans les mains, faisant mine de lire quelque chose, l'air absorbé.

– Aziz, on doit retourner au commissariat, le patron nous demande.

– Désolés pour le dérangement, messieurs-dames, s'excusa son collègue en se levant, et merci pour le café !

Une minute plus tard, ils roulaient en direction du commissariat de La Grande-Roque.

Nadine, debout devant l'évier, nettoyait les tasses. Ses gestes étaient précis, justes. Didier s'étira longuement avant de se lever.

– Bon ! Ils m'ont fait peur, ces cons. C'est emmerdant, cette histoire de cambriolage dans le quartier. Je vais aller faire le tour du jardin pour voir ce que je peux améliorer, question sécurité.

Il sortit de la cuisine et n'entendit pas sa compagne murmurer : « Que tu es con, mon pauvre Didier. Que tu es con… » Elle s'essuya soigneusement les mains avant d'aller dans leur chambre. Elle ferma la porte puis ouvrit le premier tiroir de la commode. Elle sortit le calibre 45 et la boîte de munitions qui s'y trouvaient.

*

* *

– Alors ? Je suis déçu, on est partis vite, je commençais tout juste à m'échauffer avec mes questions débiles.

– Écoute-moi : quand je suis allée aux toilettes, je suis passée devant une porte entrouverte, j'ai vu le papier peint, on dirait celui des vidéos !

– Quoi ? Tu es sûre ?

– Quasiment. J'ai essayé de prendre des photos, je vais voir ce que ça donne.

Elle avait eu raison d'en faire plusieurs : une seule était à peu près nette et permettait, en tout cas, d'identifier le papier peint.

– Bon, j'ai une photo correcte. Maintenant on va comparer avec ce qu'il y avait dans les vidéos.

De retour à leur bureau, Aziz et Myriam connectèrent le disque dur externe qui contenait les fichiers vidéo. Myriam en ouvrit un au hasard et fit un arrêt sur image au bout de quelques secondes. La tapisserie était clairement visible. Elle afficha la photo de son téléphone et compara les deux images, puis demanda à Aziz d'en faire autant, pour être sûre. Il la regarda et hocha la tête. L'adrénaline envahit le corps du lieutenant Gemayel. À cet instant précis, elle savait exactement ce qu'elle avait à faire, et elle était consciente que chaque seconde comptait.

– On descend, on récupère deux collègues en tenue, qu'ils se tiennent prêts à nous suivre avec un véhicule. On y va. Maintenant.

Elle se tourna vers Olivier et Fred, qui étaient en train d'inventorier des scellés.

– Les gars, j'ai besoin de vous pour une descente. Une maison où un couple séquestre très probablement des enfants pour les vendre à des pédophiles.

Il n'y eut pas une hésitation.

– On te suit, Myriam. On va chercher nos armes et on prend notre bagnole.

Moins de cinq minutes après, trois véhicules de police roulaient en direction de Pantin. Myriam, qui avait laissé le volant à Aziz, réfléchissait aux maigres informations qu'elle et son collègue avaient pu réunir sur les lieux où ils étaient sur le point d'intervenir. Idéalement, il aurait fallu faire un vrai repérage. *Idéalement.* Un mot qu'un flic normal pouvait se répéter mille fois, dans sa carrière, sans jamais rencontrer cette situation idéale. Les policiers laissèrent leurs véhicules rue Freyssinet. En parcourant à pied les quelques mètres qui les séparaient de la maison dans l'impasse, ils étaient assurés de faire une arrivée discrète. Chacun se mit en position. Myriam frappa de son poing sur la porte d'entrée.

– Police ! Ouvrez immédiatement !

Le froid glacial de novembre transformait sa respiration en un nuage de fumée blanche. Dans la maison, le silence. La policière frappa à nouveau.

– Police ! Ouvrez !

On entendit des bruits de pas à l'intérieur, puis une clé dans la serrure. D'un bond, Myriam recula et, comme ses collègues autour d'elle, mit la porte en joue. Dans l'encadrement de la porte, Didier se tenait devant eux, hagard. Il leva doucement les mains en l'air. On devinait Nadine derrière lui, dans le couloir mal éclairé. Didier avança d'un pas, puis, alors qu'il tournait la tête pour regarder sa femme, un coup de feu déchira le silence. (Quand elle lui raconta ce qui s'était passé, plus tard, Myriam aurait pu jurer à Joseph que le reste de la scène s'était déroulée au ralenti.) Sous l'impact de la balle, le corps de Didier tressauta, un flot de sang jaillit de sa gorge, puis il s'écroula lourdement au sol. Nadine avait réussi un tir parfait, mais c'est parce qu'elle était à bout touchant – c'était la première fois qu'elle utilisait une arme de sa vie. Elle fut d'ailleurs surprise par le recul qui la projeta en arrière, et perdit ainsi quelques précieuses millisecondes. Myriam eut le temps de fondre sur elle et de la plaquer au sol tandis qu'elle tentait de retourner l'arme contre elle. Le 45 lui échappa des mains. Un instant plus tard, elle était allongée sur le ventre, poignets menottés dans le dos.

Myriam commença par donner des instructions aux collègues en tenue. Pendant qu'elle et les autres OPJ allaient faire un premier tour de la maison, ils devraient surveiller Nadine, et appeler d'abord du renfort pour sécuriser tout le périmètre et ensuite le légiste d'astreinte – Joseph n'étant pas de garde, elle ne savait pas quel médecin allait débarquer.

Les quatre flics avancèrent prudemment dans le couloir. Olivier et Fred prirent tout de suite à droite, vers la cuisine que Myriam et Aziz avaient quittée quelques instants auparavant.

– Rien ici ! signalèrent-ils.

De leur côté, Myriam et Aziz pénétraient pour la première fois dans le salon que la jeune femme avait reconnu comme celui des vidéos de Dajkine. La pièce – vide – était plus grande que les films ne le laissaient penser ; on y trouvait deux canapés, trois fauteuils, une caméra sur un trépied, et, sous une table basse dans un coin, une grande caisse en plastique à roulettes. Pendant que Myriam et Aziz vérifiaient la salle de bains, Olivier et Fred inspectèrent la chambre en face. Personne non plus. Toute l'équipe entreprit de monter au premier étage, aux aguets, à l'affût du moindre bruit. Un nouveau couloir sur lequel donnaient quatre portes fermées. Olivier et Fred, qui étaient montés en premier, ouvrirent la première. Myriam, déjà en train d'entrer dans une deuxième chambre avec Aziz, entendit Olivier murmurer : « Oh, merde… », comme pour lui-même. La pièce n'était meublée que de deux lits, chacun plaqué contre un mur, séparés par une petite table et d'où deux jeunes garçons dont le visage n'exprimait qu'une terreur absolue les regardaient. Chacun avait un poignet attaché à une barre en métal fixée dans le mur à côté de lui, et l'un d'eux avait, en plus, les chevilles entravées. Ils n'étaient vêtus que d'un tee-shirt et d'un slip. Avec le couteau suisse qui ne quittait jamais sa poche, Aziz coupa les liens avec précaution, et ils aidèrent les enfants à se lever.

– Comment vous vous appelez ? demanda Myriam tout doucement pour essayer de les rassurer.

Pas de réponse.

– Nous sommes de la police, tout ira bien, n'ayez pas peur. Nous avons arrêté ceux qui vous gardaient ici, nous allons vous aider, reprit Myriam.

Toujours rien. Ils étaient visiblement en état de choc, comme privés de réaction. Elle se tourna vers Aziz :

– Il faut qu'ils aillent à l'hosto, ces gosses. Quand on aura fini de faire le tour et qu'on saura combien ils sont, appelle le CHU pour les prévenir, et des renforts avec des véhicules pour pouvoir les conduire à l'hôpital.

Dans la chambre d'à côté, Olivier et Fred avaient trouvé les mêmes deux lits, mais un seul enfant, une toute jeune fille tout aussi terrifiée. Myriam rassembla les trois enfants sur le palier de ce premier étage, et recommença à leur expliquer patiemment qu'ils étaient de la police. Olivier et Fred ouvrirent la troisième porte, c'était une salle de bains, puis la quatrième, et Fred lança :

– Il y en a encore deux autres ! Une fille et un garçon !

Tandis qu'Aziz dégainait son téléphone pour avertir le CHU, une des filles regarda Myriam et lui demanda d'une toute petite voix :

– Est-ce que Rafika est toujours punie ?

– Je ne sais pas, tu sais où elle est ?

– Moi, j'ai jamais été punie. Mais Didier disait que les punis ils allaient en bas.

Myriam se tourna vers Aziz, Olivier et Fred :

– Les gars, vous redescendez. Cherchez un accès cave. Fouillez dans le jardin aussi.

Puis elle alla récupérer dans les chambres ce qu'elle pouvait de couvertures sales, et fit de son mieux pour en envelopper chaque enfant. Ils n'essayaient pas de se dérober, demeurant figés dans une immobilité de statue.

– Venez avec moi, leur dit-elle doucement.

Elle les fit descendre au rez-de-chaussée. Les enfants marchaient lentement, à pas hésitants, épuisés par les mauvais traitements, et toujours sidérés de ce qui arrivait. Myriam gardait un visage impassible, mais au plus profond de son être, elle luttait pour maîtriser la sourde colère et l'immense chagrin qui menaçaient de la submerger. Elle n'avait pas le droit de craquer, elle devait rester dans l'instant, dans l'action, coûte que coûte, et, surtout, présente pour les enfants, plutôt qu'accaparée par ses propres émotions. Elle installa les gamins dans la cuisine ; il lui semblait que c'était la pièce la plus anodine de la maison, pour eux. Ils s'assirent avec précaution, mais le regard toujours vide, comme des robots.

Elle fouilla dans les placards, y trouva un paquet de gâteaux, et plaça un biscuit devant chaque petit. Puis elle sortit son carnet et les regarda. Elle les regarda comme elle n'avait regardé ni Stéphane Dajkine, ni Sébastien Dupasteur, ni Didier, ni même Lucie. Les gamins fixaient la table, ou le mur, droit devant eux, les yeux dans le vague. Myriam n'avait évidemment pas l'intention de les interroger, mais elle voulait entendre leurs voix, et savoir comment ils s'appelaient. Chez eux, tout avait été saccagé, piétiné, souillé. Leur faire dire leur prénom, l'écrire avec soin devant eux, ce serait un premier pas vers le retour à la vie.

– Comment tu t'appelles ?

Ils répondirent, chacun à son tour.

Myriam prenait son temps pour leur faire épeler leur prénom quand elle avait un doute, et pour le répéter ensuite, en souriant. Jevrem fut le seul à lui rendre son sourire. Ses cheveux formaient de jolies boucles qui lui donnaient un air angélique. Celle qui s'était inquiétée de Rafika s'appelait Letana. Son visage semblait prématurément vieilli, sa force vitale lui avait été arrachée par les pourritures que Nadine et Didier appelaient sans doute des « clients ». Les yeux de Myriam plongèrent dans les siens, elle aurait voulu que son regard transmette ce qu'elle ne pouvait pas lui dire – promettre à haute voix une vie meilleure à ces enfants brisés aurait été, à cet instant, la pire des obscénités. Idrissa dépassait les autres d'une tête, et avait la peau si sombre qu'elle semblait animée de magnifiques reflets bleutés. La policière sentait l'effort qu'il faisait pour garder un visage sans expression, digne. Adnan était en apparence le plus âgé de la troupe – il avait peut-être treize ou quatorze ans. Il n'avait même pas levé la tête pour lui donner son prénom d'une voix sourde, pleine de réticence. Il refusait de croiser le regard de la policière ; les adultes lui avaient fait trop de mal pour qu'un brassard orange suffise à lui inspirer confiance. Les longs cheveux noirs de Yusra étaient détachés et très emmêlés, elle était la seule dont les joues montraient encore les rondeurs de l'enfance.

Myriam entendit ses collègues revenir. Fred portait une gamine dans les bras ; ses yeux à demi ouverts ne semblaient rien voir. Myriam envoya Olivier lui chercher une couverture à l'étage. Aziz lui expliqua comment ils l'avaient trouvée :

– Il y a un cabanon au fond du jardin. La porte était fermée de l'extérieur par une grosse chaîne et un cadenas. On l'a fait sauter ; la gamine était à l'intérieur, allongée à même le sol, pieds et poings liés, on aurait dit qu'elle dormait. Elle semble être en hypothermie.

La fureur de Myriam, pourtant entièrement contenue, n'en finissait pas d'augmenter, lui donnant l'impression qu'on lui perçait le crâne de l'intérieur.

– Les gars, j'appelle le SMUR. Tous ces gosses ont besoin d'être soignés d'urgence. Olivier et Fred, merci, vraiment. Vous pouvez retourner au commissariat et notifier sa garde à vue à la maquerelle qui est menottée dans le couloir ; on peut retenir l'homicide volontaire évidemment, mais aussi la complicité de viol en réunion et la prostitution, et c'est le minimum. On verra plus tard s'il y a autre chose à ajouter. Début de garde à vue : à l'heure d'interpellation, donc on note... 13 heures. Ah oui, n'oubliez pas d'aviser le proc de permanence. Vous n'avez qu'à lui coller tous ses droits à cette salope, comme ça on pourra rien nous reprocher. Nous, on va boucler ici. Aziz, tu peux rester dans la cuisine avec les enfants ?

Myriam sortit en même temps que ses collègues et resta sur le perron pour attendre l'arrivée des secours. L'air froid lui faisait du bien, il la nettoyait – si c'était possible – des horreurs contenues dans l'atmosphère de la maison. La jonction entre l'impasse et la rue était désormais bloquée par deux véhicules de police. Des policiers en uniforme se tenaient à l'entrée de l'impasse et à quelques mètres de la porte du pavillon. Emmitouflé dans une énorme parka marron, le légiste arriva à ce moment, la policière le salua. C'était le docteur Damien Rogery, un confrère pour qui Joseph avait une certaine estime et avec qui le lieutenant Gemayel avait déjà travaillé une fois ou deux. Il venait procéder à la levée de corps de Didier, mais Myriam prit avant cela une minute pour lui expliquer ce que ses collègues et elle venaient de découvrir. Elle conclut :

– Les enfants doivent recevoir des soins, bien sûr, mais ils doivent aussi être de toute urgence examinés comme victimes.[1]

1. En droit français, le médecin légiste ne s'occupe pas que des morts : c'est également lui qui examine les victimes de crimes, afin notamment d'établir avec certitude le lien entre les violences supposées et les blessures constatées.

– C'est dimanche, je suis seul à l'hôpital. Je ne suis pas sûr de pouvoir tous les voir dès aujourd'hui.

– Je pensais appeler mon mari pour qu'il vienne vous prêter main-forte. Qu'en pensez-vous ?

– J'en pense qu'on ne sera pas trop de deux légistes pour prendre en charge ces enfants ! Appelez-le, je vous attends, je vais faire la description de l'environnement. Rejoignez-moi dès que possible pour que l'on commence la levée de corps.

Alors que Myriam sortait son tout nouveau portable pour appeler son mari, le SMUR arriva avec trois véhicules. Elle accueillit les médecins, escortés de leurs ambulanciers et de leurs infirmiers, et leur expliqua la situation. Chaque équipe ferait donc deux voyages pour transférer les six enfants, et les renforts arrivés entre-temps les accompagneraient à l'hôpital.

Pendant qu'ils préparaient leur matériel, elle les précéda dans la cuisine. Elle tenait à informer elle-même les enfants de ce qui allait se passer pour eux.

– Écoutez-moi. Des docteurs viennent d'arriver. Ils vont vous examiner et commencer à vous soigner ici. Et puis, très vite, vous irez tous à l'hôpital, où vous serez en sécurité. D'accord ?

Elle leur adressa son plus beau sourire, mais n'attendait pas de réponse. Sortir de leur état de choc allait prendre un moment. L'équipe de secours entra, Myriam leur désigna Rafika :

– Commencez par elle, s'il vous plaît.

Puis elle fit signe à Aziz de sortir de la maison avec elle.

– Aziz, je dois rester avec le docteur Rogery pour la levée de corps. Ensuite je placerai la maison sous scellés, on reviendra perquisitionner plus tard... peut-être pas nous, d'ailleurs. On verra. En tout cas, je vais profiter de sa belle voiture de médecin et c'est lui qui va m'emmener au CHU. Toi, tu peux retourner au commissariat commencer à entendre rapidement l'autre ordure pour voir ce qu'elle a à dire et vérifier que la procédure est carrée ? Tu fais aussi les réquisitions pour les gosses pour le légiste et ensuite tu me rejoins à l'hosto avec. On aura besoin d'être deux pour gérer les examens médico-légaux des six enfants. OK ? C'est bon pour toi ? Ah, et attends, récupère la photo du gosse du Leclerc quand tu passeras au bureau. Je voudrais juste voir si les autres enfants le connaissaient.

Elle fit un signe de tête à Damien Rogery et sortit son téléphone pour, cette fois, appeler Joseph. Elle appelait le légiste, bien sûr, mais, à cet instant, elle était surtout heureuse de pouvoir entendre son mari. Dans sa carrière de flic, cette journée comptait parmi les plus éprouvantes qu'elle ait eu à vivre – et au moment où elle se disait ça, le suicide de Clémence lui revint en mémoire. Joseph décrocha à la deuxième sonnerie.

– Tiens ! Ma femme. Ça va ?

– Oui, enfin ça pourrait aller mieux. Je suis à Pantin, dans la maison où étaient séquestrés et violés les gamins que j'ai vus sur les vidéos. C'est le GPS de la grosse BMW de branleur de notre gardé à vue qui nous a conduits là. Je te la fais courte : j'ai Rogery avec moi, il s'occupe de la levée de corps d'un mort par balle, mais ne t'inquiète pas, je n'ai rien. Par contre, j'ai six très jeunes victimes de viols répétés en train de se faire examiner avant d'être transportées au CHU. Je sais que tu ne travailles pas aujourd'hui, mais…

– Mais ce serait bien que j'examine certains des enfants. Bien sûr ! Je serai parti dans cinq minutes.

– Merci…

– Juste le temps d'expliquer la situation à Zig. Sinon, ce soir, il te fera la gueule, il saura que c'est ta faute si je l'abandonne. Hein, mon petit Zigou, tu entends, c'est môman qui me fait travailler un dimanche…

Myriam sourit malgré elle. Son mari, son chat, la vie normale. Une incongruité à l'endroit où elle se trouvait à cet instant : le bonheur.

Un peu plus d'une heure plus tard, l'impasse Freyssinet avait retrouvé un calme de façade tout à fait convaincant. Le corps de Didier avait été pris en charge par les pompes funèbres et était en route pour l'institut médico-légal où il serait autopsié le lendemain. La maison était désormais sous scellés et seuls la ficelle sur la porte, les cachets de cire rouge et la fiche de scellés orange pouvaient encore attirer l'attention. Le docteur Rogery et Myriam partirent pour le CHU.

Olivier et Fred restèrent silencieux pendant presque tout le trajet vers le commissariat. La présence de Nadine à l'arrière de leur voiture révoltait Olivier. Tout flic qu'il était, il ne s'habituait pas à rencontrer des ordures aussi répugnantes. Il lui arrivait de s'apitoyer intérieurement sur les petits voleurs de supérettes, mais il était fou de rage face au mal que pouvaient faire les cinglés comme cette Nadine. Même sa conduite s'en ressentait, il donnait des coups de volant sans s'en apercevoir. Fred, dans leur duo, restait toujours flegmatique, quoi qu'il ressente, et il travaillait avec Olivier depuis assez longtemps pour comprendre ce qui se passait. Pour éviter tout problème, c'est lui qui se chargea d'informer Nadine de ses droits et de la mettre en cage. La femme refusa la visite d'un médecin et se mura dans le silence. Olivier, pendant ce temps, s'occupait de la deuxième mission que Myriam leur avait confiée : faire intervenir un technicien de l'IJ sur le calibre 45 que la femme avait utilisé pour tirer sur Didier avant de le placer sous scellés. S'il y avait d'autres empreintes que celles du couple, il fallait absolument les envoyer au FAED en urgence.

Aziz arriva une demi-heure plus tard, les traits tirés. Il passa minutieusement en revue la procédure concernant Nadine Limbert. Pour ce genre de personnage, il tenait à ce que tout soit parfait : hors de question qu'un avocat puisse venir jouer sur une erreur et que cette raclure s'en tire à bon compte. Il alla ensuite la chercher dans sa cage pour l'entendre une première fois. Elle ne répondit pas même d'un signe de tête aux questions sur son état civil, et se contenta de fixer ses pieds en attendant que, fatigué de perdre son temps, Aziz ne la remette dans son trou. Ça arriva vite, et il demanda aux collègues en tenue de venir la chercher pour la recoller dans sa cage. Il voulait dégager au plus vite pour rejoindre Myriam au CHU.

– 18 –
Aya

Aya était restée parfaitement silencieuse. Pas un bruit, pas un murmure, quand elle avait compris qu'Aimé était mort. Elle avait raison de se méfier de ces piqûres que Nadine lui faisait ! C'était ça qui l'avait tué ! Lorsqu'elle n'était pas totalement abrutie par les injections, Aya continuait à réfléchir. Hors de question de finir comme celui dont elle avait brièvement partagé la chambre. Elle pensait à Majda, se rappelait son courage, son audace, elle voulait être comme ça, maintenant. Elle allait s'enfuir, elle reprendrait le RER pour retourner chez la cousine, elle exigerait d'appeler ses parents, ils comprendraient enfin ce qui se passait et elle rentrerait à la maison. En fermant les yeux, elle visualisait parfaitement chacune des étapes de son plan. Elle se le répétait, encore et encore, et l'enrichissait chaque fois, ajoutant des détails, des couleurs, savourant d'avance le moment où à l'autre bout du fil, il y aurait la voix de sa mère – elle en entendait déjà le son, et cela lui permettait de ne pas s'avouer qu'elle avait commencé à oublier son visage… S'accrocher à ce rêve lui permettait, malgré la drogue, malgré les sévices, de rester focalisée sur ce qu'elle voulait : partir, partir à tout prix. Elle était là depuis des mois, elle avait déjà fait plusieurs tentatives d'évasion maladroites, et toutes avaient échoué. Et lui avaient valu d'être punie plusieurs fois.

Après la mort d'Aimé, Aya avait décidé de faire profil bas. Inutile d'avoir une attitude qui annonçait, à chaque instant, ses intentions à ses bourreaux. Elle avait donc pris sur elle pour avoir l'air plus docile, elle mangeait un peu plus, se montrait plus calme, et Nadine avait espacé les fixes d'héroïne, moins nécessaires. Les deux gardiens s'étaient détendus un peu. Quinze jours après la mort d'Aimé, alors qu'elle faisait sa promenade dans le jardin sous l'œil légèrement distrait de Didier, elle avait remarqué qu'il avait l'air bizarre. Ces derniers temps, il semblait toujours fatigué. Il enchaînait les Gitanes, aussi. « Tout ça, c'est bon pour moi », s'était-elle félicitée. Il avait plu la veille et Aya déambulait dans la terre boueuse qui avait remplacé le gazon qu'elle avait connu à son arrivée, concentrée, observant tout autour d'elle. La porte vitrée qui ouvrait sur le couloir du rez-de-chaussée de la maison était entrebâillée. Elle s'en était approchée, se figeant à cinq mètres du perron car elle savait, d'expérience, que Didier la chasserait si elle venait plus près. L'homme s'était installé sous l'avancée du toit du cabanon pour fumer, un peu à l'abri du vent. Il ne prêtait aucune attention à elle.

Elle avait alors entendu la sonnette, puis, quelques instants après, des coups à la porte.

– C'est la poste messieurs-dames ! avait annoncé une voix d'homme. J'ai un recommandé !

– J'arrive ! avait hurlé Nadine, du premier étage.

Aya avait entendu la femme descendre les marches quatre à quatre, déverrouiller puis ouvrir la porte.

– Attendez, je vais prendre un stylo dans la cuisine ! avait crié Nadine, dont la voix portait de loin.

Aya avait à peine eut le temps de penser : « Le couloir est dégagé et la porte vers la rue est ouverte », que ses jambes s'étaient mises en route, et qu'elle courait vers la porte du jardin, dont la moitié supérieure était en verre dépoli. Elle courait, mais habituée à être réduite au silence depuis des mois, elle n'avait pas pensé à appeler au secours. Didier avait été stupéfait de voir que la gosse recommençait ses conneries. Il s'était mis à courir, lui aussi, et, voyant qu'il ne l'attraperait pas à temps, avait tenté un plaquage. S'il l'avait manquée de peu, la jeune fille avait toutefois été déséquilibrée juste au moment où elle atteignait le perron. Elle était tombée lourdement, sans un cri, sa tête heurtant la grande marche de pierre. Nadine avait entendu le bruit sourd et lancé, sans perdre un instant :

– Décidément, quel boucan quand mon mari bricole dans le jardin, ça va déranger tout le quartier !

Le facteur avait ri, exactement à l'instant où Aya rendait son dernier souffle.

– Oh, à cette heure-ci, les voisins ne peuvent quand même pas se plaindre, madame Limbert. Allez, bonne journée !

– 19 –
Adnan

Myriam et Aziz arrivèrent quasiment en même temps au CHU de Bondy, et prirent tout de suite des nouvelles des enfants. Tous avaient été shootés à l'héroïne, des doses variables selon les gamins, mais tous devaient être sevrés. Rafika était la plus mal en point, elle souffrait d'hypothermie et de dénutrition avancées. Idrissa avait une très forte fièvre et les médecins travaillaient à en rechercher la cause. Ils allaient rester alités un moment. Les autres enfants avaient reçu les soins les plus urgents, leurs plaies physiques avaient été pansées avec toute l'expertise des soignants. Quant aux plaies de leurs âmes… Qui pourrait les panser, et pourraient-elles un jour se refermer ? Myriam brûlait d'une rage immense, elle aurait voulu coller en taule tout le répertoire de Dajkine, tout de suite. Et en même temps, elle sentait son cœur se serrer pendant que le pédiatre lui parlait de chaque enfant, elle aurait voulu les prendre dans ses bras pour leur dire, peut-être en vain, que tous les hommes n'étaient pas comme ça, que la vie valait la peine qu'ils lui donnent une seconde chance… Mais elle n'en avait pas le droit, elle le savait. Elle avait un devoir : trouver tous les enfoirés qui, de près ou de loin, avaient trempé dans ces horreurs.

– Aziz, on se répartit les quatre qui tiennent à peu près debout. Tu en emmènes deux chez Rogery, je conduis les deux autres à Joseph. Quand les examens médico-légaux seront terminés, on rentre au commissariat et on se chope cette ordure de Dajkine et la mère maquerelle.

Myriam avait pris en charge Adnan et Yusra. Le garçon continuait d'éviter son regard et semblait utiliser sa rage comme moyen de rester debout, la fille lui donnait la main et peinait visiblement à se déplacer. Dans la petite salle d'attente qui jouxtait le cabinet de Joseph, elle leur expliqua de son mieux :

– Le docteur que nous allons voir maintenant va vous examiner à nouveau. Mais cette fois, c'est pour noter exactement toutes vos blessures. C'est important pour que ceux qui vous ont fait ça puissent être punis et mis en prison.

Yusra semblait toujours aussi perdue, mais Adnan l'avait écoutée très attentivement.

Joseph ouvrit la porte de son cabinet et salua Myriam d'un « Bonjour, lieutenant » approprié à la situation. Elle lui tendit les réquisitions qui le chargeaient officiellement des examens des enfants. Il sourit chaleureusement à Adnan et le fit entrer. Myriam resta avec Yusra. Pour l'examen médico-légal d'une victime mineure, le rôle de l'OPJ était d'accompagner jusqu'au cabinet, pour se substituer aux parents lorsque ceux-ci étaient manquants, quelle qu'en soit la raison. Mais la policière n'était pas une soignante, et Myriam ne franchissait pas la porte du bureau, sanctuaire du secret médical.

Joseph était arrivé depuis plus de trente minutes et, en prévision de ce qui l'attendait, il avait demandé à l'une des trois infirmières avec lesquelles il aimait travailler de venir l'assister. Antoinette Guérain avait choisi l'hôpital par vocation, pendant que toutes ses amies, à l'IFSI[1], rêvaient d'exercer en libéral dès qu'elles le pourraient. Elle faisait partie des cadres emblématiques du CHU, et Joseph avait déjà eu l'occasion, lors d'examens délicats, d'apprécier sa capacité à montrer une empathie extraordinaire tout en restant totalement professionnelle. Elle faisait merveille avec les plus jeunes et avait déjà contribué, avec Joseph, à résoudre des situations où des victimes avaient été déclarées « inexaminables » par des confrères dépourvus de délicatesse. Quant au docteur Gemayel, une fois que les enfants avaient compris qu'il était du côté des gentils, sa carrure impressionnante de bon géant les rassurait instantanément.

Joseph montra une chaise à Adnan. Il observa sa grimace au moment de s'asseoir.

– Bonjour, jeune homme, comment t'appelles-tu ?

– Adnan.

– Adnan, je suis le docteur Gemayel, et voici l'infirmière Antoinette Guérain.

– Bonjour, Adnan.

– Adnan, est-ce que tu parles bien français ?

1. Institut de formation en soins infirmiers.

Le jeune homme secoua la tête.

– Et anglais ? Tu parles anglais ?

– *Yes, I speak english !*

Joseph parlait un très bon anglais, et préférait éviter le recours à un interprète, dont la présence pendant l'examen aurait gêné Adnan. Il décida donc de poursuivre ainsi. C'était même plutôt mieux pour Adnan, qui, dans une langue étrangère, allait pouvoir mettre plus facilement à distance ses émotions. Joseph savait que ce serait moins pénible pour le garçon de s'exprimer en anglais que s'il avait dû décrire dans sa langue maternelle les sévices qu'il avait subis.

– Adnan, tu es ici parce que tu es une victime. Si tu es d'accord, Antoinette et moi allons t'examiner pour faire la liste de toutes tes blessures et évaluer ce qui a pu les causer. Cela donnera au juge des éléments pour poursuivre et condamner ceux qui t'ont fait du mal. Tu as compris ?

– Je… je crois, oui.

– Je vais d'abord te poser quelques questions classiques. Sais-tu où et quand tu es né ?

– Oui, je suis né à Raqqa, le 4 avril 1996. Je suis arrivé en France cette année, juste après mon anniversaire de quatorze ans. On devait tous aller en Angleterre, parce que mon père et moi, on parle bien anglais…

Adnan baissa la tête, ses yeux s'étaient emplis de larmes et il avait honte de son émotion.

– Où sont tes parents ?

– Je ne sais pas, peut-être à Londres ? J'espère… On était à Paris, il y a eu un contrôle, la police demandait des papiers, ma mère m'a dit « Cours ! » Et je… je les ai perdus…

Même en anglais, l'évocation de sa famille fit venir encore une fois les larmes aux yeux d'Adnan. Joseph lui laissa le temps de respirer.

– Tu as des frères et sœurs ?

– Oui, une grande sœur, deux petits frères.

– Est-ce que tu as été malade, quand tu étais petit ?

– Je ne sais pas, je ne me souviens pas.

– Et tu as eu des vaccins à Raqqa ?

– Je… Je ne sais pas, pardon…

– Ne t'inquiète pas ! Ce n'est pas un problème. Parlons de ta santé aujourd'hui. As-tu mal quelque part, es-tu blessé, dis-moi tout ce qui ne va pas, d'accord ?

À nouveau, la tête baissée, la honte. Joseph connaissait bien ce moment. Il était pénible, pour la victime, d'évoquer à haute voix certaines conséquences de ce qu'elle avait subi.

– … Non, non, rien de spécial.

– J'ai cru voir que tu avais grimacé quand tu t'es assis.

– Oui, ça me… ça me fait un peu mal.

– Est-ce que tu as mal quand tu vas aux toilettes ?

– Pas pour faire pipi, mais… oui, ça fait mal.

– Et tu saignes ?

– Oui, un peu.

Joseph prit quelques notes, certain – par expérience – que le jeune homme avait minoré ses symptômes. Antoinette se leva.

– Adnan, c'est moi qui vais te mesurer et te peser, il faudrait que tu te mettes tout nu. Tu es d'accord ?

Le jeune homme hocha la tête.

– Regarde, tu as un paravent de ce côté, tu peux te déshabiller derrière. La toise et la balance sont là-bas aussi, donc appelle-moi quand tu es prêt.

Le paravent, simple toile écrue opaque articulée sur une structure en triptyque, ne faisait pas partie de l'équipement standard du cabinet. Joseph avait remué ciel et terre pour en obtenir un. Pour lui, respecter la pudeur des victimes à chaque fois que c'était possible instaurait un climat de confiance qui permettait, ensuite, de pratiquer sereinement les examens plus intimes.

– Un mètre cinquante-sept, trente-neuf kilos, annonça Antoinette en revenant devant le bureau du médecin, suivie d'Adnan.

– Bien ! Je vais t'examiner, Adnan. À tout moment, si tu ne te sens pas bien, si tu as une question, n'hésite pas.

Joseph se plaça face au jeune homme debout et entreprit d'énoncer à haute voix, pour qu'Antoinette prenne en notes, tout ce qu'il constatait. Il était capital d'être particulièrement scrupuleux et méthodique, même une lésion ancienne au tibia était observée, évaluée, notée. Pour Joseph, toutes ces blessures étaient des portes, des ouvertures par lesquelles la souffrance de l'âme continuait à suinter même lorsque la douleur physique s'estompait. Un procès aux assises ne réparait pas les vivants, pas plus qu'il ne ressuscitait les morts ; mais il permettait de fermer ces portes une à une et d'offrir aux victimes le mince espoir de pouvoir sortir de cette condition pour redevenir des êtres vivants. Après l'avoir examiné debout sous toutes les coutures, le médecin devait terminer par l'examen le plus intime, allongé. C'est toujours Antoinette qui en parlait, dans leur duo.

– Adnan, pour que le docteur finisse l'examen, je vais te demander de t'allonger sur le côté s'il te plaît.

Adnan s'exécuta sans un mot. Antoinette se plaça face à lui, sourire de Joconde, elle le rassurait à ce moment sensible. Il fallait éviter à tout prix que l'adolescent ait l'impression de revivre ce qu'il avait enduré là-bas. Grâce à la présence apaisante de l'infirmière, Joseph put donc observer les plaies et les contusions sur la région ano-génitale, et interroger Adnan sur les actes qui avaient pu le blesser ainsi. Puis il examina l'anus, nota les plaies, mesura la béance, et posa quelques questions au jeune homme sur la façon dont il avait été violé. Adnan ferma les yeux et donna tous les détails dont il se souvenait. Antoinette notait, son expression concentrée dissimulant parfaitement la violence des émotions qu'elle ressentait. Enfin, elle aida Adnan à se rasseoir sur la table d'examen puis à retourner se rhabiller derrière le paravent.

Quand il sortit du cabinet, Adnan avait l'air épuisé. Myriam confia Yusra à Joseph. Resté seul avec elle, le jeune homme resta silencieux un moment, puis soudain :

– Madame ?

– Oui ?

– Tu sais, moi, avant, j'étais dans une autre maison.

Myriam n'étais pas sûre de comprendre ce que le garçon lui disait en anglais.

– Tu veux dire un foyer ? Un endroit où vont les enfants sans parents ?

– Non ! Une autre maison, où j'étais attaché, où on m'a fait du mal.

– Et tu sais où elle est, cette maison ?

– Non… Ils m'avaient fait une piqûre, j'ai dormi pendant le trajet.

– Tu es très courageux de m'en parler. Merci, Adnan.

Quand l'examen de Yusra fut terminé également, Antoinette prit en charge les deux jeunes pour les raccompagner dans le service de pédiatrie où ils allaient rester hospitalisés quelques jours. Myriam en profita pour passer une tête dans le cabinet de son mari. Elle le trouva assis à son bureau, rédigeant son compte rendu d'un air sombre. Les examens des deux gamins l'avaient salement éprouvé. Apprendre de Myriam qu'il existait sans doute une autre maison comme celle dont les enfants avaient été sortis ne lui remonta pas le moral. Myriam l'embrassa et sortit du CHU pour retrouver Aziz, qui avait fini depuis quelques minutes, et ils reprirent la voiture pour retourner au commissariat. La policière expliqua à son collègue ce qu'Adnan lui avait appris. Aziz pâlit.

– Une autre ? Une autre maison comme ça ?

– *Au moins* une autre ! renchérit Myriam. On va se refaire Dajkine, il faut qu'on la trouve, putain !

Puis il y eut un silence, la policière revoyait les visages des enfants qu'elle avait laissés à l'hôpital quelques minutes plus tôt.

Aziz reprit la parole :

– Myriam, il faut aussi que je te dise : j'ai montré la photo du petit du Leclerc aux enfants. Letana l'a reconnu. Il a été dans la maison pendant un moment, et après elle ne l'a plus revu. Il s'appelait Aimé.

Aimé.

Il s'appelait… Aimé.

Parce qu'il avait désormais un nom, Myriam pourrait un jour laisser venir son chagrin. Le pleurer comme elle avait pleuré Clémence. Mais pas maintenant. Pas aujourd'hui. Pas demain. Elle devait d'abord mobiliser toutes ses ressources pour faire craquer Dajkine.

C'est elle qui fonça vers les cages sitôt rentrée au commissariat.

– Dajkine, vous montez au bureau pour un interrogatoire.

L'homme était assis au fond de la cellule, mains sur les genoux, regard dans le vide, en compagnie d'un clochard particulièrement odorant qui titubait de long en large en marmonnant. Depuis son retour quelques heures plus tôt, l'allure du gardé à vue s'était totalement transformée. Il avait l'air abattu, vidé, et regardait ses pieds en montant l'escalier. Myriam avait serré les menottes à fond, sachant parfaitement que le métal meurtrirait sa chair. Ils s'installèrent au bureau d'Aziz. Les deux policiers s'étaient réparti les rôles pour l'interroger à nouveau : elle serait la méchante et Aziz le gentil.

C'est donc lui qui prit la parole en premier.

– Monsieur Dajkine, vous êtes dans une très mauvaise posture. Nous avons trouvé dans votre bureau des disques durs contenant du matériel à caractère pédopornographique ainsi que des vidéos vous montrant en train de violer des mineurs.

– Je vous l'ai déjà dit, ces disques durs ne sont pas à moi, et je ne suis pas le type sur les vidéos, c'est sans doute quelqu'un qui me ressemble.

Myriam frappa des deux mains sur le bureau, en élevant la voix.

– On ne vous a pas posé de question ! Vous répondez uniquement quand on vous interroge ! Le reste du temps, vous la FERMEZ !

Dajkine sursauta, puis se recroquevilla sur le tabouret qui lui servait de siège. Myriam avait déjà observé l'inconfort que produisait un tabouret pendant les interrogatoires des gardés à vue et réservait ce traitement de faveur aux plus « sympathiques ».

Aziz poursuivit :

– De plus, l'une des adresses saisies dans le GPS de votre véhicule est celle d'une maison où étaient séquestrés des mineurs qui nous ont déclaré avoir été violés par des adultes. Le salon de cette maison est également reconnaissable sur les vidéos où vous apparaissez.

Avant de continuer, Aziz marqua un temps de silence que Dajkine, échaudé par ce qui venait de se passer, n'osa pas briser.

– Ce qui vous attend dans le scénario actuel, c'est une mise en examen pour viol aggravé sur mineur.

– Viol aggravé, c'est vingt ans ! Vous allez prendre vingt ans, Dajkine ! Et vous savez comment ça se passe, en prison, pour les violeurs d'enfants ? Les autres taulards les appellent les pointeurs. Ils les détestent. Et leur font leur fête. Tous les jours !

– Ma collègue a raison, vous encourez une très lourde peine. Mais nous pouvons indiquer au parquet que vous coopérez avec nous. Notamment pour nous aider à identifier toutes les maisons où sont détenus des enfants. Qu'avez-vous à nous dire là-dessus ? Savez-vous où sont les autres maisons ?

– Arrêtez, maintenant ! Je ne sais rien, vous m'entendez ? Je ne sais pas comment l'adresse de Pantin est arrivée dans mon GPS. Et en tout cas, je ne connais aucune autre adresse.

– Soyez raisonnable, monsieur Dajkine. Les éléments contre vous sont accablants ! Les disques durs trouvés chez vous, déjà. Et puis cette voiture, c'est votre véhicule de fonction, n'est-ce pas ? Nous allons donc interroger votre employeur.

– Comment osez-vous ? Ça ne vous suffit pas d'avoir traumatisé ma femme et mes enfants en débarquant chez moi comme des cow-boys ! Maintenant, vous voulez vous immiscer dans ma vie professionnelle ?

Myriam n'en revenait pas : même affaibli, il restait très arrogant. Mais elle avait décidé de le faire craquer, et elle monta la pression au maximum.

– Arrêtez de vous foutre de notre gueule, Dajkine ! Vous ne comprenez pas ? Vous partez pour les assises ! Vous allez tout perdre ! Votre précieux job, votre femme, vos enfants ! Tiens d'ailleurs, comment ça va, Constance et Octave ? C'est chouette, ça leur plaît de se faire violer par leur gentil papa ?

– Non ! Je... NON ! JAMAIS ! Jamais je n'ai touché mes enfants. Vous n'avez pas le droit de dire ça ! Alors que moi...

Dajkine se mit à pleurer, et son visage déformé et ruisselant donna la nausée à Myriam. Elle avait atteint son objectif, il avait enfin craqué. Elle passa mentalement le relais à Aziz. Le lieutenant Samih reprit la parole, d'une voix qui se voulait douce et apaisante :

– Oui ? Alors que vous... Quoi ? Ça vous est arrivé, c'est bien ça ?

– Oui...

– Alors vous êtes une victime, vous aussi, c'est important de nous en parler, vous savez. Qui vous a fait ça, monsieur Dajkine ?

– Mon... Mon père. Il m'a violé pendant plusieurs années, ça a commencé quand j'avais dix ans. Et puis... mes notes ont baissé, et comme il fallait que je fasse de grandes écoles, on m'a envoyé dans un internat d'excellence en Suisse... et ça m'a permis de lui échapper. Il est mort d'une crise cardiaque quelques mois plus tard. Je crois que ma mère était au courant, mais on n'en a jamais parlé...

L'homme pleurait toujours. Myriam se félicitait d'être dans sa peau de flic, et non pas juge ou juré d'assises. Elle avait le droit de se foutre totalement des souffrances qu'il avait pu subir, et ça lui convenait très bien comme ça. Son rôle à elle était de conduire Dajkine devant la justice, pas de la rendre. Et ça lui permettait de garder son intime conviction, bien à elle : être une victime était peut-être une circonstance atténuante aux yeux de la loi, mais en aucun cas une excuse au sens moral du terme. Chacun portait son lot de souffrances, plus ou moins grandes. Et cela ne justifiait jamais de les infliger aux autres. Elle continuait de le regarder avec le même dégoût.

– Et vos enfants ?

– Justement, quand j'ai compris que j'avais certaines… pulsions, j'ai voulu tout faire pour les protéger, et j'ai fait en sorte de les satisfaire autrement. Je ne suis pas le monstre qu'était mon père.

« Mais c'est qu'il en est persuadé, cet enfoiré ! songea Myriam. Parce qu'il n'a pas agressé ses propres enfants, c'est un saint ? Après tout, des petits migrants, des laissés-pour-compte, des rebuts de la mondialisation, c'est pas très grave ? » La rage du lieutenant Gemayel reprit le dessus :

– Mais vous vous entendez parler ? Bien sûr que si, vous êtes un monstre ! Et surtout, vous êtes un criminel qui va plonger pour très longtemps et qui va vivre l'enfer en taule !

– Si nous le présentons de la bonne façon, intervint Aziz, votre passé de victime jouera en votre faveur, mais pour ça, il faut un peu nous aider, monsieur Dajkine. Vous êtes sûr de ne pas connaître une autre adresse ?

– Non, non. Je suis sûr. Mais…

– Oui ?

– Je peux vous dire à qui je payais… pour tout ça.

– 20 –
Léopold

Léopold coupa la communication abruptement. Il avait besoin de se calmer, d'empêcher l'attaque de panique qui arrivait. Il avait eu une initiation à la sophrologie, dans un séminaire sur le stress pour cadres dirigeants auquel il avait participé autrefois : il fallait respirer en carré, ou un truc dans le genre. Et merde, il ne s'en souvenait plus.

À la mort d'Aimé, il avait décidé qu'il fallait surveiller Didier et Nadine. Il était donc discrètement entré en contact avec un autre habitant de l'impasse, un retraité qu'il voyait souvent à sa fenêtre lorsqu'il se rendait rue Freyssinet. Il avait expliqué au petit vieux que Didier et Nadine étaient ses locataires mais qu'il les soupçonnait d'utiliser sa maison pour des activités louches, et il le payait désormais pour faire ce que ce René aimait le plus au monde, espionner ses voisins : le vieux devait l'appeler s'il se passait quelque chose d'étrange. Quand Aya était morte, René n'avait pas contacté Léopold, ce qui l'avait rassuré : si même lui ne s'était rendu compte de rien, c'est qu'il n'y avait aucun problème. Mais là, il venait de lui raconter une histoire invraisemblable : plusieurs voitures de police, des ambulances, et même un coup de feu ! Le vieux était totalement affolé. Et Léopold, encore plus. Il n'avait pas franchement envie d'aller en prison ! Mais il avait encore moins envie de se faire descendre. Il devait donc prévenir le boss. Parano ou juste organisé, ce dernier changeait de numéro toutes les semaines et lui envoyait, à chaque fois, un texto immuable : « J'ai changé de mobile, note mon nouveau numéro… » pour qu'il puisse le joindre pendant les sept jours qui suivraient. Léopold retrouva donc le dernier message, reçu trois jours plus tôt, et rédigea une réponse. Il avait bien trop peur pour appeler directement le boss, alors, ce serait un texto de lâche : « C'est L. Il y a eu la visite des Schtroumpfs à Pantin. Je suspends tout pour le moment. » Léopold avait l'habitude d'appeler les flics « les Schtroumpfs », et ça faisait bien rire son boss, d'habitude. Mais là, il allait forcément trouver ça moins drôle.

Léopold tenta de se rassurer en se disant que les clients n'avaient que ce numéro, qui était celui d'un téléphone à carte prépayée évidemment, et ne connaissaient pas sa véritable identité. Mais il ne comprenait pas ce qui avait pu se passer. Son organisation était sans faille, il en était sûr.

– 21 –

Seuls, dans le bureau confidentiel

– Parfait Dajkine, on vous écoute.

– Cherchez dans le répertoire de mon portable. Il y a un Olivier de Broglie. Mais je ne pense pas que ce soit son vrai nom. Un vrai de Broglie ne peut pas s'appeler Olivier, évidemment.

« Quelle remarque de connard prétentieux », se dit Myriam… Mais bien sûr, dans une famille au nom aussi aristocratique que de Broglie, on n'aurait jamais choisi un prénom aussi banal qu'Olivier – ni Stéphane d'ailleurs. Enfin, l'important c'était qu'il leur donnait peut-être enfin une piste, elle fit donc l'effort surhumain de garder ses réflexions pour elle.

– OK, on va essayer tout de suite.

Myriam se leva pour attraper le téléphone de Dajkine dans le tiroir de son bureau. Elle trouva effectivement de Broglie dans les contacts et lança l'appel immédiatement.

*

* *

Le téléphone sonna. « Ça doit être le boss, qu'est-ce que je vais lui dire ? », pensa Léopold. Mais l'appareil indiquait que l'appel provenait de Stéphane 3. Un client, donc. « Ah non, c'est pas le moment », marmonna Léopold en refusant l'appel.

Myriam écouta l'annonce standard de messagerie se déclencher. Aziz continuait d'interroger le suspect sur les circonstances dans lesquelles il avait connu de Broglie et les endroits où il le voyait. Il interpella Myriam dès qu'elle eut raccroché :

– Monsieur Dajkine m'expliquait qu'il avait rencontré de Broglie à la Demeure Gorgia.

Myriam, restée debout, toisa Dajkine. Puis elle fit à nouveau claquer ses mains sur le bureau en se penchant soudain vers lui. « Ça marche à tous les coups », savoura-t-elle en le voyant sursauter.

– C'est passionnant, Dajkine, mais votre de Broglie ne répond pas, vous n'êtes pas sûr de son nom, donc votre tuyau, il nous sert à rien ! Il va falloir trouver mieux que ça, chez le juge, vous savez ! Aziz, remets-le en cage s'il te plaît.

L'homme tenta de se lever, mais retomba aussitôt sur le tabouret.

– Je… je ne me sens pas bien. Je veux voir un médecin.

Myriam soupira, mais fit un signe de tête à Aziz. Pendant qu'il raccompagnait Dajkine, elle appela Joseph. Elle voulait qu'il s'en charge et savait que Rogery serait ravi de ne pas se déplacer un dimanche où il croulait déjà sous le travail.

Joseph débarqua au commissariat moins de quarante minutes plus tard. Il était devenu plus qu'un habitué des lieux, et le respect des flics pour lui allait bien au-delà de son statut de médecin. Ils savaient que Joseph était tout aussi soucieux de la capacité du gardé à vue à encaisser la situation que conscient de l'importance de la procédure pour l'OPJ qui la dirigeait. Il n'envoyait jamais un gardé à vue à l'hôpital sans être certain que c'était absolument nécessaire, contrairement à certains confrères qui, pour se couvrir, stoppaient les gardes à vue au moindre éternuement du suspect. Ils invoquaient toujours le principe de précaution, évidemment, mais ça pouvait bloquer une enquête capitale. Joseph n'avait jamais mis la santé d'un gardé à vue en danger, mais il détectait rapidement les simulateurs et les hypocondriaques, et il ne les laissait pas saper le travail des enquêteurs.

Pour cette raison, et aussi parce que son physique impressionnant empêchait les gardés à vue de tenter quoi que ce soit de déraisonnable avec lui, les flics de La Grande-Roque ne s'embarrassaient plus trop de conventions procédurales quand c'était Joseph qui venait examiner un gardé à vue. Un des hommes en tenue lui donnait les clés de la cage, et c'était Joseph qui sortait lui-même son patient de la cellule pour le conduire vers le bureau « confidentiel », cette petite pièce sinistre qui servait aux gardés à vue pour rencontrer leur avocat ou le médecin.

Dajkine avançait à petits pas devant lui, et Joseph l'observait, comme un fauve jauge une proie. Lorsque le médecin eut fermé la porte, ils s'assirent de part et d'autre du bureau décati qui meublait la pièce.

L'examen commençait par des questions simples sur l'identité du gardé à vue, ses antécédents médicaux et ses problèmes de santé actuels éventuels. Il était par exemple crucial de savoir si le suspect prenait un traitement médical dont il avait un besoin impératif pendant la durée de sa garde à vue. Si c'était le cas, Joseph laissait, après l'examen, une enveloppe contenant le médicament à administrer ou une ordonnance aux flics en tenue en charge des cellules.

Au fil des questions, Dajkine se redressait, plus à l'aise évidemment avec un médecin qu'avec deux flics, dont une OPJ très agressive. Lorsqu'il se plaignit que les menottes lui avaient blessé les poignets, Joseph serra les dents : il pensa aux corps meurtris et aux âmes blessées des enfants qu'il avait examinés. Dans un autre lieu, dans une autre vie… il se serait occupé de Dajkine à sa manière. Et la justice n'aurait pas eu à dépenser des sommes pharaoniques pour le juger d'abord, et pour le garder en prison ensuite. Mais pas ici. Ici, il n'en avait pas le droit. Il devait se contenir. Le souvenir brûlant du jour où il avait examiné un bourreau pour la première fois lui revint alors.

*

*   *

Un an après être devenu légiste, il était arrivé au CHU de Marseille un matin à 7 h 30, comme d'habitude. Et l'infirmière Buissargue, avec qui il travaillait presque exclusivement, lui avait présenté les différents cas qu'il devrait traiter dans la journée. Elle avait vingt ans de maison et, ce jour-là, il se répéta maintes et maintes fois qu'il avait de la chance de l'avoir à ses côtés.

Joseph devait examiner trois enfants qui avaient été violés par leur grand-père, notaire tout juste retraité. Leurs parents les envoyaient chez leurs grands-parents chaque mercredi et pour toutes les vacances scolaires. Et à chaque fois, pendant que mamie faisait semblant de ne rien voir, papi les violait. Il s'en était d'abord pris à la sœur aînée, désormais âgée de quatorze ans. Il avait commencé quand elle en avait huit. Et comme il répétait constamment qu'il haïssait les grosses, elle s'était mise à manger comme quatre pour, espérait-elle, grossir et dégoûter son grand-père. Elle était devenue obèse au point où sa santé était en danger, et elle portait de terribles lésions intimes provoquées par les viols répétés, et de plus en plus brutaux. Le plus petit n'avait que six ans. Le grand-père l'avait déjà violé plusieurs fois et avait fait mine de délaisser ses deux aînés pour s'en prendre exclusivement à lui. Au milieu, le fils de dix ans était le plus abîmé. Violé régulièrement, puis de plus en plus souvent à mesure que l'aînée grossissait, il n'avait pas supporté que son petit frère se fasse agresser à son tour et, pour le protéger, s'était offert à sa place ; le grand-père lui avait alors fait subir de telles barbaries que les parents avaient – enfin ! – observé quelques signes alarmants et emmené leur fils consulter un médecin. Le pauvre gosse avait tout dit au toubib, qui avait fait le nécessaire.

Le grand-père, un vrai notable marseillais, était en garde à vue, et à cette heure Joseph examinait, le ventre noué, trois petits êtres qui, quelles que soient les merveilles thérapeutiques dont ils pourraient bénéficier, n'auraient jamais la vie qu'ils auraient dû connaître. La rage et le chagrin le consumaient pendant que, déjà très professionnel, il interrogeait les enfants sur ce qu'ils avaient subi, et le brûlaient encore lorsqu'il rédigea les rapports dont il connaissait l'enjeu pour le futur procès aux assises.

Il avait prévu de finir sa journée de travail à 18 heures car il prenait une garde à 20 heures, mais la rédaction des rapports lui avait pris tant de temps qu'il était encore en train d'écrire lorsque sa garde débuta officiellement. Trente minutes plus tard, il était appelé pour un examen de gardé à vue à la brigade des mineurs. Le patron du service en personne l'accueillit à son arrivée. Ils se connaissaient déjà bien et s'appréciaient énormément.

– Joseph, j'aurais voulu trouver quelqu'un d'autre, je suis désolé.

– Non, pourquoi ? Je suis de garde, c'est normal que je me déplace.

– Et bien, parce que le gardé à vue, c'est… c'est le grand-père.

– Aucun problème, ne t'en fais pas. Je suis médecin, avant tout.

Joseph avait répondu très vite pour rassurer le commissaire. Mais sa voix était sortie sourde de sa gorge nouée de fureur, et il avait l'impression qu'un métal en fusion envahissait soudain son abdomen.

On lui amena un gardé à vue fringant. Le sexagénaire portait une veste et un pantalon élégants sur une chemise blanche impeccable et, sans doute impressionnés par son statut social, les flics ne lui avaient ôté ni ses chaussures ni son énorme chevalière en or. Il fixait Joseph d'un sourire narquois en répondant aux questions d'usage.

Alors que le médecin l'examinait, le type lui demanda en le regardant droit dans les yeux :

– Je vous dégoûte, n'est-ce pas ?

Joseph restant silencieux, il continua, triomphant :

– Mais je m'en fous, de votre dégoût. Si vous saviez ! Je ne regrette rien. C'était extraordinaire.

Joseph sentit ses mains se crisper sur le stéthoscope, il aurait pu lui serrer les carotides avec, comme il avait appris à le faire à l'époque… Il savait ce que le type faisait. Il le cherchait. Il avait observé Joseph, et avait à juste titre estimé que, médecin ou pas, un homme avec un physique pareil devait aimer se servir de ses poings et de ses pieds. Et, oui, Joseph mourait d'envie de le détruire, de lui enfoncer son sale sourire de prédateur tout au fond de la gorge. Mais il savait que s'il le frappait, il lui ferait en réalité le plus beau des cadeaux : un vice de procédure que son avocat se ferait une joie d'exploiter. Alors ce jour-là, par respect pour les enfants, il avait réussi à ne pas réduire le notaire en pulpe sanglante.

Ce n'était pas un Dajkine qui allait le faire craquer.

*

* *

À la fin de l'examen, Joseph n'eut pas besoin de beaucoup de temps pour rédiger le certificat médical de compatibilité qui allait permettre à Myriam de poursuivre la garde à vue du suspect. Il poussa, plus qu'il ne l'amena, Dajkine dans sa cage, en jeta les clés aux flics en tenue, puis monta les deux étages qui le séparaient de sa femme. Il aurait au moins le plaisir de l'embrasser en lui remettant le précieux document. Il perdit cinq minutes au premier étage, quand il tomba par hasard sur le commissaire – il devait le guetter, c'était pas possible !

– Docteur Gemayel ! On m'a dit que vous étiez dans la maison. Comment allez-vous ? Vous savez que je suis toujours ravi quand c'est vous qui faites les examens des gardés à vue ou les levées de corps. Ah ! Si tous les médecins travaillaient comme vous ! On n'est pas très différents, vous et moi. La rigueur, le professionnalisme, c'est tout ce qui compte pour des gens comme nous.

Joseph coupa court aux flatteries aussi vite qu'il put. Christiani lui faisait son numéro de charme à chaque fois qu'il le croisait. Les légistes naviguent entre tous les services de police et il arrive souvent qu'on leur demande leur opinion sur tel ou tel dossier. Et comme le commissaire savait que l'avis de Joseph serait écouté attentivement, il l'avait intégré dans sa stratégie d'avancement…

Après s'en être dépêtré, Joseph parvint jusqu'au bureau du deuxième étage. Quel plaisir de voir sa femme lever la tête, puis sourire avec un peu de rose aux joues à sa vue ! Elle sortit avec lui sur le palier, pour qu'ils soient tranquilles.

– J'ai croisé ton patron en pleine forme, il te passe le bonjour ! lança Joseph gaiement.

Myriam éclata de rire.

– Il t'a bien ciré les pompes ?

– Il s'est surpassé !

Joseph ne s'éternisa pas, il imaginait facilement le boulot qui attendait encore sa femme et son collègue. Mais pour Myriam, ces quelques instants volés étaient précieux pour tenir bon dans cette enquête suffocante.

Après le départ de Joseph, Myriam et Aziz firent le point. Il était 19 heures et ils n'avaient rien mangé de la journée. Myriam fit un aller-retour à la boulangerie ouverte 24 heures sur 24 sur la place et revint avec des sandwiches tomate-mozzarella et des chips. C'était pas génial, mais il fallait vraiment qu'ils avalent un truc s'ils voulaient tenir : ils avaient encore plusieurs PV à rédiger avant de pouvoir rentrer chez eux. En mangeant, ils écoutèrent Olivier et Fred leur raconter l'audition de la famille Dajkine. Les affirmations du gardé à vue concernant ses enfants étaient donc corroborées par les déclarations de sa femme et l'attitude des deux adolescents. Aziz expliqua à tous que Nadine n'avait pas dit un mot pendant son audition, « un vrai mur, cette salope », et, avec Myriam, rapporta aux collègues le troisième interrogatoire de Dajkine. Fred écouta attentivement, puis demanda :

– Qu'est-ce que vous allez faire ? Perquisitionner à Pantin ?

– Pas forcément. J'ai pensé à autre chose. Il faut qu'on trouve qui est propriétaire de la maison, ça peut nous mener à l'autre. Pour ça, il faut attendre demain pour qu'on ait les infos du cadastre. On va aussi envoyer ce soir une réquisition sur le numéro du contact de Dajkine, de Broglie, mais ça m'étonnerait que ça donne quelque chose.

– Ça me mine de penser à l'autre maison dont le gosse t'a parlé. Elle a peut-être été fermée, et c'est pour ça qu'il a été transféré ?

– En tout cas, il faut qu'on en ait le cœur net… Ah merde, il est déjà 19 h 30 ! Il faut que j'appelle Delphine pour la tenir au courant des derniers développements de l'enquête. En plus, il faut savoir ce qu'on fait de Dajkine, sa garde à vue se termine dans un peu plus de douze heures. Elle voudra sûrement qu'on le lui défère demain… Bon, les gars, je préviens le parquet pendant que vous, vous mettez en ordre la procédure, ça vous va ? Et, Aziz, tu peux aller voir le taulier aussi, s'il te plaît ? Pour le mettre au parfum. Sinon, il va encore dire qu'on fait tout dans son dos, et là j'avoue que ça risque de me rester en travers. Merci !

– 22 –
Saturation

Myriam arriva chez elle après 21 heures, et retrouva un Joseph affamé qui patientait pourtant, sagement, dans une cuisine où régnait une divine odeur de *lasagne al forno*. Il lui servit un verre de vin rouge et l'enlaça tendrement. Myriam l'embrassa de bon cœur, mais se dégagea pour commencer à lui raconter sa journée, son système nerveux toujours saturé d'adrénaline. Joseph fit de son mieux pour l'écouter, mais bientôt il n'y tint plus.

– Myriam, si ça te fait rien, on mange ? Et puis on essaye de parler d'autre chose que de l'affaire ?

– Ah oui, je te soûle, c'est ça ?

– Mais non, c'est pas ça... Mais ça nous bouffe, ce boulot, et puis j'en ai marre des histoires de flics !

– Mais arrête, on parle d'un truc énorme, et puis on va pouvoir faire quelque chose de bien : envoyer des pourris au trou Tu t'en fous, toi ?

– Pas du tout, mais arrête de vouloir toujours sauver le monde, ça suffit, y en a plein des pourris ! Bien sûr, tu vas en attraper dix, ou même cent, mais tu sais bien qu'ils sont des milliers comme ça… Et puis j'aimerais bien qu'on ait des conversations normales, je sais pas, on pourrait parler d'acheter un nouveau canapé, ou même dire du mal des voisins du dessus ! Tu m'emmerdes, tiens, je vais manger au salon, avec Zig.

Myriam était furieuse de la réaction de Joseph. Elle était frustrée de ne pas pouvoir tout lui raconter. Joseph était exaspéré que sa femme puisse le soupçonner d'indifférence. C'est justement parce que l'affaire le bouleversait qu'il avait besoin de parler d'autre chose, surtout avec elle. Les deux époux prirent le temps de se calmer, chacun de son côté. Myriam termina son assiette et rejoignit Joseph. Elle s'assit à côté de lui – et même tout près de lui – et, voyant qu'il faisait mine de l'ignorer, enfouit sa tête dans son cou pour l'embrasser et lui murmurer à l'oreille :

– Désolée… je suis chiante, je sais…

Joseph éclata de rire et l'embrassa à son tour.

– Mais non, c'est pas ça, finit-il par dire, mais il faut que tu décroches, je ne dis pas ça pour toi, je le dis pour nous ! C'est important pour nous deux d'arriver à couper avec toute cette merde.

– 23 –
Gavrilo

Prince des ordures, seigneur des détritus, souverain des poubelles ! Personne ne viendrait le chercher dans son domaine, à l'arrière de la centrale d'achats Épicematic. Se nourrir n'était pas un problème, il y avait largement de quoi dans les bennes. Il avait aussi trouvé des vêtements chauds, plus ou moins à sa taille. Mais il était ennuyé par les rats, hardis et agressifs dans le secteur. Une nuit, il avait été mordu, et depuis il dormait dans un carton qu'il avait renforcé avec du grillage à poules volé dans un jardin. Il avait repéré un point d'eau pour se laver de son mieux, derrière l'église. Il y croisait parfois des clochards qui en général le regardaient d'un air indifférent. Mais quand l'un d'entre eux avait tenté de l'agresser, Gavrilo avait sorti une tige métallique de sa manche, et avait froidement lacéré le mollet du type, qui s'était enfui sans demander son reste. Il savait se défendre, dans la rue. À Bujanovac, la seule chose qu'il craignait, avec son père, c'était les tirs des snipers serbes. Une fois, il avait vu une balle atteindre un homme au volant d'un camion, le type était sorti de son véhicule et s'était traîné sur le sol avant de recevoir, à peine deux mètres plus loin, deux autres balles qui l'avaient stoppé net. Le tireur était resté invisible. Et Gavrilo, âgé de cinq ans, avait assisté à l'agonie du conducteur.

En France, c'était un peu mieux ; pas de snipers à Bobigny en tout cas. Sa mère avait réussi à l'y emmener pour ses dix ans, quand son père avait été tué dans un règlement de comptes dont il n'avait jamais connu les détails. Mais sa mère avait commencé à se plaindre d'une oppression dans la poitrine, et à respirer de plus en plus mal. Lorsqu'elle mourut d'une crise d'asthme massive, Gavrilo, âgé de douze ans, avait été recueilli par leur voisin, Censiz, un Turc qui vivait dans une petite maison près du centre-ville. Au début, la cohabitation avec cet homme avait été à peu près supportable, mais ça s'était très vite dégradé. Sous la direction des Bagdad, les Arabes qui travaillaient avec les Roms, il avait été forcé de faire le pickpocket, aux Champs-Élysées. Quand il rentrait avec un butin trop maigre, Censiz le battait, avec autant de brutalité que d'indifférence. Mais le cœur de Gavrilo était désormais verrouillé. Il avait bien compris qu'il était revenu en enfer. La seule chose qui comptait, c'était de vivre, parce qu'il l'avait promis à sa mère sur son lit de mort. Chez Censiz, toute la petite bande que le Turc avait rassemblée était logée à la même enseigne : les gosses, c'était de la marchandise, point final. Ils étaient entassés dans des caves, où ils dormaient sur des amas de chiffons. Le soir, ils étaient nourris par une vieille femme qui ne les regardait même pas. Les gamins s'habituaient de leur mieux, mais ils restaient inquiets : parmi eux, des garçons et des filles disparaissaient régulièrement. Censiz Gülbahar disait que c'était la police qui les avait arrêtés, mais les petits voleurs se chuchotaient de terrifiantes histoires d'esclaves sexuels. Gavrilo n'avait pas besoin de ça pour être constamment sur ses gardes, il vivait ainsi depuis ses quatre ans. Il avait donc bien remarqué que cela faisait quelques jours que des hommes assistaient au repas des pickpockets en observant chaque gamin avec attention. Deux des types chuchotaient en le regardant. Il avait déjà l'habitude de cacher une tige métallique dans sa manche, et comptait bien se défendre si nécessaire… Mais il dormait profondément lorsque, la nuit suivante, il avait été tiré du lit et réduit à l'impuissance par deux bras d'une force titanesque. On l'avait jeté sur la banquette d'une voiture à l'avant de laquelle se trouvaient deux colosses muets. Puis le véhicule avait filé dans la nuit.

Quinze minutes plus tard, il était arrivé devant une maison où un homme trapu l'avait empoigné et fait monter dans une chambre, à l'étage, où dormait un garçon qui avait l'air d'avoir son âge. On lui avait ordonné de se taire et on avait attaché un de ses bras à une poignée métallique fichée dans le mur. Il s'était rendormi aussitôt, habitué à attendre d'avoir suffisamment d'informations sur un problème pour commencer à s'en préoccuper.

Il avait tenté de s'enfuir pour la première fois le lendemain de son premier viol. Et ça avait vraiment failli marcher. Didier et Nadine ne se méfiaient pas encore de lui. Didier était monté à l'étage pendant que Gavrilo était dans le jardin, poignets entravés mais jambes libres. L'homme pensait que la porte donnant sur la rue était verrouillée, mais Nadine n'avait pas pensé à le faire en rentrant des courses. Gavrilo avait donc réussi à atteindre le bout de l'impasse mais, gêné par ses mains attachées, il ne courait pas aussi vite qu'il l'aurait voulu. Didier l'avait rattrapé et, après l'avoir ramené, l'avait jeté pour le punir dans l'abri de jardin, où il était resté pendant quarante-huit heures sans nourriture. Après ça, Nadine avait commencé à donner des calmants à tout le monde, même en dehors des « soirées », et ça avait tout compliqué.

Un matin – Gavrilo avait perdu la notion du temps au fil des jours et des souffrances –, Nadine était venue le voir.

– Toi, on te transfère. On a besoin de toi ailleurs. Je viendrai te chercher dans une heure.

Le cœur de Gavrilo s'était emballé. Nadine ne lui avait pas donné de comprimé, elle avait dû oublier de le faire en lui annonçant son départ. Il songea que s'offrait à lui une nouvelle opportunité de s'échapper. Il avait donc joué la comédie du parfait zombie. Quand Nadine était venue le chercher et avait coupé le collier nylon qui l'attachait au mur, il n'avait montré aucune réaction, s'affaissant comme une poupée de chiffon pendant qu'elle le faisait se lever et lui mettait dans les mains un balluchon contenant quelques affaires. Confiante dans les muscles impressionnants des deux types qui l'avaient installé dans la voiture, Nadine n'avait pas pris la peine de lui entraver les poignets ni les chevilles. Gavrilo s'était ostensiblement écroulé sur la banquette et avait fermé les yeux pour que le colosse du siège passager soit rassuré en se retournant, lorsque l'autre avait démarré. Quand la bagnole s'était arrêtée, quelques minutes seulement après, le garçon, les yeux toujours fermés, avait gardé son immobilité de cadavre. À sa grande surprise, les deux types étaient descendus de la voiture sans s'occuper de lui. Il les entendait parler, un peu plus loin, et il s'était alors prudemment redressé pour évaluer la situation. Les deux hommes tournaient le dos à la voiture, ils se tenaient devant la porte d'une maison, attendant visiblement qu'on leur ouvre. Gavrilo avait grimpé aussi agilement qu'un chat sur le siège conducteur, puis il avait entrouvert doucement la portière, s'était glissé à l'extérieur, et s'était mis à courir aussi vite que ses jambes enkylosées le lui avaient permis. Au bout de cinq cents mètres, hors d'haleine, il s'était caché sous une voiture garée le long du trottoir. Il avait attendu là un moment, voyant passer plusieurs voitures, et parmi elles, soudain, celle dont il venait de s'enfuir…

Il savait qu'il devait désormais devenir un fantôme. Les geôliers le chercheraient, le Turc le chercherait. Lorsqu'il avait aperçu les premiers panneaux indiquant le centre-ville, il avait décidé de s'éloigner autant que possible de Bobigny. Et c'est ainsi qu'il avait atterri derrière la centrale Épicematic.

Au bout de quelques jours, il avait eu l'idée de passer les journées sans pluie au parc Chantereine, à moins de deux kilomètres de son abri nocturne. L'endroit était agréable et calme. Pendant la journée, il était surtout fréquenté par des vieilles dames qui marchaient doucement, certaines seules, d'autres par deux ou trois, parfois avec de petits chiens. Il avait cherché à se cacher d'elles, au départ, puis avait pensé qu'elles ne faisaient pas partie des gens qui le traquaient. Alors, il restait sur son banc, jouant avec les gravillons du bout du pied, ou tournant avidement son visage vers le moindre rayon de soleil. Il s'ennuyait un peu, mais il trouvait tout de même un certain plaisir à observer les minuscules détails qui l'entouraient : l'insecte qui voletait près de lui, le bruit des voitures, au loin, les bribes de conversation qui lui parvenaient quand un couple passait devant lui.

Un après-midi, une des vieilles dames s'était assise à côté de lui, sur le banc. Elle semblait essoufflée et avait du mal à tirer son chariot à roulettes. Gavrilo l'avait déjà vue plusieurs fois. Il avait développé un grand sens de l'observation pour survivre, et il n'avait, par exemple, pas le luxe de se dire que ces vieilles femmes se ressemblaient toutes. Il connaissait chaque visage, chaque ride, chaque démarche, chaque manteau. Gavrilo n'avait pas osé parler le premier, il ne voulait pas lui faire peur. Il était conscient de son allure… C'est la vieille dame qui avait engagé la conversation.

– Moi, je suis Mme Hafsa. Et toi mon garçon, comment t'appelles-tu ?

– Gavrilo.

– Très joli ! Très joli ! Dis-moi, Gavrilo, est-ce que tu pourrais m'aider à porter mes courses ? C'est un peu lourd pour moi.

– Oui… Si… si vous voulez.

Il avait pris la poignée du chariot, qu'il avait tiré jusqu'à la résidence des Jonquilles – une plaque pas encore trop abîmée annonçait fièrement le nom bucolique de l'immeuble.

– Merci, Gavrilo. Tu as faim ? Je peux te faire du thé et t'offrir quelques biscuits.

– Non, non, merci. Au revoir !

Il courait déjà.

Le surlendemain, Mme Hafsa s'était à nouveau assise près de lui. Elle n'avait pas son chariot.

– Bonjour, Gavrilo. Tu es parti bien vite l'autre jour ! C'est dommage. Tu veux venir boire le thé aujourd'hui ?

– Non, merci, madame.

– Comme tu voudras !

Le jour suivant, Mme Hafsa s'était encore approchée de Gavrilo, avec son chariot cette fois. Il faisait particulièrement froid ce jour-là, et la vieille dame émettait de petits nuages de vapeur en reprenant son souffle. Le jeune homme avait pensé à sa mère ; elle aussi avait du mal à respirer… Et ça l'avait tuée.

– Gavrilo, est-ce que tu peux m'aider, s'il te plaît ? Je suis fatiguée aujourd'hui.

Devant les Jonquilles, elle avait une fois de plus insisté pour que Gavrilo monte à son appartement, prétextant une panne d'ascenseur. Le garçon n'était pas dupe, il avait bien compris qu'elle voulait l'apprivoiser. Et il commençait à avoir envie de se laisser faire. Être au chaud, boire une tasse de thé brûlant et bien sucré lui aurait fait tellement de bien. Est-ce qu'il pouvait lui faire confiance ? Ça faisait si longtemps que ça ne lui était pas arrivé. Il l'avait bien regardée. La vieille femme le fixait de ses beaux yeux marron, francs et joyeux. Il avait pris le chariot et l'avait suivie dans l'escalier. Au moment où Mme Hafsa ouvrait la porte, le jeune homme était loin de se douter que, dans la maison dont il avait réussi à s'enfuir, Aimé préparait le tout dernier fix d'héroïne de sa courte vie.

L'appartement était minuscule, mais pour Gavrilo, c'était un paradis. L'odeur de menthe du thé n'avait pas tardé à s'y mélanger aux parfums de pâtisserie qui y régnaient déjà. Tout était méticuleusement propre et le jeune homme restait gauchement debout, il ne voulait pas salir le canapé ou un coussin en s'y asseyant.

Revenant à pas lents de la cuisine, avec un plateau, Mme Hafsa le regarda en souriant.

– Allons mon garçon, assieds-toi. Ne te soucie pas.

Il s'installa enfin devant la table et les deux nouveaux amis burent et mangèrent en silence. Une fois rassasié, Gavrilo eut un instant de panique : il avait pris un très gros risque en venant là. Il se leva en marmonnant un merci et s'enfuit avant que Mme Hafsa ait pu protester.

Il avait fallu encore quelques tasses de thé et plusieurs parts de basboussa pour que Gavrilo se sente parfaitement en sécurité chez Mme Hafsa. Il parlait peu, mais la vieille dame lui racontait sa vie, la guerre, le départ d'Oran, la mort de son mari cordonnier, le retour au pays de ses deux fils qu'elle ne voyait plus…

– Tu sais, lui dit-elle un jour, j'ai demandé à mes amies qui ont des petits-fils… Il y a des vêtements propres, une serviette et du savon dans la salle de bains, si tu veux.

Gavrilo ne se fit pas prier. Debout dans la baignoire sabot de la vieille dame, il prit une douche brûlante et se récura de fond en comble. Une fois rhabillé de frais, il frotta la baignoire pour effacer toute trace de son passage.

Lorsqu'il sortit de la salle de bains, il avait les larmes aux yeux.

– Merci… merci beaucoup ! s'écria-t-il.

La vieille dame était émue, elle aussi.

– Avec plaisir. Je suis contente quand tu es là, je me sens moins seule. Il n'y a qu'une chambre ici, mais tu vois, ce canapé où tu es assis, il se transforme en lit. Ce serait peut-être mieux que là où tu dors ?

Gavrilo accepta immédiatement. Il avait compris qu'ils pouvaient, à eux deux, former une famille, étrange, mais unie. Il continua tout de même à dormir avec la tige en métal dans la manche du pyjama que Mme Hafsa lui avait donné, se disant qu'ainsi il les protégeait tous les deux. Elle le présentait à tous comme son petit-fils, sans même se donner la peine de lui inventer un prénom algérien – elle l'appelait Gavri. Quant au garçon, il lui avait demandé comment on disait mamie chez elle et l'appelait désormais Jedda. En s'endormant le soir, Gavri et Jedda s'émerveillaient, dans leurs prières, d'avoir pu se rencontrer ; et malgré ce que beaucoup disent, ils remerciaient sans doute le même dieu.

– 24 –
Lundi

Myriam n'avait quasiment pas fermé l'œil de la nuit. Elle se disait qu'Aziz et elle risquaient d'être dessaisis de l'affaire n'importe quand dans la journée. Cette échéance décuplait ses forces et son énergie, elle voulait tirer sur tous les fils de l'enquête pour être sûre de ne rien négliger. Elle avait décidé d'accompagner Joseph pour son jogging de 5 h 30 du matin ; dans cette période éprouvante, pour l'un comme pour l'autre, cette parenthèse tombait à pic. Côte à côte dans l'effort, échangeant quelques phrases éparses. Ensemble. C'est comme ça qu'ils étaient le plus forts.

Le lieutenant Gemayel arriva au commissariat vers 7 h 30, l'esprit aussi affûté que le corps. Le centre des impôts fonciers de Pantin n'ouvrait qu'à 8 heures, mais elle voulait relire les procédures concernant Dajkine et Limbert. La veille, quand elle avait eu Delphine au téléphone, la procureure lui avait demandé de déférer les deux suspects dès le lundi matin.

– Attends, on n'a pas pu confronter Limbert et Dajkine, ils ont dû se croiser plus d'une fois dans la maison.

– Tu as raison, Myriam, mais tu manques de temps, la GAV de Dajkine se termine bientôt. Laisse tomber, ce sera géré par le juge d'instruction.

Elle avait aussi sur son bureau le retour des réquisitions sur le numéro de téléphone d'Olivier de Broglie. Comme elle s'y attendait, Orange avait répondu que c'était celui d'une de leurs cartes prépayées non identifiées. En désespoir de cause, elle essaya de rappeler, non pas du portable de Dajkine, mais du sien. Toujours pas de réponse.

À 8 heures tapantes, alors qu'Aziz entrait dans le bureau avec deux grands gobelets de café marqués du logo du Starbucks voisin, Myriam était déjà en ligne avec le CDIF de Pantin, l'instance en charge du cadastre de la ville. Moins de cinq minutes plus tard, elle raccrochait avec l'information dont elle avait besoin. Le propriétaire de la maison de l'impasse Freyssinet était un Toulousain, Didier Rodrigues, et, pour une fois dans cette affaire, elle n'eut aucun mal à trouver ses coordonnées. Mais appeler Rodrigues allait attendre un peu, elle avait deux déferrements à superviser.

Elle remercia Aziz pour le café.

– Bon, on s'occupe de nos deux enfoirés ?

Pendant qu'Aziz vérifiait une dernière fois les détails de la procédure pour Dajkine et pour Limbert, histoire d'être sûr qu'aucun avocat ne puisse s'y attaquer, Myriam fit monter Dajkine dans son bureau.

– Stéphane Dajkine, j'ai eu le parquet : vous allez être déféré ce matin. Je vous notifie la fin de votre garde à vue, et ensuite vous partez pour le dépôt.

Le lieutenant Gemayel fit signer à l'homme son PV de garde à vue. Le document en détaillait tout le déroulement, notamment les horaires où il avait été interrogé ou avait assisté à des perquisitions, mais aussi ses heures de repas et de repos, et le fait que la garde à vue avait fait l'objet d'une prolongation. Tout, absolument tout, était retracé dans ce PV, et aucune erreur ne devait s'y glisser, sinon, c'était le vice de procédure assuré… et n'importe quel avocat, à peine son CAPA en poche, ferait casser la mesure de garde à vue et tous les actes s'y rapportant.

Le vice de procédure était une véritable hantise pour les policiers, qui en finissaient par se préoccuper davantage de la forme et des règles de la procédure que du fond de l'enquête. Si quarante-huit heures de garde à vue pouvaient paraître longues pour qui était dans la cage, elles filaient à toute vitesse quand on était de l'autre côté.

Aziz s'occupa de la fin de garde à vue de Nadine Limbert. Puis Myriam remit les deux exemplaires, original et copie conforme, de la procédure ainsi que les scellés à deux collègues en tenue qui embarquèrent Dajkine pour l'emmener à Bobigny. Nadine Limbert suivit quelques minutes après dans un second véhicule.

Myriam ne s'était jamais rendue au dépôt du tribunal de grande instance elle-même – cela n'apportait rien aux enquêtes et ils avaient déjà bien assez de travail –, mais elle savait parfaitement ce qui attendait le suspect. À son arrivée au tribunal, Dajkine serait placé en cellule, il verrait ensuite la procureure, qui l'entendrait et lui indiquerait qu'elle avait requis l'ouverture d'une information judiciaire, saisi un juge d'instruction, et demandé son placement en détention provisoire. Puis il rencontrerait un avocat en tête à tête avant d'être présenté, accompagné de ce dernier, au juge d'instruction, qui lui notifierait sa mise en examen et l'informerait de sa volonté de demander son placement en détention provisoire. Tous ces rendez-vous s'échelonneraient sur la journée, et, entre-temps, Dajkine retournerait dans sa cellule. Enfin, il rencontrerait le juge des libertés et de la détention qui validerait, ou non, la demande de placement en détention provisoire. Limbert vivrait plus ou moins la même journée. Contrairement à l'affaire de la petite Clémence, Myriam était confiante. Au vu des éléments, elle était persuadée qu'ils iraient tous les deux au trou.

C'était déjà énorme, mais pour Myriam, ça ne suffisait pas ; elle conservait toujours un doute, depuis la conversation avec Adnan, au sujet de l'existence d'une autre maison. Et il y avait ce de Broglie dans la nature, il ne pouvait pas s'en tirer à si bon compte ! Il devait payer lui aussi ! Elle devait le retrouver.

Elle n'attendit pas qu'Aziz ait fini de s'occuper de Nadine et remonta en vitesse dans le bureau pour appeler le propriétaire de la maison de Pantin. L'homme décrocha immédiatement.

– Rodrigues, j'écoute.

– Bonjour, monsieur Rodrigues. Police nationale, lieutenant Gemayel, du commissariat de La Grande Roque. J'ai plusieurs questions à vous poser.

– La police ? Qu'est-ce qui se passe ?

– C'est au sujet de votre maison de Pantin. Vous êtes bien propriétaire du logement situé au 14, impasse Freyssinet ?

– Oui, c'est à moi. Mais j'y habite pas, hein, c'est loué, en ce moment.

– C'est justement à ce propos que je vous appelle. À qui est-il loué ?

– Eh bien, c'est… c'est un peu compliqué. C'est une société qui loue, en fait. Mais vous pouvez me dire ce qu'il se passe avec ma maison ? Il est arrivé quelque chose à mes locataires ?

– Pour l'instant, j'ai besoin que vous m'expliquiez à qui vous avez loué votre maison, comment, quelle est cette société, enfin, tous les détails quoi. C'est vraiment important, monsieur Rodrigues. Je vous expliquerai pourquoi ensuite.

Rodrigues raconta tout à Myriam. Il avait hérité de cette maison à la mort de sa mère, deux ans auparavant. Mais comme il habitait loin, et qu'il y était attaché – il y avait grandi –, il avait tardé à la vendre, ne trouvant pas le temps de s'en occuper… Et puis, au bout d'un an, il avait été contacté par un homme disant qu'il avait trouvé ses coordonnées par le cadastre. Le type cherchait à louer une maison calme pour y loger discrètement sa maîtresse. Rodrigues ne l'avait rencontré qu'une fois, et il décrivit un homme élégant qui l'avait plutôt impressionné.

Myriam pensa immédiatement que cette description ne collait pas du tout avec Didier, qui était plutôt du style rustique. Une nouvelle piste se dessinait, et ce n'était pas pour lui déplaire. Même si elle avançait pas à pas, et pas assez vite à son goût, elle progressait, et c'était le plus important.

– Il voulait vraiment garder l'anonymat par discrétion, comme il est marié… Donc, il m'a payé la caution en liquide. J'avais demandé trois mois de loyer, et il m'a tout de suite fait un virement pour me payer le premier mois de loyer d'avance, ça m'a rassuré. Je lui ai donné les clés, et depuis, j'en entends pas parler. J'ai mon virement le cinq de chaque mois, rubis sur l'ongle. J'ai jamais eu à me plaindre de quoi que ce soit.

– Et il arrive d'où, ce virement ?

– Pour que sa femme ne trouve rien de suspect, il a créé exprès une société qui s'appelle comme ma maison : « Le Rendez-vous des anges ». Le nom, c'est parce que, quand mes grands-parents sont arrivés du Portugal, ma grand-mère vendait des articles de layette pour les bébés, c'est elle qui les fabriquait. Et mon grand-père avait peint l'enseigne lui-même.

– Et ça passe par quelle banque ? le coupa-t-elle d'une voix impérieuse.

– Oh ça, je peux pas vous dire de tête. Il faudrait que je regarde dans mes papiers.

– J'ai besoin de cette info, monsieur Rodrigues, c'est vraiment important. Est-ce que vous pouvez consulter vos relevés bancaires, s'il vous plaît ?

– Je vais vous rappeler dans cinq minutes, alors. Mais… dites-moi, je vais avoir des ennuis ? On n'a pas le droit de toucher la caution en liquide, c'est ça ? Moi j'ai fait ça pour arranger le type, solidarité masculine, vous comprenez, j'ai pas vu le mal…

– Ne vous inquiétez pas, je ne m'intéresse pas du tout au versement de la caution.

– Ah bon ? Tant mieux, ça me rassure. Je vous rappelle.

– 25 –
Au coffre

Léopold était réveillé depuis longtemps quand sa femme s'était levée afin de préparer les enfants pour l'école, mais il était resté immobile. Il avait passé toute la nuit étendu tel un gisant de pierre, incapable de bouger comme de dormir. Le téléphone vibrait parfois, mais ce n'était jamais le boss. Il n'avait pas donné signe de vie, mais est-ce que c'était bon signe ou de très mauvais augure ? Léopold allait tomber, c'était sûr. Si les flics avaient réussi à trouver un endroit aussi discret que la maison de Pantin, ils arriveraient jusqu'à lui. Ou bien le boss allait le faire descendre pour incompétence. Voilà, il était foutu.

Léopold se décida enfin à quitter son lit et à s'habiller, ne serait-ce que pour garder un semblant de dignité vis-à-vis de Laurent, son majordome. Puis il traversa l'étage pour aller dans son bureau, où, mû par une impulsion soudaine, il ouvrit le coffre. Pendant les travaux de rénovation de la maison, son père avait pris la précaution de faire installer un petit coffre-fort, et Léopold avait bien sûr continué à l'utiliser. Il contenait des papiers, deux montres, vingt mille euros en liquide. Mais est-ce que ça suffisait pour partir en cavale ? Et ça consistait en quoi, exactement, une cavale ? Qu'est-ce qu'il fallait faire pour vraiment disparaître des radars ? Il ne connaissait personne finalement, à part le boss et trois ou quatre de ses acolytes, brésiliens ou antillais. Même dans le crime organisé, il n'avait pas su se faire une place. Le coffre contenait aussi un Manurhin calibre .38 à canon de quatre pouces en parfait état de fonctionnement. Léopold le contempla un moment, le souleva, surpris comme toujours par le poids, la densité froide de l'objet. Pendant un conflit syndical, dans les années quatre-vingt-dix, son père avait reçu des menaces anonymes, et il avait acheté cette arme interdite aux civils en tirant quelques ficelles. Il l'avait léguée à Léopold avec ordre de la faire entretenir chaque année chez un armurier de leur connaissance. Son fils respectait scrupuleusement cette instruction posthume. Il n'avait jamais utilisé d'arme, mais il savait quand même comment cela fonctionnait. Il était donc parfaitement en mesure, en théorie, de sortir de cette impasse en posant le canon contre sa tempe et en appuyant. En théorie. Parce qu'en pratique Léopold ne se faisait aucune illusion. Il n'aurait jamais le courage de presser la détente. Il ne pouvait donc qu'attendre, tétanisé, que le destin choisisse pour lui. Il reposa l'arme dans le coffre et le referma soigneusement, en pensant un peu absurdement que, quoi qu'il arrive, sa femme serait extrêmement contrariée.

– 26 –

L'Instruction et la Vérité

Kimia et Thierry observaient Myriam, interloqués. Ils avaient déjà vu leur collègue péter les plombs et, en la voyant tourner en rond comme un fauve arpentant sa trop petite cage, ils savaient que l'explosion n'était pas loin. Elle surprit leurs regards et sortit dans le couloir pour évacuer le trop-plein :

– Mais merde ! Combien de temps il faut pour trouver un relevé de compte ! C'est quand même pas compliqué, bordel !

Puis, après un silence, elle revint dans le bureau. Kimia et Thierry firent mine de se concentrer sur leurs écrans d'ordinateur. Ils étaient flics eux aussi, ils comprenaient, et se disaient qu'il fallait juste lui foutre la paix.

Enfin, le téléphone sonna.

– C'est Didier Rodrigues. J'ai mon dernier relevé de compte. Alors, le virement vient d'une banque… ah, voilà. La Banque Ultra-Marine.

Myriam ne s'entendit même pas le remercier et raccrocha avant même de lui avoir expliqué quoi que ce soit sur l'affaire. Elle réfléchissait déjà à l'information qu'il venait de lui donner. Le marketing de l'Ultra-Marine ciblait les Français ayant des attaches à l'étranger et les résidents en France venus de loin. Le réseau d'agences de cette banque se concentrait particulièrement dans les périphéries des grandes villes, notamment Paris, Lyon, Toulouse et Marseille. En Seine-Saint-Denis, il y en avait une tous les trois kilomètres. Et Myriam connaissait parfaitement l'emplacement de l'agence de La Grande-Roque, rue de l'Argonne. Elle gagnerait du temps en allant directement sur place plutôt qu'en interrogeant par fax les services centraux de la banque, forcément moins réactifs.

Mais voilà, ses deux suspects étaient en cours de déferrement, son affaire était en principe clôturée ; elle n'était donc juridiquement plus dans le cadre de la flagrance de l'incendie – comme il lui paraissait loin ! – et ne pouvait pas poursuivre l'enquête de son propre chef. Elle composa le numéro de portable de la procureure.

– Delphine ? C'est bon, les deux gardés à vue sont partis au dépôt. Mais il y a cette deuxième maison, c'est important qu'on la trouve au plus vite. Et là, j'ai peut-être une piste.

– Explique-moi.

Delphine fut vite convaincue, et donna à Myriam le numéro du juge d'instruction de permanence, Paul Thillet, pour que la policière puisse lui présenter l'affaire et obtenir une commission rogatoire en urgence afin de continuer à travailler.

– Bonjour, monsieur le juge, je suis le lieutenant Gemayel, et j'aimerais vous parler d'une affaire pour laquelle je viens de déférer deux suspects sur instruction de la procureure Ackerman.

– Oui, bonjour lieutenant, j'ai effectivement croisé ma collègue qui m'a parlé du dossier. C'est sordide… Je suis gâté pour ma permanence ! Que puis-je faire pour vous ?

Le juge d'instruction écouta attentivement. Lorsque Myriam eut fini de lui présenter l'affaire, il lui annonça qu'il lui demandait de poursuivre les investigations avec le lieutenant Samih. Myriam ne répondit que d'un sobre « Merci, monsieur. » Cette décision du juge était pourtant inespérée : à ce stade, il aurait pu saisir un autre service de police plus spécialisé pour reprendre l'enquête, et Myriam n'aurait rien pu y faire. Mais, au contraire, il lui faisait confiance à elle, simple OPJ de commissariat, pour continuer à enquêter bien au-delà de son périmètre habituel. Cela prouvait qu'il reconnaissait la qualité du travail qu'elle avait fourni, avec Aziz, et la détermination dont ils avaient fait preuve tout au long de cette enquête éprouvante.

Paul Thillet lui dit qu'il allait lui faire parvenir, par fax, en urgence, une commission rogatoire, document précieux qui déléguait à l'OPJ certains pouvoirs d'enquête du juge. On y trouvait en théorie l'ensemble des tâches que le policier aurait à effectuer dans le cadre de l'instruction, mais, en pratique, c'était très variable. Certains juges préféraient les commissions rogatoires générales, peu rédigées, d'autres, comme Thillet, dont Myriam connaissait la réputation, aimaient discuter avec les OPJ pour entrer vraiment dans le détail de l'affaire et des investigations à mener. Le juge nota donc tout ce dont Myriam lui parlait : localiser la deuxième maison, entendre tous les enfants, perquisitionner à Pantin, identifier de Broglie et ses clients, ainsi que d'éventuels complices… Le juge se montra particulièrement intéressé par l'idée des comptes bancaires et recommanda à Myriam d'être aussi exhaustive que possible sur le sujet.

Myriam appréciait ce type d'échanges ; elle pouvait ainsi apporter au juge, qui venait de devenir le directeur d'enquête, sa propre perception de l'affaire. Ce travail sur les missions à accomplir et les investigations à mener en commission rogatoire était précieux pour la conduite de l'enquête. À l'école de police, elle avait d'abord été, comme tous ses collègues, rebutée par la lourdeur du langage juridique nécessaire pour mener à bien les procédures. La beauté, presque poétique, de la conclusion sempiternelle des commissions rogatoires l'avait surprise : pour laisser de la latitude aux OPJ, la liste des auditions, perquisitions et autres investigations que le juge prescrivait était toujours suivie de : « et tous actes utiles à la manifestation de la vérité ». L'étudiante Myriam avait été fascinée par cette formule, « la manifestation de la vérité ». C'était la boussole qui guidait la policière, désormais. Non seulement la vérité devait être identifiée, connue, établie solidement grâce à l'enquête, mais elle devait être *manifestée*, c'est-à-dire exposée en pleine lumière, s'imposant comme une évidence, visible de tous.

Pendant que Myriam parlait avec le juge d'instruction, Aziz était revenu dans le bureau après s'être occupé du départ de Nadine pour le dépôt. Myriam raccrocha et lui expliqua qu'ils restaient saisis et qu'ils travaillaient désormais sous commission rogatoire. Christiani allait encore faire la gueule en apprenant ça. Il se plaindrait évidemment que l'affaire était trop grosse pour un commissariat de banlieue, que c'était risqué, que ça désorganisait tout… mais tant pis !

Aziz fut surpris de cette nouvelle, mais ravi. Lui non plus ne voulait pas transmettre cette affaire, il aurait eu l'impression de laisser tomber les enfants. Alors que les deux flics se levaient pour partir rue de l'Argonne, Kimia les interpella :

– Je viens d'avoir le CHU, j'ai des nouvelles des deux Brésiliens qui t'ont agressée, Myriam. Ils sont toujours KO, mais les médecins pensent qu'on pourra peut-être les entendre dans deux ou trois jours.

Myriam nota mentalement de féliciter Joseph pour son efficacité : ces deux-là ne s'en prendraient à personne avant un bon moment.

– 27 –

Business review

Sylvestre avait besoin d'une vue d'ensemble de la situation. Il y avait eu beaucoup de remous ces derniers temps, il avait l'impression d'être entouré de sables mouvants. Après avoir reçu le texto alarmant de Léopold, il avait appelé les responsables de ses différentes branches pour faire le point. Le géant guadeloupéen en charge du business de l'héroïne lui avait garanti que tout allait bien, et qu'aucun flic ne tournait autour de leurs affaires. Le Turc qui chapeautait les différentes escouades de pick-pockets était tranquille aussi. Quant à Roméo et Ismaël, les Mahorais à qui il avait confié les escorts quand Léopold avait changé de branche, ils étaient fiables et, pour l'instant, pas inquiets. Il avait donc besoin de calmer le jeu sur les armes – les flics s'en étaient approchés d'un peu trop près, une pause était nécessaire – et de remettre une équipe fiable à la tête de l'activité cocaïne. Ça, c'était pas le plus compliqué. Par contre, le gros merdier de Pantin lui posait un vrai problème. C'était le genre de sujet qui déchaînait les flics quand ils tombaient dessus, ils n'allaient pas lâcher l'affaire comme ça. Il avait donc donné l'adresse de la maison d'Aubervilliers à un des Mahorais et lui avait demandé d'y passer dans la journée pour voir si tout allait bien. Et en attendant qu'il lui fasse son rapport, il réfléchissait à ce qu'il devait faire pour se protéger, lui.

– 28 –
Patricia

Aziz gara la voiture de police à cinquante mètres de l'agence. Il observait le logo de la Banque Ultra-Marine, un carré bleu marine sur lequel trois vagues turquoise stylisées se détachaient. Il était 9 h 15 et la banque était ouverte. Une jeune femme à l'accueil nota leurs noms et leur demanda de patienter, la directrice était déjà en rendez-vous client. Myriam hésita à passer en force, mais elle se disait qu'elle aurait besoin que son interlocutrice soit bien disposée à son égard. Ils patientèrent donc de leur mieux sur les sièges de plastique gris recouverts de velours synthétique marine et turquoise, côté corporate, et dont les pieds étaient fixés au sol par des plaques métalliques, côté sécurité. La directrice de l'agence vint les chercher vingt minutes plus tard et les conduisit à son bureau. La jeune femme, d'une petite trentaine, portait un tailleur rouge qui lui allait parfaitement. Myriam apprécia sa poignée de main franche et énergique.

– Je suis Patricia Kanuty. Que puis-je faire pour vous ?

Aziz lui remit la réquisition pendant que Myriam lui expliquait.

– Une société appelée « Le Rendez-vous des Anges » détient un compte chez vous, elle effectue des virements pour un certain Didier Rodrigues. Nous avons besoin de connaître le nom de la personne qui a ouvert le compte en question, et de consulter les relevés correspondants, depuis son ouverture.

– Bien sûr, je vais vous demander quelques minutes, le temps de faire rechercher ces informations.

Patricia sortit du bureau et revint, quelques minutes plus tard, avec un dossier aux couleurs de la banque.

– Tenez, je vous ai mis à l'intérieur les treize relevés de compte mensuels depuis son ouverture. Quant à la personne qui l'a ouvert… (Elle se rassit devant son ordinateur, qu'elle consulta quelques instants.) Voilà. Il s'agit du gérant de la société, tout simplement. Un certain Felipe Tojal de Almeida. Ressortissant brésilien. Je vous imprime ça ?

– Non, inutile, c'est noté. Merci, madame Kanuty.

– Avec plaisir.

Les deux collègues s'installèrent dans la voiture pour étudier les informations qu'on venait de leur donner. Aziz appela Kimia pour qu'elle fasse des recherches sur Tojal de Almeida, pendant que Myriam épluchait les relevés de compte. Les trois premiers mois, les seules lignes de transactions concernaient les virements pour Rodrigues et des dépôts d'argent liquide réguliers, jamais des sommes énormes, juste de quoi couvrir les virements. Mais au quatrième relevé, un nouveau virement sortant apparaissait :

« VIR F. MARCHAND ». Tous les mois, le même jour que Rodrigues. Myriam était sûre que c'était la deuxième maison. Mais après ? Elle n'allait pas appeler tous les Marchand de France et de Navarre ! Elle était tellement concentrée qu'elle n'entendait pas Aziz discuter au téléphone. Quand il raccrocha, il dut lui toucher l'épaule pour qu'elle sorte de sa réflexion. Son collègue n'arrivait pas à cacher sa déception.

– Fait chier ! Le type là, le gérant de la société. Arrêté pour vol à main armée il y a cinq mois. Il est à Fresnes en ce moment.

– Oh merde ! Donc ça peut pas être de Broglie. C'est pas possible, ça peut pas s'arrêter comme ça… Dans les relevés de compte, il y a des virements qui sont sûrement un deuxième loyer. Il y a bien une deuxième maison, c'est sûr ! Il faut qu'on la trouve, Aziz !

– On n'a pas perquisitionné à Pantin. Il faut qu'on y aille ! Il y a peut-être des indices, des documents là-bas…

– Attends. Je retourne d'abord à la banque. La directrice m'a fait une super impression. Elle peut peut-être nous aider un peu plus.

– OK. Je vais me faire communiquer la liste des complices connus du Brésilien, pendant ce temps-là. Il y aura peut-être un nom qui nous aidera.

– Super. Je reviens.

Patricia Kanuty semblait légèrement interloquée lorsqu'elle revint chercher Myriam, après avoir été avertie par sa collaboratrice à l'accueil. Les deux femmes s'installèrent à nouveau dans le bureau de la directrice.

– Je suis navrée, je pensais avoir répondu à toutes vos questions…

– Vous l'avez fait. Mais, malheureusement, nous sommes dans l'impasse. Le gérant de la société est incarcéré depuis plusieurs mois. Pourtant, j'ai la preuve que les activités de l'entreprise ont continué. Tojal de Almeida était sûrement un simple prête-nom.

– Vous avez sans doute raison. Mais je ne vois pas ce que je peux faire ?

– Eh bien, il y a un virement régulier qui est effectué depuis ce compte vers un certain F. Marchand, vous pouvez me donner ses coordonnées exactes ?

– Non, malheureusement. Mais je peux vous indiquer dans quelle banque son compte est domicilié.

– Ce sera déjà formidable. Et puis, je ne sais pas…

Myriam hésita un instant. Mais elle devait insister. Elle le devait aux enfants qui étaient peut-être détenus dans l'autre maison. Elle se reprit.

– Est-ce qu'il y a d'autres détails que vous pourriez me donner ? Des éléments qui pourraient m'aider à savoir qui se cache derrière cette société ?

– Je… je ne sais pas… Notre direction nationale nous impose des règles strictes, vous savez, et vous n'imaginez pas les difficultés que j'ai eues, en tant que femme, et née en Martinique en plus, pour arriver à un poste de directrice d'agence…

Myriam hocha la tête. Elle se représentait parfaitement les types – moins compétents et moins noirs – que Patricia avait vu gravir les échelons avant elle.

– Je vais être sincère avec vous, madame Kanuty. Tout est parti d'une affaire de cocaïne. Mais nous avons fini par arriver dans une maison, à moins de cinq kilomètres d'ici, où des enfants étaient séquestrés et vendus à des adultes pour des viols.

– Mon Dieu ! Quelle horreur !

– Oui, et je suis convaincue que cette maison n'est pas la seule dans son genre. Je suis là parce que tous les renseignements que vous pourrez me fournir seront peut-être des indices nous permettant de trouver l'autre maison, de sauver d'autres enfants.

Les yeux brillants de colère, la directrice n'hésita pas un instant de plus.

– D'accord. Attendez.

Elle se mit quelques instants sur son ordinateur.

– Pour commencer, le compte de F. Marchand est au Crédit Mutuel, à l'agence du XVIIe arrondissement. Je vous imprime les infos. Et pour le reste… C'est pas dans mon ordinateur, mais écoutez. C'est moi qui me suis occupée de l'ouverture du compte, il y a treize mois. Je n'étais pas encore directrice, à l'époque. C'est bien Tojal de Almeida qui est venu signer les papiers, mais il n'était pas seul. L'homme qui l'accompagnait l'aidait à signer aux bons endroits, ce genre de chose. Il ne s'est pas présenté, mais je l'ai reconnu ce jour-là, et je sais qui c'était.

– Qui ça ?

– Un certain Amyaux de Barante. Il est client de notre banque depuis quelques années. Je viens de vérifier son nom, pour être sûre. Il était venu au départ ouvrir deux comptes sous son propre nom, et je peux vous dire que je n'ai pas dix clients avec un nom à particule, donc ça m'a marquée. Quand il est venu avec le Brésilien, il ne m'a pas reconnue, moi. On a toutes la même tête, il paraît !

Patricia sourit, complice. Myriam lui rendit son sourire. Elle imaginait parfaitement le regard raciste que cet Amyaux de Barante pouvait porter sur les femmes de couleur, ne voyant qu'une masse indistincte de visages tous identiques.

– Je vais vous donner les coordonnées et les relevés de compte de ce M. Amyaux de Barante. Mais s'il vous plaît, remettez-moi la réquisition correspondante au plus vite, pour que je n'aie pas d'ennuis.

– Comptez sur moi !

Myriam courut jusqu'à la voiture. Aziz était au téléphone. Elle mourait d'envie de lui dire de raccrocher, mais patienta de son mieux jusqu'à ce qu'il ait terminé.

– Très bien entouré, ce Brésilien, Myriam ! Que du beau monde, avec des casiers à rallonge. Trafics, braquages… Il y a de tout.

– Qui se ressemble s'assemble, il paraît ! J'ai pu discuter avec la directrice, elle m'a donné une info très intéressante. Tu es partant pour une virée dans les Yvelines ? Je suis presque sûre que le type qui se cache sous le nom d'Olivier de Broglie est là-bas.

– Tu sais ce qu'on va faire, Myriam ? Tu vas prendre le volant, et moi, je vais appeler le taulier pour lui dire qu'on continue. Ça te va ?

– Oh, oui, que ça me va. Merci, Aziz. T'es un collègue en or.

– Massif. En or massif. Et de rien, va.

Quand Aziz raccrocha, Myriam et lui repassèrent ensemble en revue les éléments qu'ils avaient contre Amyaux de Barante. Pour l'instant, c'était surtout des preuves indirectes, ils ne pouvaient pas l'interpeller directement. Mais Myriam avait sa petite idée.

Ils se garèrent à quelques mètres du portail des Amyaux de Barante. En cette fin de matinée, Myriam espérait que l'homme serait chez lui. Elle sonna à l'Interphone du portail, se demandant quelle sorte de maison cette muraille pouvait bien dissimuler.

– Oui ?

– Police nationale. Nous souhaitons voir M. Amyaux de Barante.

– Je vais voir si monsieur peut vous recevoir.

La diction était impeccable. Myriam ne se laissa pas impressionner. En fait, l'impression d'avoir sonné à Moulinsart et d'entendre Nestor lui répondre lui donnait plutôt envie de rire.

– Non, ce n'est pas comme ça que ça marche. Vous allez nous ouvrir, et vous allez dire à votre employeur, que la police est là. Merci !

Le silence revint. Et après trois minutes, le portail s'ouvrit.

La décor que les deux policiers découvrirent fit passer à Myriam son envie de rire.

– Merde, c'est l'Élysée ici, ou quoi ? chuchota Aziz pendant qu'ils traversaient une cour pour atteindre la porte de l'hôtel particulier.

Lorsqu'ils ne furent plus qu'à cinq mètres, un homme en costume sombre et à l'air pincé ouvrit la porte en grand.

– Monsieur va vous recevoir dans son bureau.

Les policiers lui emboîtèrent le pas, et Myriam sortit son portable. Ils suivirent l'homme – comment disait-on ? valet de pied, chambellan, majordome, maître d'hôtel ? Après avoir traversé le hall d'entrée, il les fit monter au premier étage puis tourner à droite dans un couloir. Il les mena jusqu'à une porte ouverte et s'effaça pour les laisser entrer dans la pièce. Myriam lança alors l'appel qu'elle avait préparé vers le numéro d'Olivier de Broglie. Debout devant un grand bureau, un homme élégant s'avançait, main tendue, pour les saluer. Son geste se figea quand une sonnerie retentit, tout près : un mobile, sur le bureau, s'agitait en vibrant. Myriam s'arrêta juste devant l'homme, son portable à elle en évidence, pour qu'il comprenne parfaitement.

– Aziz, mets-lui les pinces. Police nationale. Je vous informe que vous êtes placé en garde à vue à 11 h 30, heure de votre interpellation.

Léopold étant assis à l'arrière, les deux collègues parlèrent très peu pendant le trajet du retour. Au bleu, ils en avaient pour quarante minutes, et chacun les employa en se projetant sur l'interrogatoire qui les attendait à l'arrivée. L'arrestation d'Amyaux de Barante était une étape capitale. Mais Myriam ne voulait pas crier victoire : il s'agissait maintenant d'obtenir ses aveux et l'adresse de la deuxième maison. Comment allait-il se comporter, une fois assis face aux policiers ? Ils allaient devoir jouer serré.

Myriam profita du trajet en voiture pour envoyer un sms à Joseph – il lui manquait. Quand elle lui écrivit qu'ils avaient sûrement choper le fin de race qui vendait les enfants, il lui répondit : « Bravo, ma douce », et elle sourit, elle aimait quand il l'appelait comme ça, d'autant que la douceur n'était pas sa qualité première. Elle lui envoya « bisous » puis rangea son téléphone. Elle devait se concentrer.

Joseph reposa son téléphone. Il n'avait que quelques minutes avant son prochain examen, et c'était sans doute mieux ainsi. Il ne l'avait pas dit à Myriam parce qu'il ne lui parlait jamais de ça, mais depuis qu'il était tombé amoureux d'elle, il vivait dans la hantise constante, obsédante, de la perdre. Son cerveau était devenu un cinéma où ne passaient que des films noirs, un scénariste sadique le torturait avec des scènes d'horreur : Myriam ne l'aimait plus, Myriam était tuée en service, Myriam tombait malade… Oui, c'était trop, c'était dingue, il le savait bien et faisait des efforts surhumains pour se contrôler. Mais quand elle partait coller les pinces à un type aussi pourri, il était fou d'inquiétude, et devait se retenir de ne pas trouver un moyen de débarquer, lui aussi, pour assurer la sécurité de sa femme. Et il se tenait toujours prêt à activer ses réseaux pour éliminer une menace si, un jour, la situation se présentait. Ça, Myriam le savait. Il le lui avait dit très vite après leur rencontre, parce qu'il voulait que tout soit clair. Le reste, ses angoisses, sa souffrance, ça lui appartenait, et il s'en débrouillait, chaque jour.

Arrivés au commissariat, les deux collègues laissèrent les policiers en tenue fouiller Amyaux et le mettre en cellule. Myriam leur donna le téléphone portable qui avait sonné dans le bureau – Aziz l'avait soigneusement placé dans un sachet plastique – pour qu'ils le listent dans la fouille du suspect, puis elle appela le juge Thillet pour l'informer de l'arrestation et du placement en garde à vue. Thillet lui donna pour instruction de l'entendre immédiatement et de mettre fin à l'audition dès qu'elle obtiendrait « des indices graves et concordants », en pratique, dès qu'il passerait aux aveux.

– Je vous remercie, monsieur le juge. Je vous appelle dès que j'en sais plus. À tout à l'heure.

Elle prit quelques instants, avec Aziz, pour discuter stratégie et ils décidèrent que, cette fois, Myriam serait la gentille flic. C'est donc elle qui alla chercher Amyaux pendant qu'Aziz installait le tabouret.

– 29 –
Un café, une cigarette

Amyaux s'installa de son mieux sur son tabouret, toujours menotté. C'est Myriam qui lui enleva les pinces pendant qu'Aziz le fixait d'un regard dur, sans prononcer un mot, juste pour qu'il soit mal à l'aise. Myriam, d'une voix calme et posée, lui servit les questions d'usage. Amyaux répondait sur le même ton, mais il évitait soigneusement le regard des policiers.

Elle en arriva rapidement aux faits.

– Nous avons déféré ce matin au parquet un violeur d'enfants, et cet homme nous a donné les coordonnées d'un certain Olivier de Broglie en nous indiquant que ce dernier était son fournisseur de mineurs prostitués. Lorsque nous sommes entrés dans votre bureau ce matin, j'ai appelé Olivier de Broglie et c'est votre portable qui a sonné. Qu'avez-vous à nous dire là-dessus ?

– Rien.

– Comment expliquez-vous que ce portable ait sonné ?

– Je ne me l'explique pas. Ce téléphone n'est pas à moi.

– Alors à qui est-il ? Et comment est-il arrivé sur votre bureau ?

Comme Amyaux de Barante ne répondait pas, Aziz sortit de son silence pour asséner, avec une ironie brutale :

– Mais moi je sais, peut-être que ce téléphone est à votre femme, ou à un de vos enfants ? Ou tiens, peut-être au pingouin qui nous a ouvert la porte pendant qu'on y est ? Qu'est-ce que t'en penses, Myriam, ça doit être ça ?

– J'en pense que M. Amyaux de Barante ne réalise pas que ce téléphone est désormais entre nos mains et que nous allons récupérer toutes les informations qui sont dedans. Non ? Qu'est-ce que vous avez à nous dire, alors ?

– Je ne sais pas, ça ne me concerne pas.

Aziz se leva, et se pencha brusquement vers le suspect, mains bien à plat, regard électrique. Son visage était à trente centimètres de celui d'Amyaux.

– Mais tu vas nous prendre pour des cons pendant encore longtemps ? Tu te rends compte qu'on va trouver tes empreintes, sur ce téléphone ! Et puis on va te mettre en face du type qui nous a donné le numéro. Il va t'identifier, crois-moi, quand on est au dépôt pour viol aggravé sur mineurs, on coopère !

Amyaux blêmit mais ne répondit pas. Aziz se rassit, Myriam reprit la main.

– Nous avons également interpellé une femme qui séquestrait, avec son compagnon, les enfants qui étaient violés par les clients comme celui que nous avons déféré. Connaissez-vous une personne nommée Nadine Limbert ?

– Non, je ne la connais pas.

– Connaissez-vous une maison située au 14, impasse Freyssinet, à Pantin ?

– Non.

Aziz explosa.

– Mais réfléchis, Amyaux ! Limbert aussi, elle va parler ! Elle va dire que tu donnais les ordres, qu'elle n'était qu'une exécutante, et c'est toi qui vas porter le chapeau !

– Je… Je ne connais pas cette femme.

– Tu sais ce qu'elle a fait, Limbert ? Elle a abattu son mec, sous nos yeux. Et elle a bien failli se tirer une balle par la même occasion. Elle était prête à tout pour ne pas aller en taule. Dès qu'on lui promettra un aménagement de peine en échange d'informations, elle parlera. Et toi, tu vas plonger ! Pour longtemps, et en taule, tu vas prendre cher !

Amyaux resta muet et se tassa sur son tabouret. Myriam en profita. Jouer la gentille dans un interrogatoire de ce genre lui tordait le ventre, mais elle connaissait l'efficacité de la technique.

– Vous aussi, vous avez des informations précieuses, monsieur Amyaux. Peut-être même plus que Nadine Limbert, d'ailleurs.

– Si… si j'avais ces informations, je dis bien si… un juge en tiendrait compte ?

Et voilà, la première fêlure apparaissait. Il s'agissait d'enfoncer doucement le clou, maintenant. Et de frapper au bon endroit pour tout faire éclater. Myriam avait suffisamment de finesse pour savoir qu'il ne fallait pas tout de suite enchaîner. Elle devait d'abord créer un espace de confiance entre Amyaux et elle, confiance dont Aziz prétendrait être l'adversaire pour que le suspect se raccroche encore plus à la policière. Myriam demanda, d'une voix apaisante :

– Est-ce que vous voulez un café ? Une cigarette ?

– Oh oui, les deux, si je peux ?

– Bien sûr. Aziz, tu t'en occupes ?

Aziz se leva en appuyant sa mauvaise humeur d'un coup de pied dans sa chaise et revint avec un paquet de Marlboro, un briquet, un cendrier, et un gobelet plastique rempli de café réchauffé. Au commissariat de La Grande-Roque comme dans tant d'autres, la loi Évin subissait régulièrement de courtes abrogations pendant les interrogatoires. L'homme alluma sa cigarette. Elle lui laissa quelques secondes de répit, se souvenant, grâce aux rares clopes qu'elle avait fumées en soirée autrefois, que l'effet calmant arrivait après les premières bouffées.

– Et puis vous, finalement, vous les avez pas touchés ces enfants, monsieur Amyaux. Qu'est-ce que vous m'avez dit tout à l'heure, quand je vous ai demandé votre métier ? « Entrepreneur » ?

– Oui, c'est ça.

– Voilà, donc c'était votre business, il y a plein de sortes de business, on le voit bien, nous, ici.

Aziz mima l'exaspération, et fit mine de vouloir parler, Myriam eut un geste apaisant vers son collègue pour qu'il reste silencieux. Après avoir tiré longuement sur sa cigarette, Amyaux répondit en regardant uniquement la policière.

– Vous avez raison, je n'ai jamais touché un enfant. Jamais je ne ferais une chose pareille.

– Exactement, et vous n'allez pas porter le chapeau pour tous ces violeurs, si ?

– Non ! Je ne... je ne veux pas. Moi tout ce que j'ai fait, c'est... c'est de la mise en relation.

– Voilà, c'est ça, vous effectuez des transactions commerciales !

– Oui, et je peux vous donner les numéros de tous les clients, ce sont eux les violeurs !

– C'est parfait, monsieur Amyaux. Le juge appréciera.

Il en manquait encore un bout, et Aziz prit le relais, le volume de sa voix montant alors d'un cran.

– Tu oublies quelque chose, Amyaux. On a pu sortir les gosses de la maison de Pantin, mais là, pendant qu'on discute et que tu fumes ta clope tranquille, il y a des gamins prisonniers dans une autre maison, sur ton ordre ! Des gamins qui se font violer, à cause de toi ! Tu crois que ça, le juge appréciera ?

Myriam acquiesça en fronçant les sourcils, et ce fut, pour Amyaux, plus terrible encore que la rage d'Aziz. Mais elle poursuivit aussitôt d'une voix qu'elle tenta de rendre la plus calme possible :

– Pour le juge, il faut que vous ayez contribué à mettre fin à ces séquestrations, c'est important. Puisque vous savez où est cette autre maison, il faut nous le dire tout de suite.

– Je... oui. D'accord. Je vous donne l'adresse. C'est... c'est à Aubervilliers.

Cinq minutes plus tard, Amyaux était de retour en cellule, et Myriam et Aziz roulaient à toute allure vers l'adresse qu'il leur avait communiquée rue Herriot, à Aubervilliers. Ils étaient suivis de deux autres véhicules : celui de Kimia et Thierry, et une voiture sérigraphiée. Comme ils l'avaient fait la veille, ils se garèrent à quelques dizaines de mètres pour faire une arrivée discrète. Les policiers en tenue s'activèrent en silence pour bloquer un large périmètre autour des lieux pendant que Myriam et ses collègues patientaient dans leurs voitures.

La maison était petite mais avait quatre fenêtres en façade, deux au rez-de-chaussée au verre dépoli et munies de barreaux extérieurs, et deux à l'étage. La porte ancienne avait été repeinte en gris foncé. Lorsque le périmètre fut en place, Myriam sonna, et ses trois collègues mirent, avec elle, la porte en joue. Celle-ci s'ouvrit, un homme apparut, l'air méfiant. Il n'eut pas le temps de finir d'écarquiller les yeux, Kimia et Thierry lui avaient déjà passé les menottes, pendant qu'Aziz et Myriam entraient.

– 30 –
Aubervilliers

La 407 étincelante roulait exactement à 50 km/h dans les rues d'Aubervilliers. Roméo ne connaissait pas bien ce coin du 93 et il avait besoin de l'aide du GPS pour trouver son chemin. Et vu ce que le boss leur avait dit, ce n'était pas le moment de se faire remarquer. Ismaël, sur le siège passager, examinait ses ongles pour tromper l'ennui. Il avait rigolé quand, trois mois plus tôt, Roméo avait choisi la Peugeot sur le parking d'une entreprise à Saint-Denis – « C'est une bagnole pour les papas, ça ! » –, mais Roméo avait eu le dernier mot. Dès leur rencontre, ce dernier avait eu l'ascendant dans leur duo. Ça ne dérangeait pas trop Ismaël, il était même plutôt content d'être tombé en métropole sur un Mahorais comme lui – ils n'étaient pas exactement des centaines dans le coin.

– On arrive, marmonna Roméo.

La berline s'engagea dans la rue Herriot. Les deux compères aperçurent immédiatement les uniformes en charge de la sécurisation des lieux. Roméo ralentit un peu, un flic lui faisant signe de contourner et de circuler. Ce que fit aussitôt Ismaël en se payant même le luxe de le remercier d'un geste de la main, grand sourire à l'appui. La 407 quitta la rue Herriot moins de vingt secondes après.

*
* *

Kimia et Thierry revinrent après avoir confié l'homme arrêté aux flics en tenue. Il n'avait rien dit à part son nom : Sahin. Les quatre officiers fouillèrent toute la maison. Il n'y avait pas de chambre au rez-de-chaussée, juste une grande entrée qui desservait d'un côté un vaste salon et de l'autre une cuisine où une deuxième porte donnait sur une petite cour en béton permettant d'accéder à la cave. À l'étage se trouvaient deux chambres et une salle de bains. Lorsque les quatre OPJ eurent fini de tout explorer, ils avaient trouvé un garçon enchaîné dans la cave, deux autres dans une des chambres, deux filles et un garçon dans la seconde. Visiblement, contrairement à Pantin, le ou les geôliers ne vivaient pas sur place, ils devaient être plusieurs à se relayer pour surveiller les enfants. Aziz appela le SMUR tandis que Kimia et Thierry embarquaient l'homme qui leur avait ouvert.

Myriam, demeurée dans la cuisine avec les enfants, demanda au garçon qui semblait le plus âgé :

– Comment t'appelles-tu ?

– Jackson, madame.

– Jackson, les secours arrivent, des médecins vont venir vous soigner et vous emmener à l'hôpital.

Est-ce que tu peux me dire si tout le monde est là ? Est-ce qu'il y a un autre enfant dans la maison ?

– Non, non, tout le monde est là, on est six, ici. Je m'inquiétais pour Ahmet parce qu'il était à la cave, mais vous l'avez trouvé, c'est bien.

Myriam observait le visage de chaque enfant. Dans sa tête, le soulagement de les avoir trouvés le disputait à la colère. Son métier exigeait qu'elle soit prête à tout voir, mais jamais, jamais elle ne s'habituerait. Et elle refusait de s'habituer, de laisser sa révolte s'émousser. Au loin, les sirènes des ambulances se rapprochaient.

En route pour le CHU, Myriam appela le juge Thillet. Il la félicita d'avoir pu localiser la seconde maison.

– Avant de déférer les deux interpellés, exploitez le téléphone d'Amyaux. Il faut qu'on puisse identifier ses clients avant que la nouvelle de son interpellation ne s'ébruite. En revanche, ne convoquez personne au commissariat. Je vais charger la Sûreté de prendre le relais.

– On s'en occupe dès notre retour au commissariat, monsieur. On va d'abord faire examiner les enfants par les médecins légistes.

– Tenez-moi au courant.

*

* *

Sylvestre avait déjà commencé sa valise, au cas où, lorsque Roméo l'appela.

– Boss, on était pas les premiers sur place… les uniformes étaient en train de placer leurs bordels orange partout, on a tracé.

Sylvestre raccrocha, pensif. Il se demandait combien de temps il allait devoir rester en Haïti. Il pouvait à peu près tout piloter à distance, et certains de ses gars, qu'il ne voyait jamais, ne s'apercevraient même pas qu'il n'était plus là. Mais putain, passer des jours, des semaines, peut-être des mois à voir son frère tous les jours ou presque… Ça, ça allait vraiment être dur. Sylvestre ferma la fermeture Éclair de son sac d'un geste vif et mit dans sa veste son passeport et quelques billets de cinq cents euros. Inutile de se charger, ses comptes à Port-au-Prince étaient largement approvisionnés.

– 31 –
Myriam

De retour au commissariat, Aziz et Myriam s'attaquèrent au portable d'Amyaux. Ils appelèrent chaque numéro du répertoire, de l'historique des appels, et des textos. Lorsqu'ils tombaient directement sur quelqu'un, ils prétendaient avoir fait une erreur pour se faire confirmer l'identité de l'interlocuteur. Si c'était un répondeur avec annonce personnalisée, ils notaient également le nom de la personne. Si le numéro restait anonyme, ils le notaient aussi.

À la fin de ce travail de fourmi, Aziz avait préparé un tableau avec l'ensemble des numéros, où figurait soit l'identité confirmée correspondante, soit la mention « réquisition à prévoir ». Moins de la moitié des numéros affichaient une identité confirmée, mais le tableau était éloquent : dans leur immense majorité, les types qu'ils avaient joints étaient des dirigeants d'entreprise, des cadres de haut niveau, mais aussi des élus locaux de toute l'Île-de-France, des notaires, deux députés… Myriam ne savait pas ce qui l'écœurait le plus : le fait que ces prédateurs soient à ce point des privilégiés à qui la vie avait, en apparence au moins, tout donné, ou le fait qu'ils se sentaient tellement au-dessus des lois, tellement intouchables, qu'ils ne prenaient même pas les précautions les plus élémentaires avec leur numéro de téléphone. La jeune femme n'était pas dupe. Oui, des têtes tomberaient, mais certains s'en sortiraient quand même, sauvés par leur réseau, soustraits à la justice pour ne pas faire trop désordre…

Elle rappela le juge Thillet lorsque le tableau fut terminé.

– Merci, lieutenant. Déférez Amyaux de Barante et Sahin immédiatement. Je vous dessaisis et confie désormais cette affaire à la Sûreté départementale. Faites en sorte que la passation ait lieu dès cet après-midi, je contacte tout de suite le commissaire Dubray.

*

* *

Léopold ne s'était jamais senti aussi nu que dans cette cellule. Pas de téléphone, pas de portefeuille, pas de ceinture Hermès. Il avait l'impression de disparaître peu à peu. Et il trouvait ça assez agréable, finalement. Lorsque la policière vint lui dire qu'il était déféré et partait pour le dépôt, il resta silencieux. Il se disait que son destin ne lui appartenait plus, ne lui appartiendrait enfin plus jamais. Toutes les décisions concernant sa vie allaient être prises par d'autres. C'était parfait. Le brigadier le fit sortir de la cellule. Il se sentait calme, en paix.

*
* *

Les lieutenants Gemayel et Samih remontèrent lentement l'escalier.

– Il faut qu'on prévienne le patron, lança Aziz.

– Tu sais quoi ? On y va tous les deux ! répondit Myriam en souriant.

Christiani, qui était au téléphone, sa chaise tournée vers le mur à droite de son bureau, leur fit signe de s'asseoir.

– Je suis comme vous, monsieur le maire, c'est la sécurité de mes concitoyens qui me préoccupe avant tout… Mais absolument, nous sommes d'accord… Ces chiffres doivent être expliqués et surtout présentés, comment dire, de la bonne façon, nous nous comprenons… Entendu, je vous tiens au courant.

Enfin, il raccrocha et s'adressa au duo :

– Eh bien, quelles sont les nouvelles ?

– Nous venons d'avoir le juge d'instruction au téléphone, monsieur. Amyaux de Barante et Sahin vont être déférés immédiatement, et l'affaire est transmise à la Sûreté départementale. Le juge Thillet nous demande de nous tenir prêts pour qu'ils puissent venir récupérer la procédure cet après-midi.

– La Sûreté ? Excellent, excellent. Vous serez prête, lieutenant ? Je veux que le commissaire Dubray ait une excellente opinion du travail de notre commissariat !

« Oui, et surtout une excellente opinion de Grand Chef Christiani », pensa Myriam, exaspérée. Merde, comme d'habitude, c'était sa seule préoccupation. Heureusement que ni Aziz ni elle ne s'attendaient à des félicitations, ou même à un peu de reconnaissance, ça leur évitait d'être déçus. Aziz prit le relais, habitué à éviter tout dialogue de plus de deux phrases entre Myriam et son patron.

– Tout sera prêt, patron.

– Je compte sur vous. Bien, je pense que vous avez du travail, alors je ne vous retiens pas.

Myriam prit une profonde inspiration en sortant du bureau du commissaire. Elle voulait épargner à Aziz de gérer sa mauvaise humeur, pour une fois.

– Une bonne chose de faite ! lança-t-elle.

Les deux collègues remontèrent vers leur bureau, la journée était loin d'être finie. Myriam aurait voulu se réjouir de savoir les deux maisons vides et Amyaux, Dajkine, Sahin et Limbert sous les verrous, mais comment se satisfaire de quatre arrestations quand des centaines de prédateurs étaient encore en liberté ? Comment sourire alors que l'unité pédiatrique du CHU devait soigner des enfants aux blessures innommables ? La policière pensait aussi à tous les éléments troublants qu'elle avait rencontrés dans cette enquête sans pouvoir les élucider totalement : la cache d'arme, le réseau de stupéfiants… Elle ressentait une profonde lassitude. Être flic, c'était se frotter chaque jour à ce que l'humanité produisait de pire, et résister sans relâche à l'irritation haineuse et amère que ce contact répété suscitait. Myriam pouvait compter sur ses valeurs et sur l'amour qu'elle partageait avec son mari pour tenir, mais rien n'était facile. Joseph. Il lui manquait à cet instant. Elle avait hâte de l'appeler, espérait qu'ils pourraient passer la journée du lendemain ensemble. Elle en avait besoin.

Épilogue

– Duhamel, j'écoute.

– Salut, Guillaume. C'est Jean-Paul.

– Jean-Paul ! Que me vaut l'honneur ?

– Écoute, je ne vais pas y aller par quatre chemins. Tu imagines bien que, dans ma position, j'ai des antennes partout. Y compris dans la police.

– Et alors ?

– Tais-toi. Ce que j'ai appris sur toi, sur ce que tu as fait… à des enfants… ça me file vraiment la gerbe. Et j'aimerais que tu pourrisses en prison jusqu'à la fin de tes jours. Mais j'ai un parti à diriger, bordel, et c'est déjà assez compliqué de gérer la défiance des Français pour leurs institutions. On va pas se rajouter une ordure comme toi, et étaler ton cas sordide sur la place publique.

– Attends, je…

– Ta gueule, j'ai dit. Écoute-moi attentivement. Tu vas envoyer une dépêche à l'AFP pour annoncer ta démission de ton mandat de député. Aujourd'hui. Tu invoques de vagues soucis de santé, ou ta femme, ce que tu veux, j'en ai rien à foutre. Tu redeviens maire de ton bled pourri, et tu te fais oublier. Donc pas de procès et pas de prison pour toi. La justice y perd, mais j'espère, j'espère vraiment, que la République y gagne.

– Merci, Jean-Paul, je…

– Ne prononce plus jamais mon nom, ne m'appelle plus jamais, ne parle plus jamais à un journaliste. Dans six mois, pour que personne ne fasse le lien, tu quittes le parti. Et méfie-toi : je vais te faire surveiller dans ta circonscription. Si tu touches à nouveau à un cheveu d'un enfant, tu es mort. Mort. J'y veillerai personnellement.

*

* *

Quelques jours après avoir transmis la procédure à la Sûreté départementale, Myriam fut convoquée par Christiani.

– Lieutenant, le commissaire Dubray souhaite vous rencontrer cet après-midi, il vous attend dans son bureau à 15 heures.

Lorsque la jeune femme arriva dans les locaux de la Sûreté, le commissaire la reçut chaleureusement.

– Lieutenant, je dois dire que j'ai été particulièrement impressionné par votre gestion de l'affaire que vous nous avez transmise. Votre détermination, votre capacité de travail, votre instinct de flic, la qualité de la procédure… Chapeau ! Voilà pourquoi je veux vous proposer de nous rejoindre. Nous pouvons nous parler franchement : je sais que votre commissaire a bloqué votre avancement, mais je peux vous détacher ici sans même qu'il soit consulté, si vous en êtes d'accord, bien sûr.

– Je suis très honorée, monsieur, et j'accepte avec grand plaisir.

– Alors c'est entendu, je vous attends ici dès lundi.

En sortant du bureau, Myriam pensa à Joseph, qu'elle allait appeler tout de suite, et à son père, qui l'avait toujours poussée à voir plus grand et à être meilleure que les garçons. « Ma fille, tu ne seras pas infirmière, tu seras chirurgien. Tu ne seras pas hôtesse de l'air, tu seras pilote. » Et cette ambition, elle sentait qu'elle l'avait concrétisée en choisissant son métier, pas vraiment par hasard.

Flic, elle était à sa place, elle était utile, elle trouvait du sens à ce qu'elle accomplissait, malgré les difficultés, malgré la noirceur qu'elle devait côtoyer. Et elle comptait bien continuer ainsi, de toutes ses forces.

*

* *

Nadine réfléchissait, malgré le brouhaha qui régnait au dépôt. Le suicide aurait été une sortie facile, mais bon, ça n'avait pas marché. Quel con, ce Didier. Il n'avait vraiment rien compris à la première visite des flics, et pas plus quand ils étaient revenus et qu'elle avait sorti l'arme pour enfoncer le canon dans son cou. Il avait été totalement stupéfait, bredouillant bêtement : « Mais… mais… Nadine… Nadine… qu'est-ce que… », jusqu'à ce qu'elle lui fasse ouvrir la porte. C'était quand même pratique qu'il soit mort. Après tout, elle n'avait pas de casier, elle pourrait toujours dire qu'il l'avait entraînée malgré elle dans tout ça et qu'elle avait craqué à la fin.

Elle irait en prison, évidemment. Ça ne lui faisait ni chaud ni froid. Elle n'avait rien à perdre, donc peur de rien non plus, elle se débrouillerait bien, là-bas. Si ça défrisait certaines qu'elle s'en soit prise à des gosses, elle s'en foutait, mais pour éviter les emmerdes, elle continuerait à charger ce crétin de Didier.

*

* *

Adnan serrait son sac contre lui. Il ne contenait pourtant rien de précieux, quelques vêtements, un carnet et un crayon, un bracelet. Mais c'était tout ce qu'il avait, et on lui avait déjà tellement pris. Le couple qui l'accueillait lui souriait, pour le mettre en confiance. Mais il allait falloir plusieurs semaines avant qu'Adnan se sente vraiment en sécurité. Marc et Virginie connaissaient son parcours et firent tout ce qui était possible. Ils proposèrent au jeune homme de choisir : il pouvait dormir seul, ou avec un autre garçon qui avait été placé chez eux, un petit de sept ans. Adnan choisit de partager sa chambre – ses petits frères lui manquaient tellement. Il n'arrivait pas à accepter qu'il ne les verrait plus jamais, et pleurait de rage désespérée chaque fois qu'il pensait à eux. Aliou avait la peau trop foncée pour ressembler à ses frères, mais Adnan s'attacha très vite à lui, et ils furent bientôt inséparables. Un jour qu'ils jouaient à se poursuivre dans le petit jardin, derrière la maison, ils riaient si fort que les parents accoururent, interloqués. En les voyant, les deux garçons rirent de plus belle. Ce soir-là, pour la première fois, Adnan put rendre un sourire à Marc et Virginie.

*
* *

Joseph avait été un peu surpris par l'idée de sa femme, mais il avait été convaincu immédiatement. Le corps d'Aimé était à l'institut médico-légal depuis plus de six semaines, et les époux Gemayel savaient bien que personne ne viendrait le chercher. Ils avaient donc décidé de faire incinérer le jeune homme eux-mêmes.

Ils avaient pris une demi-journée de congé et étaient arrivés au crématorium en début de matinée. Pour rendre hommage à Aimé, dont la vie avait tant été marquée par la violence, ils avaient choisi tous deux des poèmes évoquant la guerre. Pour Joseph, c'était Victor Hugo s'adressant à un enfant survivant d'un conflit, dans un poème se terminant ainsi :

Veux-tu, pour me sourire, un bel oiseau des bois,
Qui chante avec un chant plus doux que le hautbois,
Plus éclatant que les cymbales ?
Que veux-tu ? fleur, beau fruit, ou l'oiseau merveilleux ?
– Ami, dit l'enfant grec, dit l'enfant aux yeux bleus,
Je veux de la poudre et des balles.[1]

1. Victor Hugo, « L'Enfant », *Les Orientales*, 1829.

Quant à Myriam, elle s'était souvenue du « Dormeur du val », un poème de Rimbaud qui l'avait bouleversée, enfant. Elle ne pouvait pas rêver d'Aimé vivant, mais elle voulait ainsi l'imaginer ailleurs que dans sa benne à ordures ou sur la table d'autopsie.

Les pieds dans les glaïeuls, il dort. Souriant comme
Sourirait un enfant malade, il fait un somme :
Nature, berce-le chaudement : il a froid.

Les parfums ne font pas frissonner sa narine ;
Il dort dans le soleil, la main sur sa poitrine,
Tranquille. Il a deux trous rouges au côté droit.[1]

Après la crémation, ils emportèrent les cendres de l'enfant et les dispersèrent au pied d'un grand chêne, au parc Chantereine. Le soleil brillait, insouciant, et les deux époux se recueillirent en silence, espérant avoir rendu à Aimé un peu de la dignité qui lui avait été volée. Myriam pensait à la solitude de souffrance dans laquelle le garçon avait vécu sa courte vie. Elle connaissait la chance inouïe d'avoir trouvé son âme sœur, et avec Joseph à ses côtés, elle se sentait capable de tout affronter. Joseph, quant à lui, se demandait comment Aimé avait été séparé de ses parents. Il serait père lui aussi, un jour, et se jura d'être pour ses enfants un protecteur infaillible – et même impitoyable. Son regard se durcit à cette idée, et il passa le bras autour

1. Rimbaud, « Le Dormeur du val », *Poésies*, 1870.

des épaules de Myriam, qui se blottit contre lui et murmura :

– C'est bien qu'on ait fait ça tous les deux. Merci, Joseph.

Il l'embrassa à la racine des cheveux, et les époux restèrent enlacés un instant. S'écartant légèrement d'elle pour la regarder, Joseph brisa le silence :

– Je me suis inquiété pour toi, pendant cette affaire.

– Je sais, mon amour.

– Et maintenant, tu es détachée à la Sûreté. Est-ce que c'est vraiment une bonne nouvelle, pour toi, pour nous deux ?

– J'en suis sûre, Joseph. Je vais travailler de manière différente, j'aurai d'autres moyens, la possibilité de pousser les investigations plus loin, dans des affaires plus importantes…

– Et tu prendras encore plus de risques.

– Non ! Je te promets que non. Je ne cherche pas le danger, tu le sais, juste à faire mon métier du mieux possible.

Myriam prit les deux mains de son mari dans les siennes.

– Tu te souviens de notre discussion ? Tu as raison, les ordures comme Amyaux de Barante, Dajkine ou Nadine, il y en a beaucoup d'autres, beaucoup trop. Mais j'ai compris quelque chose, pendant cette affaire : je veux mettre toutes mes forces pour les traquer, les trouver, les arrêter et les faire juger. Ça ne m'impressionne pas, qu'ils soient nombreux ou dangereux. Je n'ai pas peur.

Joseph l'enlaça à nouveau. Bien sûr qu'il comprenait. Après tout, sa femme acceptait les risques que lui-même prenait, parce qu'elle savait que cela faisait partie du sens qu'il donnait à son existence. Myriam était ce qui lui était arrivé de meilleur dans la vie. Si le prix de ce miracle était la peur de la perdre, il paierait. Jusqu'à son dernier souffle.

Le portable de Myriam sonna.

– Je prends, c'est le patron, annonça-t-elle.

Jamais elle n'avait appelé ainsi Christiani, qu'elle n'avait à aucun moment considéré comme un vrai chef. Mais c'était différent avec le commissaire Dubray, qu'elle respectait profondément. Elle raccrocha, les yeux étincelants.

– Je dois y aller, Joseph. Dubray a besoin de moi. Une grosse affaire.

Écoutant les bruits de la ville couvrir le chant des oiseaux à mesure qu'ils avançaient, les époux Gemayel prirent ensemble l'allée qui les menait vers la sortie du parc.

Remerciements

À Sébastien F., Margaux M. et Cécile-Agnès C. sans qui rien de tout cela ne serait arrivé.

Table des matières

Direction littéraire :
Maïté Ferracci
avec la collaboration de Camille Leysteire

Composition : PCA
44400 – Rezé

Imprimé en Espagne
Dépôt légal : mai 2018
N° d'impression : 01
ISBN : 978-2-7499-3467-9
LAF 2884